Knaur

Von Dagmar Hansen ist außerdem erschienen:

Rette mich wer kann

Über die Autorin:

Dagmar Hansen studierte Sprachen in Heidelberg und Saarbrücken, machte ihr Diplom als Dolmetscherin und arbeitete als freie Übersetzerin. Ihr erster Roman »Pommes mit Ketchup« wurde auf Anhieb ein Bestseller. Auch ihre folgenden Romane, die beinahe alle in ARD und ZDF verfilmt wurden, entwickelten sich zu großen Erfolgen. Dagmar Hansen lebt in Herborn.

DAGMAR HANSEN

AUGEN ZU UND DURCH

ROMAN

Knaur

Besuchen Sie uns im Internet:
www.knaur.de

Originalausgabe 2003

Redaktion: Ilse Wagner
Umschlaggestaltung: ZERO Werbeagentur, München
Umschlagabbildung: Artwork ZERO/
The Imagebank/Brit Erlanson
Satz: Ventura Publisher im Verlag
Druck und Bindung: Nørhaven Paperback A/S
Printed in Denmark
ISBN 3-426-62215-7

2 4 5 3 1

Für meine Freundinnen
Sisika und Jeannie,
so fern und doch so nah.

18. Februar

Lisa und ich saßen beim Frühstück. Draußen war alles grau in grau, der Regen klatschte ans Küchenfenster. »Ich find's so was von gemein, dass ich nicht mit ins Kino gehen durfte«, maulte meine Tochter.

»Der Film ist erst ab 16 freigegeben«, erwiderte ich und kreuzte unter dem Tisch die Finger. »Das weißt du doch.«

Lisa schob die Unterlippe vor und starrte in ihre Frosties. »Mit Lippenstift seh ich fast aus wie 16. Und außerdem hätten wir uns einen anderen anschauen können.«

»Ich geh ganz bestimmt bald noch mal mit dir ins Kino. Versprochen ist versprochen.«

Mein Gewissen zwickte, weil ich gelogen hatte. Jan und ich waren *nicht* im Kino gewesen. Wir sind schnurstracks in seine Wohnung gefahren. Rissen uns, kaum dass die Wohnungstür ins Schloss gefallen war, gegenseitig die Kleider vom Leib und stolperten auf dem schnellstmöglichen Wege ins Bett, wo wir ... ähm, ja.

Ich muss leider zugeben, dass mein Gewissen nur ein wenig zwickt. Was ich Lisa erzählt habe, war eine Notlüge. Ich hätte ihr ja schlecht sagen können, dass ich die Absicht hatte, den Abend mit ihrem Onkel im Bett zu verbringen. Und es ist ja auch nicht so, dass wir sie vernachlässigt haben. Wir spielten den ganzen Nachmittag lang Mau-Mau und Schwimmen. Lisa gewann andauernd, das heißt, wenn Jan nicht gewann. Ich ging leer aus. Was daran lag, dass ich immerzu daran dachte, dass ich Jan küssen wollte und noch so einiges mehr ... ich konnte es gar nicht erwarten, dass es endlich Abend wurde.

»Maaaamaaa!«

Ich fuhr zusammen. »Ja?«

Sie zog eine Schnute. »Du hörst überhaupt nicht zu. Ich hab dich gefragt, *wann* wir ins Kino gehen.«

»Nächste Woche. Ehrenwort.«

»Kommt Jan auch mit?«

»Wenn er Lust und Zeit hat ... vielleicht.«

»Ich ruf ihn an«, sagte Lisa und schob einen Löffel Frosties in den Mund. »Er lädt uns hinterher bestimmt zu McDonald's ein.«

Im Auto, auf dem Weg in seine Wohnung, fragte Jan: »Sollten wir nicht mit offenen Karten spielen? Es ist doch absurd, so zu tun, als hätte sich nichts verändert zwischen uns.«

Oh. Hm.

Ich soll Lisa und Frederick, ganz zu schweigen von Mama und Babs und Oma und womöglich noch Lilo und Heinz Rede und Antwort im Hinblick auf sexuelle Beziehungen zwischen Jan und mir stehen müssen? Nein, das bringe ich nicht über mich, zurzeit jedenfalls nicht. Ich weiß doch gar nicht so genau, was ich für ihn empfinde und wie es mit uns weitergeht. Und was in Jan vorgeht, weiß ich auch nicht. Wir haben uns immer gemocht, und neuerdings gehen wir miteinander ins Bett. Ich habe im Moment absolut keine Ambitionen, diese Beziehung, wenn man sie denn so nennen kann, im Familienkreis zu diskutieren.

»Ich möchte lieber erst mal nichts sagen. Es ist alles noch so frisch«, sagte ich.

Er warf mir einen spöttischen Seitenblick zu. »Sie werden sowieso von selbst drauf kommen.«

»O nein. Bestimmt nicht, wenn wir uns weiterhin ganz normal benehmen.«

Es ist nämlich absolut kein Problem, kameradschaftlich und freundschaftlich miteinander umzugehen, ganz so, als hätte sich nichts geändert zwischen uns. Jan und ich haben bereits unter Beweis gestellt, wie gut das funktioniert: Niemand hat bisher etwas gemerkt, und das wird auch so bleiben. Ha, an mir ist eine Schauspielerin verloren gegangen. Und Jan erst – er könnte bei den Karl-May-Festspielen in Bad Segeberg als Old Pokerface auftreten.

Er zuckte die Schultern. »Na denn. Wie du meinst.«

Damit war das Thema zu meiner großen Erleichterung für ihn erledigt. Im Prinzip hätte ich der Familie ja sehr gern sofort reinen Wein eingeschenkt. Aber immer, wenn ich darüber nachdachte, hörte ich im Geiste Babs' Stimme: »Waaas? Du hast was mit dem Bruder deines Exmannes in spe angefangen? Mit deinem *Schwager,* den du seit Urzeiten kennst? Das kann *nie* gut gehen!« Mama würde ins selbe Horn blasen und zusätzlich vom Stapel lassen, dass Jan ausgesprochen unsolide sei und daher gewiss nicht der geeignete Partner für die Mutter ihrer Enkelkinder.

Verständlich, dass ich es nicht eilig habe, mir so etwas anzuhören, oder?

Lisa zockelte ab in die Schule. Ich räumte die Küche auf. Die roten Luftballons in Herzform, die Jan mir zum Valentinstag geschenkt hatte, hingen an dem quer unter der Decke gespannten Draht, von dem auch meine Trockenblumensträuße baumelten. Frederick hatte versucht, sie mir abzuschwatzen, um sie Sabina zu verehren. »Du in deinem Alter findest rote Luftballonherzen doch bestimmt megakitschig.«

Vielen Dank, lieber Sohn.

»Ich muss dich enttäuschen, ich finde sie absolut nicht kitschig. Also, Finger weg!«

»Och, Mann, Mama. Jan hätte bestimmt nichts dagegen, wenn ich sie Sabina schenke ...« Er setzte seinen besten Dackelbettelblick auf.

»Wag es ja nicht, dich an meinen Luftballons zu vergreifen! Das ist mein heiliger Ernst!«

Frederick muss glauben, dass seine Mutter wunderlich geworden ist auf ihre alten Tage, weil sie so ein Theater wegen ein paar Luftballons macht. Dass mein Herz an ihnen hing, weil Jan sie mir geschenkt hatte, konnte ich ja schlecht zugeben.

Was hatte Jan gesagt, als er mich am Freitag, dem 13., küsste? »Alles ist sehr, sehr kompliziert ...«

Bei Gott, das ist es.

Ich duschte und zog mich an. Als ich nach dem Lippenstift griff, klingelte das Telefon. Wo, wo, wo ... unten, in der Küche? Ich rannte die Treppe runter. In der Küche war es nicht. Ich spurtete zurück in den Flur. Der Telefonhörer lag auf der Station und schrillte immer noch. Wer auch dran war – er hatte Ausdauer.

»Hallo?«, keuchte ich hinein.

»Hallo, Judith.«

Mein Herz setzt einen Schlag aus. Komisch, dass mir das immer noch passiert, wenn ich Thomas' Stimme höre. Es ist nicht so, dass ich ihn noch liebe. Ich vermisse ihn auch nicht mehr. Das heißt, manchmal schon, aber dann fehlt mir der Thomas, mit dem ich glücklich war, nicht Mariannes Thomas, der sich so sehr verändert hat, dass ich ihn kaum wiedererkenne. Dass mein Herz aussetzt – es ist wie ein Schlag in die Brust: WAMM – ist ein Reflex, eine rein körperliche Reaktion, die ich mir nicht erklären kann.

»Hast du das Telefon wieder nicht gefunden, oder warum hat das so lange gedauert, bis du dran warst?«, fragte Thomas. Er hörte sich ausgesprochen gut gelaunt an.

»Hm ... das Ding hatte sich mal wieder versteckt«, gab ich zu.

Thomas berichtete nun, dass Bekannte von Marianne gern das Haus besichtigen wollten. Am liebsten sofort, sie seien sehr interessiert.

Bekannte von Marianne? In unserem Haus?

Thomas plauderte weiter, dass diese Bekannten zuzreit zur Miete in einem Reihenhaus im Martinsviertel wohnten, nun aber gern eine Immobilie erwerben wollten. In ruhiger Wohnlage und mit einem großen Garten. Sie legten Wert auf eine solide Bausubstanz und eine großzügige Raumaufteilung. Eine Doppelgarage sei ein unabdingbares Muss.

Ich dachte: Was hat er sich denn heute Morgen in den Kaffee geschüttet, dass er daherredet wie ein Makler?

»Ist es in Ordnung, wenn wir in einer halben Stunde vorbeikommen?«, wollte Thomas wissen. »Der Makler ist übrigens nicht dabei, ich händele das solo. Wir haben schließlich keinen Exklusivvertrag mit ihm geschlossen.«

So so, Thomas händelt das solo. Hm.

Die Vorstellung, unser Haus an Bekannte von Marianne zu verkaufen, ist mir unbehaglich. Lieber würde ich es Leuten gönnen, die einen besseren Geschmack im Hinblick auf die Wahl ihrer Bekanntschaften haben. Albern von mir, ich weiß. Ich lauere schließlich seit Wochen auf einen Käufer, damit Oma, die Kinder und ich endlich ausziehen können. Nur wissen wir bis jetzt nicht, wohin, denn ich hab immer noch keine Wohnung gefunden. Es ist wie verhext …

»Judith? Bist du eingeschlafen?«

Ich beeilte mich zu versichern, dass er mit den Interessenten in einer halben Stunde gern vorbeikommen könne. Allerdings könne ich das Haus unmöglich bis dahin auf Hochglanz gebracht haben.

»Schon in Ordnung«, meinte er ungeduldig. »Dafür werden sie Verständnis haben, zumal ich davon ausgehe, dass sie keinen Schweinestall vorfinden werden. Also tschüs, bis gleich.«

Klick. Aufgehängt.

Apropos Schweinestall. Ich rannte die Treppe rauf in Fredericks Zimmer. Der Zustand dieser Räumlichkeit stellte jeden Schweinestall in den Schatten. Allerdings roch es nicht nach Mist und Borstentieren, sondern nach kaltem Rauch und Mief. Als Erste-Hilfe-Maßnahme riss ich das Fenster weit auf. Wie schaffte Frederick es bloß, so ein Chaos anzurichten, wenn er die meiste Zeit bei Sabina abhing? Die Zeit drängte. Es gab zwei Möglichkeiten. Entweder brachte ich mich im Eiltempo auf Hochglanz, oder ich nahm den Saustall in Angriff. Ich schloss einen Kompromiss, indem ich die Dreckwäsche vom Boden aufraffte und in den Wäschekorb im Bad stopfte. Das musste genügen. Dann schminkte ich mich sorgfältig, nebelte mich mit »Romance« von Ralph Lauren ein und bürstete meine Haare, bis sie glänzten. Ich trug sie etwas kürzer als sonst, in einem stufigen Federschnitt, und sie waren nicht mehr dunkel, sondern honigblond mit helleren Strähnchen dazwischen. Diese neue Frisur stand mir gut. Sogar Babs machte mir ein Kompliment, als ich gestern frisch gestylt bei ihr in der Praxis vorbeischneite: »Wenn ich nicht wüsste, dass du bald 39 wirst – du siehst aus wie allerhöchstens 37. Richtig flott und schick. Das hättest du schon viel früher haben können. Hab ich dir nicht immer gesagt, du sollst zu Achim gehen? Er ist der beste Stylist in ganz Grafenberg. Aber du musstest ja immer zu Gerlind rennen, nur weil sie in der Grundschule mit dir in einer Klasse war.«

Meine Schwester (immer noch superschlank, obwohl sie im vierten Monat ist) meint es gut mit mir. Am liebsten würde sie mich wohl zur Generalüberholung fünf Wochen in eine Schönheitsfarm schicken. Bei Nulldiät, versteht sich. Na ja, vielleicht nur vier, denn vor kurzem meinte sie anerkennend, dass ich sicher zwei, drei Kilo abgenommen hätte. Schon möglich, bei all dem Stress, den ich hinter mir habe, aber überprüfen kann ich es nicht. Meine geliebte, treue alte Waage, die konstant 55 Kilo anzeigte, egal, wer draufstand, ruht unter dem Apfelbaum im Garten. Und das digitale Monster, das Thomas zum Hochzeitstag anschleppte (ich hab immer noch das Gefühl, dass es einen Keil zwischen uns getrieben hat, so dass meine ehemals beste Freundin Marianne leichtes Spiel hatte), überlebte den Aufprall nicht, als ich es aus dem Badezimmerfenster in den Garten warf. Erst eine Woche später sammelte ich die Trümmer auf und entsorgte sie in der Mülltonne. Eine würdigere Beerdigung hatte das Ding nicht verdient.

Als es klingelte, öffnete ich die Haustür in der Gewissheit, dass ich nicht wie eine abgelegte Ehefrau aussah, die sich vor lauter Verzweiflung vernachlässigt hatte. Ich trug schwarze, schlankmachende Stretchhosen und einen wollweißen Nicki mit schmeichelndem, halsfernem Rollkragen. Dazu meine Lieblingsohrringe aus gehämmertem Kupfer. Thomas steckte in seinem Tweedjackett; dazu hatte er Jeans an und ein gestreiftes Hemd unter dem blauen Lambswoolpullover, den ich ihm zu Weihnachten geschenkt hatte. Auf seinen Wangen entdeckte ich den Schatten des von ihm neuerdings favorisierten Dreitagebartes, und sein Haar war raspelkurz geschoren. Ein bisschen sah er aus wie Reinhard May.

Mariannes Bekannte – ein Ehepaar namens Busch – waren ungefähr Mitte 30 und wirkten sympathisch. Herr Busch war groß und kräftig und schweigsam. Na ja, ob er immer schweigsam war, konnte ich nicht beurteilen, aber auf dem Rundgang durch unser Haus sagte er jedenfalls kaum ein Wort. Frau Busch, eine quirlige Brünette mit Kulleraugen, redete dafür umso mehr. »Georg, jetzt schau dir doch mal diese Küche an. Hast du je so was Entzückendes gesehen?« Sie drehte sich zu mir um. »Haben Sie den Kühlschrank so schön gestaltet? Und das reizende Schubladenschränkchen und die Blumentöpfe?«

Thomas erklärte in seinem besten Maklertonfall, den ich nie zuvor vernommen hatte, dass ich alles eigenhändig mit Hilfe von Serviettentechnik gestaltet hätte. »Meine Frau … ähm, Judith ist sehr kreativ. Sie hat auch sämtliche anfallenden Malertätigkeiten erledigt.«

Das hörte sich an, als würde er einer Angestellten ein gutes Zeugnis ausstellen.

Wir wanderten von Zimmer zu Zimmer. Frau Busch war begeistert. Selbst Fredericks Saustall konnte sie nicht schrecken. »So sind Jungs nun mal«, sagte sie fröhlich, als Thomas sich für das Chaos entschuldigte – nicht ohne mir einen vorwurfsvollen Blick zuzuwerfen. »Unser Kleiner ist acht, und in seinem Zimmer sieht es ganz genauso aus.« Ich konnte nicht glauben, dass Busch junior volle Aschenbecher, Colaflaschen und leere Raviolidosen unter seinem Bett hortete, aber es war nett von ihr, Thomas mit dieser Bemerkung den Wind aus den Segeln zu nehmen.

Sie lächelte mich strahlend an: »Wir bekommen im September übrigens noch mal Nachwuchs und freuen uns riesig.«

Wir gingen in den Garten. Frau Busch hatte sich bei ihrem Mann eingehakt. »In den Kinderzimmern würde ich gern Laminatboden verlegen lassen. Oder lieber Parkett? Georg, was meinst du?«

Georg gab einen Laut von sich, in den man alles hineininterpretieren konnte.

Auch unser Garten riss Frau Busch zu Begeisterungsstürmen hin, obwohl er jetzt im Februar bis auf ein paar Büschel Schneeglöckchen an sonnigen Flecken wenig zu bieten hatte.

»Im April blühen hier tausend Narzissen«, prahlte Thomas.

»Die Blattspitzen lugen schon heraus«, freute sich Frau Busch. »Und da vorn kommen die ersten Krokusse.«

Herr Busch grunzte nur. Immerhin fand die Doppelgarage Gnade vor seinen Augen. »Schön geräumig«, brummte er.

Nachdem die Besichtigung abgeschlossen war, servierte ich im Wohnzimmer Kaffee und Schokokekse.

»Ein wirklich schönes Haus«, sagte Frau Busch und nahm sich einen Keks.

»Danke«, sagten Thomas und ich wie aus einem Mund.

»Georg?«, fragte seine Frau. Georg rührte schweigend in seiner Kaffeetasse.

»Ich finde, es ist wie geschaffen für uns«, fuhr seine Frau fort. »Das Haus, in dem wir wohnen, ist auch hübsch. Aber es steht nicht zum Verkauf.«

Georg nickte.

Seine Frau legte die Hand auf seinen Arm. »Dieses Haus hat eine gute Atmosphäre«, sagt sie. »Man merkt, dass hier Menschen glücklich waren.«

Ich merkte, wie mir die Tränen in die Augen schossen. Frau Busch legte eine Hand auf ihren Mund. »Oh, tut mir Leid. Ich wollte Ihnen nicht wehtun. Ich und mein großes Mundwerk …«

Sie sah ehrlich bestürzt aus. Ich zwinkerte die Tränen weg. »Es braucht Ihnen nicht Leid zu tun«, sagte ich. »Wir waren tatsächlich einmal sehr glücklich hier.«

Ich hörte Thomas leise »ja« sagen.

»Und es ist auch schön, dass wir keine Maklergebühr zahlen müssen«, bemerkte Frau Busch mit einem strahlenden Lächeln.

Nehmen sie's jetzt oder nehmen sie's nicht?

Frau Busch tat so, als wohne sie bereits in unserem Haus. Herr Busch sah aus, als weile er gedanklich am Amazonas. Oder auf dem Mond?

Er räusperte sich. »Ich glaube, der Preis ist angemessen.«

»Ähmm … heißt das, Sie nehmen das Haus?«, fragte ich.

Er grinste und streckte die Hand aus. »Scheint so, oder?«

Er schüttelte erst Thomas, dann mir kräftig die Hand. Seine Frau, eine emotionalere Natur, umarmte uns alle herzlich. »Wann können wir einziehen?«

Diese Frage versetzte mich in Panik. Dass die Buschs hier einzogen, bedingte, dass wir vorher ausgezogen waren. Und ich hatte keine Bleibe! Ich sah mich mit Oma und den Kindern schon unter einer Brücke schlafen, umringt von unseren Habseligkeiten. »Sie können einziehen, sobald ich eine neue Wohnung gefunden habe, oder ein Haus zur Miete. Wie lange das dauern wird, kann ich leider nicht sagen.«

»Der Wohnungsmarkt in Grafenberg ist nicht ganz unproblematisch«, ergänzte Thomas in seinem besten Maklertonfall.

Herr und Frau Busch tauschten einen Blick. »Wenn wir einen Nachmieter gefunden haben, können wir jederzeit kündigen«, meinte Georg. »Das haben wir mit unserem Vermieter vereinbart.«

Seine Frau strahlte mich an. »Wollen Sie sich unser Haus nicht mal ansehen? Vielleicht ist es ja genau das, was Sie suchen.«

»Genau. Warum setzen wir uns nicht alle ins Auto und fahren zu uns?«, fragt Herr Busch sehr vernünftig.

Herr Busch fädelte seinen Passat Kombi geschickt durch den lebhaften Verkehr. Ich war schrecklich aufgeregt und hätte einiges darum gegeben, Babs dabei zu haben, die ein unbestechliches Auge hat. Papierdünne Wände, undichte Fenster, schlampig verlegte Leitungen – meiner Schwester entgeht nichts. Den Buschs und Thomas war nicht daran gelegen, mich auf etwaige Mängel aufmerksam zu machen; sie wünschten sich, dass ich so schnell wie möglich auszog. Plötzlich fühlte ich mich den Tränen gefährlich nahe. Zu albern, wirklich. Da hatte Thomas endlich Käufer gefunden, die den Preis anstandslos akzeptierten, und ich fühlte mich wie von Haus und Hof vertrieben.

Thomas und ich schwiegen während der Fahrt. Georg auch. Frau Busch erzählte munter drauflos. »Vor fünf Jahren haben Georg und ich uns mit einer PR-Agentur selbstständig gemacht. Wir haben es keine Minute bereut. Es ist ein gutes Gefühl, sein eigener Chef zu sein. Was machen Sie beruflich, Judith? Ich darf doch Judith sagen? Ich heiße Corinna.«

»Ich bin Mietköchin«, sagte ich.

»Das ist ja interessant! Haben Sie eine Ausbildung zur Köchin gemacht?«

»Nein. Ich habe einfach immer sehr gern gekocht. Meine Oma hat's mir beigebracht, als ich klein war.«

»Ich *hasse* kochen«, gab Corinna freimütig zu. »Wenn ich nie mehr einen Kochlöffel anrühren müsste – das wäre der Himmel auf Erden für mich. Haben Sie eine Visitenkarte? Wir gehen öfter mit Kunden essen oder bewirten sie zu Hause. Wir würden Sie gern mal engagieren, nicht wahr, Georg?«

»Sicher«, sagte Georg und bremste scharf vor einer roten Ampel.

Ich kramte ein Kärtchen aus meiner Handtasche und reichte es nach vorn.

Judith Horn
Mietköchin
kocht und backt für Sie

stand darauf, dazu Fax, Telefonnummer, Adresse und E-Mail-Adresse. Ich werde mir wohl bald neue drucken lassen müssen. Egal, ob das Haus der Buschs etwas für uns ist oder nicht – meine Tage in der alten Heimat sind gezählt.

Mittlerweile waren wir im Martinsviertel angekommen, das sich von unserem Haus aus gesehen am anderen Ende der Stadt befindet, in der Nähe des Elisabeth-Krankenhauses. Das Martinsviertel ist eine ruhige Wohngegend. Die Ein- und Mehrfamilienhäuser, die die baumbestandenen Straßen säumen, sind vom Standard her ähnlich wie bei uns im Lukasviertel. Solider Mittelstand. Es gibt keine heruntergekommenen Mietskasernen; aber auch keine Prachtvillen wie auf dem Grünsberg, wo unter anderem der Dollar-Hugo und sein gelber Rolls-Royce residieren. Hugo hat es weit gebracht mit seinem rollenden Kramladen, in dem alles – von der Nähnadel über Kochtöpfe bis hin zu Sweatshirts mit Pokémon-Aufdruck und rosa Makoschlüpfern mit Beinchen – feilgeboten wird.

Georg bog rechts ab. »Da sind wir schon«, sagte er.

»Die Reihenhäuser da vorn«, ergänzte seine Frau.

Ich entdeckte drei weiß verputzte, hübsche Reihenhäuser am Ende einer Sackgasse.

»Es ist das mittlere«, erklärte Georg, während er am Wendehammer der Sackgasse wendete und hinter einem ziemlich dreckigen und leicht verbeulten blauen Landrover parkte.

»Leider gibt es keine Garage.«

»Wenn's weiter nichts ist«, sagte ich.

Das Haus gefiel mir auf Anhieb. Im Erdgeschoss gab es eine geräumige Küche mit Essbereich und ein Wohnzimmer mit einer Schiebetür zum Garten. Außerdem noch ein großes Zimmer mit Bad und WC – ideal für Oma.

Georg holte eine Flasche Sekt aus dem Kühlschrank. »Wie wär's, Häschen, wenn du Judith oben alles zeigst? Wir Männer trinken hier schon mal ein Glas auf den Abschluss, den wir heute getätigt haben.«

»Gute Idee, Bärchen«, gab Corinna zurück.

Ich folgte ihr die Treppe hinauf. Die drei Zimmer oben waren etwas kleiner als in unserem Haus, aber völlig ausreichend. Das Bad war größer und schöner ausgestattet als unseres. Es ist perfekt, dachte ich. Die Räumlichkeiten stimmen, die Atmosphäre auch. Mir fiel der Bungalow ein, den Marianne und ihr Exmann Stefan vor Jahren einmal gemietet hatten. Ich hatte mich nie wohl gefühlt in diesem Haus. Es sind die Möbel, dachte ich damals. Marianne hat eine Schwäche für ultramodernes Mobiliar und viel Schwarz; ich hab's lieber gemütlich mit viel hellem Holz und bunten Teppichen. Heute denke ich, dass die ständigen Streitereien zwischen den beiden die Atmosphäre negativ aufgeladen hatten.

So genau ich auch hinsah – es wollte mir kein Mangel ins Auge stechen. Das Haus war fünf Jahre alt, tiptop in Schuss. Corinna und Georg hatten es überdies mit viel Liebe und Geschmack möbliert. (Das Zimmer des achtjährigen Sohns war mit Fredericks Saustall überhaupt nicht zu vergleichen, nur ein paar Spielsachen lagen auf dem blau gemusterten Teppichboden!)

»Die Teppichböden bleiben drin«, sagte Corinna. »Die hat der Vermieter gelegt.«

Der Vermieter? In meinem Kopf klingelten die Alarmglocken. Ich erinnerte mich an die herrliche Altbauwohnung im Zentrum, die Babs und ich besichtigt hatten. Bei dem Vermieter handelte es sich um einen »Menschen mit stechendem Blick« (O-Ton Babs), der alle paar Wochen kontrollieren wollte, ob ich den Parkettboden auch richtig pflegte. Außerdem war er der Meinung gewesen, dass einmal im Monat die Fenster samt Rahmen gereinigt werden sollten. Und dieses Individuum hatte auch noch im selben Haus gewohnt …

Das wenigstens war hier nicht möglich. »Der Vermieter, ähm … wo wohnt der denn? Und wie ist er denn so?«

Corinna grinste. »Er wohnt im Haus nebenan.«

»Oh«, entfuhr es mir.

»Ach, er beißt nicht«, meinte Corinna. »Er ist vielleicht ein klitzekleines bisschen exzentrisch … aber im Grunde sehr nett. Wir kommen sehr gut mit ihm aus.«

Konnte es sein, dass Corinna selbst Graf Dracula als nett bezeichnet hätte, nur um mir den Einzug in dieses Haus hier schmackhaft zu machen? Nein. Das traute ich ihr nicht zu.

Ich erkundigte mich nach der Miete. Sie war hoch, aber nicht zu hoch. Mit Omas Unterstützung war es zu schaffen, und schließlich hatte ich ja noch ein Polster vom Hausverkauf zu erwarten, und überhaupt würde ich in Bälde karrieremäßig voll durchstarten, und Thomas zahlte Unterhalt für Lisa und Frederick …

Ich holte tief Luft. »Ich miete das Haus.«

»Ich hab's gewusst«, rief Corinna und fiel mir um den Hals.

Ich saß auf der azurblauen Couch der Buschs und fühlte mich leicht beduselt. Hatte ich eben wirklich spontan *ja* zu diesem Haus gesagt? Ohne nachzudenken, ohne mich mit Babs oder Thomas beraten zu haben? Ich hatte noch nie im Leben allein einen Entschluss von solcher Tragweite gefasst – immer war Thomas da gewesen, und wir hatten alles in Ruhe miteinander besprochen. Unsere Devise war: Ehe wir etwas entscheiden, schlafen wir erst mal drüber. Im Normalfall hätte ich zu Corinna gesagt: Ich muss mir die Sache durch den Kopf gehen lassen. Wenn es Ihnen recht ist, komme ich morgen noch mal mit meiner Schwester vorbei …

Aber ich befand mich in einem Ausnahmezustand. Eine innere Stimme hatte sich zu Wort gemeldet. Aus welchem Abgrund des Leichtsinns ist sie urplötzlich aufgetaucht, diese innere Stimme? Weder die Kinder noch Oma hatten das Haus gesehen, und sie sollten schließlich darin wohnen. Was, wenn es ihnen nicht gefiel und sie meuterten? Was, wenn Babs etwas auszusetzen hatte?

»Dann haben sie Pech gehabt!«, sagte die innere Stimme. Sie nahm im Gegensatz zu mir kein Blatt vor den Mund.

»Wie wär's, wenn wir zum Vermieter rübergehen und alles unter Dach und Fach bringen?«, fragte Georg.

Thomas sah mich an. »Du musst nichts überstürzen, Judith«, sagte er. »Schau dir das Haus doch erst mal zusammen mit den Kindern und Oma an, ehe du dich entscheidest.«

Was ging es ihn an, wenn ich was überstürzte?

»Nein«, sagte ich. »Mein Entschluss steht fest.

Und ich würde sehr gern jetzt alles unter Dach und Fach bringen.«

Gesprochen wie eine erfolgreiche Geschäftsfrau. Ich bin stolz auf mich. In Thomas' Augen blitzte Überraschung auf und so etwas wie Respekt.

Gut so.

Georg hängte sich ans Telefon und informierte den Vermieter, dass seine Frau und er heute den Erwerb ihres Traumhauses per Handschlag besiegelt hätten und dass er bereits eine Nachmieterin gefunden habe. Sie stünde hier neben ihm – eine grundsolide, solvente Person namens Judith Horn – und sei begierig, den Mietvertrag zu unterschreiben, natürlich nur, wenn er, Ralf, einverstanden sei.

»Wunderbar. Bis gleich«, sagte Georg und hängte auf. Zu mir gewandt meinte er: »Er ist begeistert. Wir können sofort rübergehen.«

»Hm«, meinte Thomas. »Was macht er morgens an einem ganz normalen Werktag zu Hause? Ist er Rentner?«

»Er entwickelt Marketingkonzepte und hat sein Büro im Haus«, erklärte Corinna.

Thomas bot an, uns zu begleiten. »Ich gehe gern den Mietvertrag mit dir durch, Judith.« Freundlich, aber bestimmt erklärte ich, dass ich keine Hilfe benötigte, da ich des Lesens und Schreibens mächtig sei und außerdem volljährig. Thomas sank zurück in den Sessel, aus dem er sich schon halb erhoben hatte. »Bitte sehr. Wie du möchtest. Ich hab's nur gut gemeint.« Er sah beleidigt aus.

Corinna, Georg und ich pilgerten also hinüber zum Nachbarhaus. Die Haustür öffnete sich, ehe Corinna klingeln konnte. Vor uns stand ein mittelgroßer, breitschultriger Mann mit dunklen, grau melierten Haaren. Die Lesebrille saß so weit vorn auf seiner Nasenspitze, dass sie fast herunterrutschte. Falls er begeistert war, seine neue Mieterin kennen zu lernen, verbarg er es gut. Himmel, sieht der grimmig aus, war mein erster Gedanke. Unwillkürlich trat ich einen Schritt zurück. Mein Absatz landete auf Corinnas Fuß.

»Aua«, qiekte sie.

»O Entschuldigung, das tut mir Leid«, stammelte ich und wünschte Herrn Wagner einen guten Morgen. Er musterte mich von oben bis unten, ohne eine Miene zu verziehen, quälte sich schließlich einen Morgengruß ab und bat uns ins Haus.

Er hatte sein Büro in dem Erdgeschosszimmer eingerichtet, das im Haus der Buschs für Oma bestimmt war. Ich registrierte Landhausdielen, einen geschwungenen Schreibtisch mit Glasplatte, einen PC mit riesigem Bildschirm, ein Faxgerät, Aktenschränke, Bücherregale. An einer Wand hing ein großformatiger Druck von Georgia O'Keefe. Corinna, Georg und ich nahmen auf eine einladende Handbewegung des Hausherrn hin an einem Konferenztisch mit sechs Schwingern aus schwarzem Leder Platz. Wagner ging hinüber zu einem Aktenschrank und kam mit ein paar beschriebenen Seiten und einem Stift zurück. Aha, der Mietvertrag. Er nahm auf einem Stuhl Platz, schraubte den Stift auf und fixierte Georg mit durchdringendem Blick. »Wann wollt ihr ausziehen, Georg?«

Georg räusperte sich. »Ähm ... das kommt darauf an, wann Judith auszieht. Wir wollen ihr Haus kaufen.«

Wagner lehnte sich im Stuhl zurück und streckte sich, dass die Knochen knackten. »Einigt euch. Mir ist's egal, welches Datum ich in den Mietvertrag einsetze.«

»Ja, wollen Sie denn gar nicht wissen, an wen Sie Ihr Haus vermieten?«, platzte ich heraus. Was war das für ein komischer Vogel!

Wagner schob die Brille zurecht. Die kühlen grünen Augen starrten in meine. »An Frau Judith Horn. Oder hab ich eben am Telefon den Namen falsch verstanden?«

»Ähm, nein«, sagte ich. »Vielleicht interessiert es Sie aber auch, dass meine Großmutter bei mir wohnen wird. Und meine beiden Kinder, Frederick und Lisa. Sie sind 17 und zwölf Jahre alt ...«

Er winkte ab. »Ich bin sicher, Sie werden sich wunderbar vertragen.«

Ohne ein weiteres Wort schrieb er drauflos.

Dann schob er mir den Vertrag rüber. »Lesen Sie sich das durch und sagen Sie mir, ob Sie irgendwelche Einwände haben. Das Einzugsdatum hab ich noch offen gelassen.«

Ich las. Am Tisch herrschte Schweigen, während ich beschäftigt war.

»Den Stift bitte«, sagte ich, als ich fertig war. Wagner reichte den Stift rüber, den er die ganze Zeit in der Hand gehalten hatte.

»15. März? Wäre das in Ordnung für Sie? Oder ist das zu früh?«, fragte ich Corinna und Georg. Sie tauschten einen Blick. »Geht's nicht vielleicht schon zu Ende Februar?«, fragte Corinna begierig.

Panik stieg in mir auf. »Das sind ja nur noch elf Tage ...wie soll ich das denn alles schaffen ... Notar, Kaufvertrag ... und wer weiß, ob ich so schnell einen Möbelwagen kriege und meine Großmutter ... den Umzug muss ich auch managen. Sie hat zwar zum 28. ihre Wohnung gekündigt, aber ...«

Georg lächelte. »Das kriegen wir schon hin, keine Bange. Mein Schwager hat eine Möbelspedition. Ich ruf ihn mal an, ja?«

Zehn Minuten später verließen wir das gastliche Haus, in dem uns noch nicht mal ein Glas Wasser angeboten worden war. Dabei hätte ich eines gebraucht, denn mir war schwindlig, und ich hatte weiche Knie. Die Ereignisse hatten mich überrollt. Auf was hatte ich mich da eingelassen? Das unterschriebene Original des Mietvertrags steckt in meiner Handtasche. Die Möbelspedition ist für den 27. bestellt – erst wird unser Haus geräumt, dann das Haus der Buschs und irgendwie wird alles ganz hervorragend klappen. Das behauptet jedenfalls Georgs Schwager. Ich bin fix und fertig wenn, ich nur daran *denke,* was alles schief gehen kann und fühle, wie mir graue Haare auf dem Kopf sprießen. Am 28. wird der Möbelwagen bei Oma aufkreuzen … aber vorher müssen wir einen Teil von Omas Möbeln verkauft oder verschenkt haben, sie kann unmöglich alles mitnehmen … wie soll ich das nur alles auf die Reihe kriegen – HILFE!

Thomas saß auf dem Sofa und blätterte im *Spiegel*, als wir zur Tür hereinmarschierten.

»Du bist grün im Gesicht, Judith«, sagte er, nachdem ich im Sessel gegenüber Platz genommen hatte. »Jetzt sag bloß, es gibt Schwierigkeiten?«

»Aber nein«, sagte Georg fröhlich. »Alles in bester Ordnung. Zum Monatsende ziehen wir alle um.«

Corinna strahlte. »Wir freuen uns so! Gell, Bärchen?«

Georg warf ihr einen Blick zu, der einen Eisberg zum Schmelzen hätte bringen können. »Ja, Häschen, wir freuen uns. Ich ruf jetzt mal die Bank an und mache einen Termin aus.«

Er telefonierte mit der Bank, gleich danach mit dem Notar, der ein guter Freund des Hauses war. Was mich nicht überraschte: Georg hatte sich als Mann mit weit reichenden Verbindungen entpuppt.

Morgen früh treffen wir uns mit den Buschs beim Notar.

Morgen früh um zehn verkaufen wir unser Haus.

Thomas und ich standen vor unserer Haustür und winkten den Buschs nach.

»Das war ein ereignisreicher Morgen«, sagte Thomas.

»Ja.« Meine Stimme klang zittrig.

Er sah mich besorgt an. »Jetzt bist du nicht mehr grün, sondern käseweiß. Was ist denn mit dir?«

»Was soll sein? Mir geht's gut. Es war nur ziemlich aufregend heute Morgen.«

Er lächelte. »Ja. Aber ich bin froh, dass das Haus endlich verkauft ist. Und es ist absolut fantastisch, dass ihr gut untergebracht seid, du, die Kinder und Oma. Was heute Morgen passiert ist, war eine Fügung des Schicksals.«

Hm. Über Schicksalsfügungen denkt Thomas erst nach, seitdem ihm eine in Gestalt von Marianne über den Weg gelaufen ist.

Wir verabschiedeten uns. »Bis morgen früh dann«, sagte er und stieg ins Auto. Im Davonfahren winkte er. Ich winkte zurück. Es wurde mir klar, dass ich zum allerletzten Mal im Leben vor der Tür unseres Hauses stand und Thomas hinterherwinkte. Ich nahm Abschied von einem Ritual, das uns 17 Jahre begleitet hatte. Thomas hupte, bevor er um die Ecke verschwand. Wie er es immer getan hatte ...

Die Tränen schossen mir in die Augen. Halb blind fummelte ich den Haustürschlüssel ins Schloss.

Das Telefon klingelte. Wie ich es hasse, wenn das Ding losschrillt, kaum dass ich einen Fuß durch die Tür gesetzt habe!! Immerhin lag es auf der Feststation, ich brauchte also nicht wie eine Verrückte im Haus herumzujagen, um es aufzutreiben.

»Wo steckst du denn?«, tönte Babs' Stimme aus

dem Apparat. »Ich versuch schon den halben Morgen, dich zu erreichen.«

»Unser Haus ist verkauft. Morgen machen wir den Vertrag beim Notar. Und ich hab ein Haus zur Miete gefunden.«

»Waaas? Wieso erfahre ich das jetzt erst?«

Ich hatte die Brille abgenommen und wischte mir mit einer Hand über die Augen. »Weil es eben erst passiert ist.«

»Du hörst dich so komisch an … hast du Schnupfen?«

»Nein.«

»Ach so. Hm. Du, ich hab gleich Mittagspause, ich komm auf einen Sprung vorbei.«

Klick. Aufgehängt. Ich weiß nicht, ob ich in der Verfassung bin, mich von Babs gnadenlos ausquetschen zu lassen. Aber leider habe ich keine Chance, ihr zu entrinnen, es sei denn, ich würde Türen und Fenster verbarrikadieren und eine Selbstschussanlage installieren.

Ich reparierte mein Make-up. Dann ging ich in die Küche und kochte Früchtetee. Babs trinkt nur zum Frühstück Kaffee – exakt zwei Tassen. Seit sie schwanger ist, beschränkt sie ihren Koffeeingenuss auf eine Tasse. Ich hatte gerade Schokokekse auf einem Teller arrangiert, als ich ein Auto vorfahren hörte. Eine Wagentür klappte zu, dann eine zweite. Mama war mitgekommen. Babs musste gefahren sein wie der Teufel, dass sie in der Viertelstunde, die seit ihrem Anruf vergangen war, auch noch Mama hatte aufsammeln können. Was heißt gefahren: Sie musste geflogen sein mit ihrem BMW-Kombi. Doch Babs – so stellte sich heraus – war mit Tempo 50 von der Praxis hierhergeschlichen – Mama war gerade bei ihr gewesen, um sich ein Rezept abzuholen.

»Das sind ja wunderbare Neuigkeiten! Das Haus ist verkauft, und du hast eine neue Bleibe gefunden«, sagte Mama, als wir am Tisch saßen und in unseren Teetassen rührten. »Aber ich muss ehrlich sagen ... nimm's mir nicht übel ..., aber ich frage mich, ob du nicht überstürzt gehandelt hast, als du so blitzartig den Mietvertrag unterschrieben hast ...«

»Thomas hat das Haus auch gefallen«, sagte ich und ließ noch ein Zuckerstück in meinen Tee plumpsen.

»Er muss ja auch nicht drin wohnen. Und es ist ihm natürlich recht, wenn du so bald wie möglich das Haus räumst.«

Ich verstand den zarten Wink mit dem Zaunpfahl.

»Soll ich die Buschs anrufen und fragen, ob wir noch mal vorbeikommen können? Damit ihr euch mit eigenen Augen davon überzeugen könnt, dass ich nicht in ein Rattenloch ziehe?«

»Ja, bitte«, sagte meine Schwester allen Ernstes. »Ich hab sonst keine ruhige Minute mehr.«

Mama räusperte sich. Sie sah aus wie frisch vom Friseur und trug einen sehr hübschen puderblauen Angorapulli zu camelfarbenen Flanellhosen.

»Jetzt übertreibst du, Babs. Judith würde nicht in ein Rattenloch ziehen.«

»Aber ihr würden bauliche Mängel nicht auffallen, auch wenn sie deshalb ein Auge verlieren würde«, behauptete meine Schwester.

Seufz. Womit habe ich eine Schwester verdient, die so etwas von mir denkt?

Ich verschränkte die Arme vor der Brust. »Es ist ein sehr hübsches Haus. Fünf Jahre alt, tiptop in Schuss. Es kann sich in der halben Stunde oder so, seit ich es verlassen habe, nicht in eine Ruine verwandelt haben.«

Wir fixierten uns. Babs sah als Erste weg – die Schwangerschaftshormone müssen sie verweichlicht haben.

»Na gut«, meinte sie. »Hast du den Mietvertrag da?«

Ich holte meine Handtasche aus dem Flur und knallte sie auf den Tisch. »Da drin. Lies, damit die liebe Seele Ruhe hat.«

Jeder normale Mensch wäre sich aufdringlich vorgekommen und hätte gemurmelt: »Ach nein, ist schon gut, lass doch.«

Aber nicht meine Schwester.

Während Babs konzentriert las, erzählte mir Mama, dass sie über Ostern mit Bernhard ein verlängertes Wochenende in der Rhön verbringen wollte. »In einem romantischen Landgasthof, Judith. Mit angeschlossenem Bio-Hof. Der Wirt ist berühmt für seine gute Küche. Hach, wir freuen uns ja so.«

Und ich freu mich für Mama, dass sie so glücklich ist. Sie ist bis über beide Ohren in Bernhard Wächter verliebt, und er in sie. Der einzige Wermutstropfen ist, dass er in Göttingen wohnt und sie hier in Grafenberg – das ist immerhin eine Stunde Fahrt hin, eine zurück. Bis jetzt sind sie noch nicht auf die Idee gekommen zusammenzuziehen. Aber was nicht ist, kann ja noch werden.

Ist es zu fassen? Babs hat an dem Vertrag nichts auszusetzen. Na ja, fast nichts. »Da ich das Haus nicht kenne, weiß ich natürlich nicht, ob die Miete angemessen ist.«

»Sie ist in Ordnung«, sagte ich.

Plötzlich grinste Babs. »Du hast heute eine ganz erstaunliche Dynamik an den Tag gelegt … herzlichen Glückwunsch zum neuen Leben!«

19. Februar, 9 Uhr

Ich saß in der Küche, paffte die vierte Zigarette des Tages und wartete darauf, dass es endlich zwanzig vor zehn wurde, damit ich zum Notar fahren konnte. Babs hatte gestern angeboten mitzukommen. »Lieb von dir«, sagte ich. »Aber nicht nötig.«

Mama sah besorgt aus. »Bist du sicher, dass du keine moralische Unterstützung brauchst, Judith-Kind?«

»Ja, Mama. Ganz sicher«, sagte ich.

Sie tauschte einen zweifelnden Blick mit Babs und räusperte sich. »Na ja, wenn du meinst ... Ach, und um noch mal auf dein neues Domizil zurückzukommen ... findest du nicht, Oma und die Kinder sollten es sich vor dem Umzug angesehen haben?«

»Ja, sicher«, meinte ich. »Ich leite das demnächst in die Wege.«

»Demnächst« hieß für Babs und Mama, dass wir gegen Abend mit Oma, Lisa, Frederick und meinem Schwager Peter im Haus der Buschs einfielen. Es führte kein Weg daran vorbei: Babs und Mama gaben keine Ruhe, bis ich die entsprechenden organisatorischen Maßnahmen getroffen hatte. Die Buschs trugen es mit Gelassenheit, dass sich Menschenmengen durch die Räume schoben. Oma allerdings besah sich nur das für sie bestimmte Zimmer nebst

Bad und ließ sich dann im Wohnzimmer nieder. »Was ich sehen musste, hab ich gesehen«, bemerkte sie und fügte großmütig hinzu: »Mein Zimmer gefällt mir. Auch wenn es keinen direkten Zugang zum Garten hat.«

Ich widerstand der Versuchung, sie darauf hinzuweisen, dass sie nur das Wohnzimmer durchqueren musste, um durch die Schiebetür in den Garten zu gelangen. Es fiel mir nicht ganz leicht, denn der Tag war verdammt anstrengend gewesen, und er war noch nicht vorbei. Oben zankten sich Lisa und Frederick, wer das größere Zimmer bekommen sollte. »Du hängst sowieso die meiste Zeit bei Sabina ab«, hörte ich Lisa schrillen. »Also ist es nur gerecht, dass ich das größere kriege.«

»Was hat das damit zu tun? Du spinnst wohl. Ich bin älter als du, größer und stärker als du und brauche Platz für meinen Rechner.«

Mama schüttelte den Kopf. »Das ist ja nicht zum Aushalten. Am besten lost du das gleich an Ort und Stelle mit ihnen aus«, sagte sie und wandte sich wieder Corinna zu, um mit einer intensiven Diskussion über Vitaminzusätze in Antifaltencremes fortzufahren.

Man frage mich bitte nicht, wie die beiden auf dieses Thema gekommen waren – ich habe keine Ahnung. Jedenfalls platzierten sie sich, sowie der erste Rundgang beendet war, aufs Sofa und unterhielten sich, als würden sie sich ein Leben lang kennen. Oma, die auf dem Sessel gegenüber hockte, gähnte. »Antifaltencremes – so ein Unsinn. Es gibt nichts besseres als Niveacreme«, hörte ich sie sagen. »Und preiswert ist sie auch.«

Peter und Georg Busch standen neben der Stereoanlage, stöberten in den CDs und plauderten angeregt über Bruce Springsteen und Sting.

Die Auseinandersetzung im ersten Stock drohte zu eskalieren: Fredericks Bariton wurde lauter, Lisas Sopran schriller. Ich ging die Treppe hinauf. Im Flur oben fand ich meine Schwester auf den Knien vor. Der Disput in ihrer unmittelbaren Nähe ließ sie kalt, denn sie war damit beschäftigt, die Fußleisten zu inspizieren. »Ordentlich verlegt«, murmelte sie, ohne aufzusehen.

»Da bin ich ja beruhigt«, sagte ich.

Die Ironie prallte an Babs ab. »Der Zustand der Fußleisten ist ein guter Indikator für den Gesamtzustand eines Hauses. Wenn hier geschludert wurde, wurde überall geschludert.«

Sie rappelte sich auf. Ihr Gesicht war leicht gerötet, was ihr gut stand. Überhaupt bot sie ein hübsches Bild mit den glänzenden, schulterlangen blonden Haaren und dem Trägerrock aus der Kollektion »Big Mama«, den sie in ein paar Monaten ausfüllen würde. Man sollte nicht meinen, dass sie der Typ war, der Fensterrahmen mit der Lupe untersuchte, Wände abklopfte, Wasserhähne auf- und zudrehte, um zu sehen, ob sie tropften; Fragen nach elektrischen Leitungen stellte, die niemand beantworten konnte. Ganz zu schweigen von der Zeit, die sie mit der Heizung allein im Keller verbracht hatte ... Gott weiß, was sie mit dem armen Ding alles angestellt hatte.

Im Kinderzimmer war plötzlich Stille eingekehrt. Sie hatten sich geeinigt! Ganz ohne meine Einmischung! Oooooh, wie schön!

»Und«, sagte ich zu Babs, »wie lautet das Urteil der Fachfrau? Wurde in diesem Haus geschludert?«

Sie grinste und strich sich eine Haarsträhne hinters Ohr. »Soweit ich es auf die Schnelle beurteilen kann: Nein. Hundertprozentig sicher kann man natürlich erst sein, wenn man drin wohnt und es zum Dach hereinregnet. Aber ich gehe mal davon aus, dass du guten Gewissens hier einziehen kannst – akute Einsturzgefahr besteht nicht, hahaha.«

Was ich an Babs so besonders liebe, ist ihr Sinn für Humor.

»Ich ziehe nicht hier ein«, tönte eine Stimme hinter mir. »Mit dieser Zicke wohne ich nicht unter einem Dach.«

Das erklärte mein Sohn und polterte die Treppe herunter.

Lisa tauchte aus dem Zimmer auf. Sie war hochrot im Gesicht. »Blödmann. Soll er doch bei Sabina wohnen!«

»Das hat er nicht ernst gemeint, Lisa«, sagte ich. »Wenn wir wieder zu Hause sind, losen wir aus, wer das größere Zimmer bekommt. Das ist gerecht, oder?«

»Ich will nicht losen! Ich will es *haben!*« Sie verschwand nach unten.

»Ich würde noch gern den Vermieter kennen lernen«, meinte Babs. »Er wohnt ja nebenan, da ist es besonders wichtig, zu wissen, mit wem man es zu tun hat.«

Man? Ich konnte meinen Ohren nicht trauen. Wer zog hier ein – Babs oder ich?

Sie sah mich erwartungsvoll an. Ich hätte ihr gern den Gefallen getan, damit sie Ruhe gab – aber Ralf Wagners grimmiges Gesicht an einem Tag wie diesem war zu viel für mich.

Ich kreuzte die Finger hinter dem Rücken. »Der Vermieter heißt Wagner und ist ein reizender, freundlicher Mensch«, sagte ich. »Leider ist er nicht zu Hause. Er erwähnte heute Morgen, dass er unterwegs sein wird.«

»Schade.« Babs' Gesicht heiterte sich auf. »Aber du kannst ihn ja zu deiner Einweihungsparty einladen, dann lerne ich ihn kennen. Ach, übrigens: Ist er verheiratet?«

Ich fass es nicht. Verstehe ich was falsch, oder hegt Babs Ambitionen, mich mit meinem Vermieter zu verkuppeln?

»Ich habe keine Ahnung. Hat sein Familienstand deiner Meinung nach etwas mit seinen Qualitäten als Vermieter zu tun?«

Babs grinste übers ganze Gesicht. »Nein. Aber was wäre gegen eine kleine Romanze mit einem reizenden, freundlichen Mann einzuwenden?«

Ich hatte Babs tatsächlich richtig verstanden. Meine Schlagfertigkeit lässt ja meistens zu wünschen übrig, aber mit ihrer letzten Bemerkung hatte sie mir Munition geliefert.

»Ach«, sagte ich unschuldig. »Du willst was mit

ihm anfangen? Na, ich weiß nicht, ob Peter das gefallen wird.«

»Aber Judith«, sagte Babs in diesem sehr geduldigen Ton, der mich immer auf die Palme bringt. »Ich doch nicht. Ich finde, es ist höchste Zeit, dass *du* mal auf andere Gedanken kommst.«

Ich danke meinem Schöpfer, dass Babs nicht weiß, dass ich längst auf andere Gedanken gekommen bin – und mit wem.

9.30 Uhr, immer noch 19. Februar

Ich zog mir gerade vor dem Flurspiegel die Lippen nach, als das Telefon klingelte. Ich spurtete ins Wohnzimmer, denn ich war sicher, dass das Ding auf dem Couchtisch lag, und hatte sogar Recht damit. Jan war dran.

»Ich wollte hören, wie's dir geht«, sagte er. »Und dir alles Gute wünschen.«

Wie lieb von ihm. Es geht mir gleich viel besser, ich bin fast gar nicht mehr aufgeregt. Wir verabreden uns für halb zwölf in einem Café in der Stadt. Bis dahin wird der Termin hoffentlich überstanden sein.

Übrigens – das Problem mit den Zimmern regelte sich auf folgende Weise. Als wir gestern glücklich wieder in den (noch) eigenen vier Wänden waren, kochte ich Spaghetti Carbonara. Mit kühler Berechnung, denn Lisa und Frederick lieben dieses Gericht – es versetzt sie unweigerlich in gute Laune. Tatsächlich schauten sie, nachdem jeder zwei riesige Portionen mit viel Parmesan vertilgt hatte, sehr viel freundlicher drein. Ich schenkte mir ein zweites Glas Chianti ein. »Das Haus gefällt euch, oder?«

»Nicht übel«, meinte Frederick und pickte einen Parmesankrümel von der Tischdecke auf.

»Hm«, kam es von Lisa.

»Was heißt ›hm‹?«

Lisa schaute auf ihren leeren Teller. »Ich will hier nicht weg.« Ihre Augen füllten sich mit Tränen.

Arme Lisa. Ich wusste, dass es nicht nur um das Haus geht. Sie wünschte sich so sehr, dass Thomas zu uns zurückkam. Sie telefonierten oft, und an den Wochenenden unternahm er etwas mit ihr. Sie gingen ins Kino, zum Schlittschuhlaufen, ins Schwimmbad. Frederick hatte Thomas gegenüber völlig dicht gemacht. Seit Thomas uns am 27. Dezember verlassen hatte, hat er seinen Vater nur einmal gesehen. Das Treffen war kein Erfolg gewesen. Frederick hatte Thomas sehr deutlich gezeigt, was er von seinem Abgang hielt, und verweigerte seither die Kommunikation.

»Hey«, murmelte Frederick und legte den Arm um sie. »Du kannst das Zimmer haben, okay? Ich bin eh die meiste Zeit bei Sabina.«

Lisa schniefte. »Echt? Oder sagst du das jetzt nur so?«

»Nee. Ist schon in Ordnung«, meinte er und drückte sie.

In diesem Moment hatte ich meine Kinder so lieb, dass es wehtat.

Als Frederick und Lisa in ihre Zimmer gegangen waren (Frederick wollte ausnahmsweise hier nächtigen), rief ich Jan an und erzählte ihm die großen Neuigkeiten.

»Das ist super«, sagte er. »Da hast du zwei Fliegen mit einer Klappe geschlagen.«

»Ja«, sagte ich. Plötzlich hatte ich einen Kloß im Hals. Unser Haus, Thomas' und mein Haus … weg. Fremde würden darin wohnen. Na ja, die Buschs waren nicht mehr ganz fremd, und sie waren sehr nett, wirklich, auch wenn sie mit Marianne befreundet waren. Wobei mir ziemlich verspätet einfiel, dass Marianne und ich lange Jahre beste Freundinnen gewesen waren. Ich spürte ein Ziehen in der Herzgegend.

»Judith? Bis du noch dran?«

»Ja …«

»Du klingst so komisch.«

»Ich hatte gerade einen akuten Anfall von Panik. Wie soll ich das alles bloß in so kurzer Zeit über die Bühne bringen?«

Dass mich die Panik überfallen hatte, war nur die halbe Wahrheit. Vor allem machte es mich traurig, »unser« Haus zu verlieren.

»Das klappt schon, keine Bange. Wenn alle helfen, ist's doch kein Problem«, sagte Jan.

Ich sah Babs und Peter, Mama, Jan und die Kinder vor mir, wie sie wieselflink packten und schleppten. Und schon sah die Welt rosiger aus: Ich hatte einen neuen Anfang gemacht. Es gab eine Familie, auf die ich mich verlassen konnte, und einen Mann, den ich jetzt am liebsten in die Arme genommen und geküsst hätte. War das vielleicht nichts?

»Judith? Ich muss leider Schluss machen, ich muss zum Dienst.«

Ich hätte ihm gern einen dicken Kuss durch die Leitung geschickt, wusste aber nicht, ob er das kindisch finden würde. Oder aufdringlich. Jan ist nicht jemand, der sein Herz auf der Zunge trägt. Seine Mutter behauptet, Jan wechsle seine Freundinnen häufiger als seine Zahnbürste. Möglich – ich kann es nicht beurteilen. Einmal – es ist fast 20 Jahre her – haben wir uns nach einem Faschingsball leidenschaftlich geküsst. Da war ich schon mit Thomas zusammen. Ich hatte zu viel Sekt getrunken und musste mich anschließend hinter einem Busch übergeben. Gott, war das peinlich. Es dauerte ewig, bis ich mich von dieser Blamage erholt hatte.

11.45 Uhr

Jan und ich saßen im Café. Er sah müde aus, denn er hatte nach dem Nachtdienst nicht geschlafen.

»Du bist doch etwa nicht extra wegen mir aufgeblieben?«, fragte ich besorgt. Er fuhr sich mit der Hand durch die kupferfarbenen, gelockten Haare und grinste. Die Handbewegung war mir vertraut – Thomas macht das auch. Gott sei Dank hört hier aber die Familienähnlichkeit auf. Ich glaube nicht, dass ich es ertragen könnte, dauernd an Thomas erinnert zu werden. Thomas hat dunkle Haare, die langsam grau werden, und grüne Augen. Jans Augen sind von einem strahlenden Blau. Er lacht anders als Thomas, seine Stimme ist tiefer, er bewegt sich anders. Ich liebe die Sommersprossen auf seinem Nasenrücken. Sie verblassen selbst im Winter nicht ganz.

»Nein, nicht wegen dir. Ich schlafe oft erst mittags.«

»Du musst doch schrecklich müde sein!«

Er nippte an seinem Cappuccino. »Es geht. Ich war eine Stunde laufen, das macht den Kopf klar. Jetzt erzähl mal – wie war's beim Notar?«

»Die Sache ging ziemlich kurz und schmerzlos über die Bühne«, sagte ich. Kurz stimmte – schmerzlos nicht. Es hatte wehgetan, neben einem Mann zu sitzen, der nicht mehr zu mir gehörte, und sich von einem Haus zu trennen, in dem alles von unserer gemeinsamen Geschichte erzählte. Aber vorbei war vorbei – was hätte es genützt, Jan etwas vorzujammern?

Er sah mich über den Rand seiner Kaffeetasse an. »Du bist traurig. Das alles nimmt dich sehr mit, auch wenn du es nicht zugeben willst. Manchmal juckt es mich immer noch in den Fingern, Thomas die Fresse zu polieren. Er ist ein Idiot.«

Hm. So drastisch drückt sich Jan normalerweise nicht aus. Heißt das, es wäre ihm lieber, wenn Thomas und ich wieder zusammen wären? Bereut er etwa, etwas mit mir angefangen zu haben? Hat er es etwa nur aus Mitleid getan, weil ich unglücklich war und er mich trösten wollte?

Ach, Unsinn. Ich sehe Gespenster, wo keine sind.

»Ja, es nimmt mich mit. Aber nicht so sehr, wie du glaubst. Vorbei ist vorbei. Lass uns über was anderes reden, etwas Erfreuliches, ja?«

Jan lächelte. An den Augenwinkeln bildete sich ein feines Netz von Fältchen. Er hat ein sehr anziehendes Lächeln. Die alten Leute im Heim lieben ihn, sagt Lilo, seine Mutter, die dort ehrenamtlich Besuche macht.

»Gut. Einverstanden«, sagte er, nahm meine Hand und küsste die Innenfläche. »Was macht dein Job? Hast du neue Aufträge?«

Dieses Thema war auch nicht erfreulich, aber besser als das vorherige. Ich bin erst seit letztem November als Mietköchin tätig, und um ehrlich zu sein, meine Karriere stagniert, weil ich nicht die Energie aufbringe, mich dahinterzuklemmen. Aber immerhin konnte ich Jan berichten, dass ich für eine Bekannte von Mama wieder mal ein paar Torten gebacken hatte. Frau Schneyer empfahl mich überall wärmstens, und so hatte ich außerdem kalte Platten für den Bridge-Abend von Frau Schneyers bester Freundin geliefert.

»Wenn ich erst den Umzug hinter mir habe, knie ich mich richtig rein«, sagte ich zu Jan.

Bald darauf brachen wir auf. Jan war plötzlich sehr müde, fast wäre er im Café eingeschlafen. Ich musste nach Hause, bald würden die Kinder hungrig aus der Schule heimkommen. Zumindest Lisa – ich wusste nicht, ob Frederick zu Sabina gehen würde.

Vor dem Café küsste mich Jan leicht auf die Lippen. »Tschüs. Bis bald«, sagte er.

Ich wankte mit weichen Knien zu meinem Auto. Es ist geradezu Besorgnis erregend, wie ich dahinschmelze, wenn Jan mich küsst. Seine Küsse sind gemeingefährlich, er sollte einen Waffenschein dafür beantragen.

13.20 Uhr

Lisa und ich saßen beim Mittagessen. Es gab Kartoffelsuppe mit Würstchen und dazu Schinken und Käsebrötchen aus dem Café. Ich hatte gerade ein großes Stück von einem Käsebrötchen abgebissen, als die Küchentür aufging und Frederick und Sabina reinkamen.

»Mhm, Kartoffelsuppe«, sagte mein Sohn, schnuppernd. »Irgendwie hab ich geahnt, dass es was Gutes gibt.«

»Hallo«, sagte Sabina und lächelte.

Sie trug eine hautenge, schwarze Hüfthose aus Satin und einen schwarzen, bauchfreien Angorapulli mit kurzen Ärmeln – und das an einem kalten, trüben Februartag.

Hm, hm. Vielleicht friert man ja nicht, wenn der Bauchnabel gepierct ist? Nicht, dass ich es ausprobieren wollte, aus dem Alter bin ich raus. Aber ich hab mich an den Anblick von Sabinas freiliegenden, mit einem silbernen Ring geschmückten Bauch mittlerweile gewöhnt, ja, er ist mir sogar ans Herz gewachsen, genau wie Sabina selbst.

Der Tag, an dem Frederick Sabina zum ersten Mal mit nach Hause brachte, ist mir in unauslöschlicher Erinnerung geblieben. Sie sah aus wie die junge Nadja Auermann und trug die Nase sehr hoch, um es mal vornehm auszudrücken. Was für ein Schock, zu erfahren, dass sie die Tochter meiner damals noch besten Freundin war ... Dazu muss ich erklären, dass ich Sabina ein paar Jahre nicht gesehen hatte, da die Freundschaft zu Marianne sich aus Zeitgründen weitgehend auf die Telefonebene verlagert hatte, seit sie geschieden war und die Buchhandlung ihrer Eltern übernommen hatte.

Jedenfalls hatten Sabina – die als storchbeinige Vierzehnjährige mit pumucklrot gefärbtem Pferdeschwanz und Zahnspange in meiner Erinnerung herumgeisterte – und ich anfangs unsere Schwierigkeiten miteinander. Nicht unwesentlich trug dazu ein roter BH bei, den sie im Bett meines 17-jährigen Sohnes vergessen hatte.

Aber das ist Geschichte. Mittlerweile ist Sabina fast wie eine Tochter für mich.

Sabina und Frederick holten sich Teller und Löffel, schenkten sich Saft ein und setzten sich zu uns an den Tisch. Sabina nahm sich ein Kleckschen Suppe und knabberte dazu an einem Käsebrötchen. Frederick langte tüchtig zu. Ich erzählte vom neuen Haus und stöhnte über den bevorstehenden Umzug.

»Ich helfe natürlich auch mit«, sagte Sabina. »Das schaffen wir ganz easy, wirst sehen.«

»Klar. Machen wir mit links«, meinte Frederick. »Bleib cool, Mama.«

Cool bleiben ist eine gute Idee.

24. Februar

Ich bin zwar cool, aber dafür fix und fertig. Im ganzen Haus stehen Kisten herum. Ich schufte seit Tagen wie eine Wahnsinnige und falle abends todmüde ins Bett. Jan und ich schreiben uns ab und zu E-Mails, telefonieren kurz. Zu mehr bleibt keine Zeit, und auch keine Energie.

Als ich Oma vorsichtig erklärte, dass der Inhalt ihrer großen Dreizimmerwohnung unmöglich in ihr neues Reich passen würde, unterbrach sie mich ungeduldig: »Das weiß ich auch. Noch bin ich nicht senil. Mach mit dem alten Kram, was du willst, Judith. Ich will nur den Fernseher und das Radio mitnehmen, sonst nichts.«

Ich war baff. »Wieso denn das plötzlich, Oma? Vor kurzem hast du noch gesagt, du könntest dich nie von deinen Möbeln trennen, weil sie dich an Opa erinnern.«

»Auch in meinem Alter darf man seine Meinung ändern.«

Also fuhren Babs, Peter und ich mit Oma ins Möbelhaus. Sie suchte sich ein Bett aus Kiefernholz aus, einen großen, dazu passenden Kleiderschrank, einen geblümten Ohrensessel mit Fußschemel, ein Sofa und einen Couchtisch. Die Möbel würden am 28. im neuen Haus angeliefert werden, was den Umzug ungeheuer vereinfachte. Ich konnte den Möbelwagen für Oma abbestellen. Ihre Kleider und Kisten mit Kleinkram passten in Babs' und mein Auto.

»Neue Gardinen will ich auch«, verkündete Oma. »Aber das hat Zeit, bis ich eingezogen bin.«

Babs setzte eine Anzeige in die Zeitung, dass Omas Wohnung aufgelöst werden sollte. Was wir verkaufen konnten, verkauften wir. Einiges wurde verschenkt: Kemal, ihr netter Nachbar und Vermieter, zog freudestrahlend mit einem riesigen Ölbild ab. Es zeigte Schiffe, die den Rhein hinuntersegelten und würde fortan Kemals Wohnzimmer schmücken. »Bild wird mich immer an dich erinnern, Oma«, sagte er. »Wir sind sehr traurig, dass du wegziehst.«

»Ach was«, meinte Oma. »Es ändert sich doch nicht viel. Natürlich kaufe ich nach wie vor bei dir ein. Wo kriege ich sonst so guten Schafskäse her? Und Fladenbrot?«

Kemal grinste und zwinkerte ihr zu. Oma zwinkerte zurück. Es ist vielleicht nicht gleich für jeden erkennbar, aber sie mag Kemal sehr gern.

Was weder zu verkaufen noch zu verschenken war, warf ich weg. Es war lange nicht so viel, wie ich befürchtet hatte. Es war erstaunlich, was die Leute, die in Scharen durch Omas Wohnung schwärmten, alles brauchen konnten, vorausgesetzt, es kostete wenig oder nichts. »Sogar die kaputte Stehlampe im Keller bin ich losgeworden«, freute sich Oma.

Jetzt läuft der Countdown. In drei Tagen steht der Möbelwagen vor meiner Tür. O Gott. Ich habe nachts Albträume.

27. Februar, 23 Uhr

Wir sind drin. Im neuen Haus, meine ich. Ich bin hundemüde, aber glücklich. Der Umzug ging reibungslos über die Bühne. Alle haben geholfen: die Kinder, Babs, Peter, Oma, Mama und Jan. Mama war erstaunt, dass Jan da war. Sie nahm mich beiseite und zischelte mir zu: »Was macht Jan hier?«

»Er hilft beim Umzug«, sagte ich.

»Das sehe ich. Es wundert mich nur, dass er dir seine Hilfe angeboten hat. Der Rest von Thomas' Familie ist ja auf Tauchstation gegangen. Von Lilo und Heinz hört und sieht man nichts. Ich hab mal angerufen. Einmal und nie wieder, das kann ich dir sagen. Lilo jammerte mir die Ohren voll, wie schrecklich alles sei und wie peinlich. Als ob du was dafür könntest, dass ihr kostbarer Sohn dich verlassen hat.«

Typisch Mama. Mitten im Trubel zerbricht sie sich den Kopf über so was.

28. Februar, 23 Uhr

Omas Möbel wurden pünktlich um neun Uhr in der Früh geliefert. Jan und Peter bauten den Schrank zusammen. Oma saß in ihrem neuen Ohrensessel und schaute zu. Babs, die Kinder und ich räumten im Haus herum und hängten Bilder auf. Gegen elf brachte ich den Männern und Oma Kaffee und Kekse auf einem Tablett. Jans Hand berührte meine, als er mir den Becher abnahm. Es war wie ein elektrischer Schlag. Wir lächelten einander an. Er strich zart mit dem Finger über mein Handgelenk. Dies konnte er unbemerkt tun, denn Peter hatte uns den Rücken zugekehrt und erzählte Oma gerade, dass es bei Karstadt wunderschöne, preiswerte Drucke von Chagall gäbe, die seiner Meinung nach hervorragend in dieses Zimmer passen würden. Jan trat einen Schritt näher, ich spürte seine Körperwärme, roch sein Rasierwasser. Die Sehnsucht, ihn anzufassen, ihn zu küssen, war so stark, dass es beinahe wehtat. »Ich geh dann mal wieder«, sagte ich hastig und floh aus dem Zimmer.

Am Abend sah das Haus schon wohnlich aus. Ich hatte den Pizzaservice angerufen. Wir hatten zusammen gegessen, dann fuhren Babs, Peter und Jan nach Hause. Jan nahm Frederick mit, der zu Sabina wollte. Lisa verzog sich in ihr Zimmer, um Poster von Britney Spears, Westlife und den No Angels an die Wände zu pinnen. Oma und ich siedelten ins Wohnzimmer über und gönnten uns ein zweites Glas Wein. Ich war müde und träumte vor mich hin. Wie schön, wenn Jan jetzt da wäre und ich mich auf dem Sofa an ihn kuscheln könnte ...

»Euch hat's ja ganz schön erwischt«, sagte Oma.

Ich schreckte hoch. »Wie bitte? Entschuldige, Oma. Ich war mit meinen Gedanken woanders.«

»Ja, ja, so ist das, wenn's eingeschlagen hat. Es ist zwar schon über 60 Jahre her, aber ich erinnere mich noch sehr gut daran, dass dein Großvater mir Tag und Nacht nicht aus dem Sinn ging. Gott, waren wir verliebt.«

Ich starrte sie entsetzt an. »Ich bin doch nicht verliebt, Oma. Wie kommst du denn auf so was?«

Oma rückte ihre Brille zurecht. »Ich bin weder blind noch senil.« Sie kicherte. »Du bist rot wie eine Tomate.«

Tatsächlich fühlten sich meine Wangen verdächtig heiß an. Oma hat also gemerkt, dass etwas ist zwischen Jan und mir. Es ist mir ein Rätsel, wie das passieren konnte. Jan und ich haben uns völlig normal verhalten, da bin ich ganz sicher. Und ich *bin* nicht verliebt! Ich fühle mich zu Jan hingezogen, und der Sex ist fantastisch, aber verliebt kann man das nicht nennen. Ganz sicher nicht.

»Jan ist ein netter junger Mann«, sagte Oma genüsslich. »Ich hab ihn schon immer gern gemocht.«

Leugnen hatte keinen Sinn mehr, ich sah es ein. Aber ich musste die Sache in die richtige Perspektive rücken. »Jan und ich sind uns, hm, in der letzten Zeit näher gekommen, das stimmt. Aber wir sind ganz sicher nicht verliebt ineinander. Es handelt sich mehr um so etwas wie, hm, gegenseitige Anziehung. Du hast das völlig falsch interpretiert, Oma.«

Sie brach in schallendes Gelächter aus. »Entschuldige, Judith, aber ich kann nicht anders«, sagte sie, als sie sich wieder einigermaßen beruhigt hatte.

»Was ist daran so lustig?«, fragte ich beleidigt.

»Alles.« Sie gackerte wie ein Huhn. »Soso – du meinst also, ich hab das ganz falsch interpretiert.«

»Ja, sicher! Und der Rest der Familie würde auch alles missverstehen und falsch interpretieren und endlos darüber diskutieren wollen. Dazu hab ich im Moment nicht die Nerven. Also bitte tu mir den Gefallen und behalte deine, hm ... Vermutungen für dich, ja?«

Oma wurde ernst. »Von mir erfährt niemand was. Aber, Judith ... glaubst du wirklich, ihr könnt das noch viel länger geheim halten?«

»Ja, das glaube ich«, sagte ich mit aller Würde, die ich aufbringen konnte.

»Hm«, meinte Oma. »Vielleicht hast du sogar Recht. Man sollte es nicht für möglich halten, wie begriffsstutzig die anderen sind.«

»Sind sie nicht«, widersprach ich. »So normal wie Jan und ich uns benehmen, kann niemand auf die Idee kommen, dass, hm, nun ja, sich etwas verändert hat. Es ist mir, ehrlich gesagt, ein Rätsel, wie du es erraten hast.«

»Ja, mir auch, so im Nachhinein«, sagte Oma und lächelte milde. »Stell dir vor, ich war sogar überzeugt, dass ihr bis über beide Ohren ineinander verliebt seid. So kann man sich irren.«

Der honigsüße Ton passt nicht zu Oma, das Lächeln auch nicht. Hm. Sie zieht mich auf, jawohl, das tut sie. Ich ignoriere das jetzt einfach. Es ist ein harmloses Vergnügen, ich gönne es ihr, solange sie im Familienkreis nichts ausplaudert. Und das wird sie nicht, denn sie hat versprochen, den Mund zu halten. Oma ist manchmal nicht ganz einfach im Umgang – vornehm ausgedrückt. Aber auf ihr Wort kann man sich hundertprozentig verlassen.

9. März, 19 Uhr

Mit Stolz und Wohlgefallen betrachte ich mein Wohnzimmer. Ich habe mir eine Bierzeltgarnitur ausgeliehen. Das blaue Krepppapier als Tischdecke sieht hübsch aus zu den gelben Narzissen, roten Tulpen und blauen Anemonen, die ich in zwei weißen Milchkännchen arrangiert habe. Die Teller sind auch weiß, die Servietten gelb. In den beiden silbernen Kerzenleuchtern – ein Hochzeitsgeschenk von Babs – stecken weiße Kerzen. Der Esstisch ist ausgezogen, und darauf ist ein Büfett angerichtet. Da beim Umzug mein seit Jahren verschollenes skandinavisches Kochbuch wieder aufgetaucht war, habe ich mich dazu inspirieren lassen, dänische und schwedische Spezialitäten zu servieren.

Gleich steigt unsere Einweihungsparty, und die Idee dazu wuchs *nicht* auf Babs' Mist. Na ja, gut, sie erwähnte mehrmals nebenbei, sie sei schon lange nicht mehr auf einem Fest gewesen, und setzte einen so traurigen Dackelblick auf, wie es einem Menschen mit blauen Augen überhaupt möglich ist. Sie erwähnte auch (mehrmals), dass aus medizinischer Sicht ein bisschen Entspannung nach all dem Umzugsstress empfehlenswert sei – und was sei entspannender als eine kleine Feier mit lieben Menschen?

Mir fielen auf Anhieb 20 Tätigkeiten ein, die mindestens genauso entspannend waren, aber Tatsache war, dass ich selbst Lust auf eine Party hatte. Ich wollte unser neues Heim mit Menschen füllen, mit Lachen, Musik, gutem Essen und Wärme, damit es mir vertrauter wurde. Also lud ich Jan ein; Babs und Peter, Mama und Bernhard Wächter, die Buschs und unsere ehemaligen Nachbarn Usch und Wolfgang. Lisa lud ihre beste Freundin Chrissy ein und Frederick Sabina und ein paar Freunde. Ich hatte auch Kemal und seine Frau gebeten, aber Kemal lehnte ab. »Zu viele Leute. Fatima ist schüchtern, kann fast kein deutsch.«

»Macht doch nichts«, sagte ich. »Du kannst für sie übersetzen, Kemal.«

»Lieber wir kommen einmal allein zu Oma und dir.«

Ich ackerte noch ein bisschen an ihm herum, aber er ließ sich nicht umstimmen. Schade.

Babs fand, dass ich meinen Vermieter einladen solle. »Es kann nicht schaden, auf freundschaftlichem Fuß mit ihm zu stehen.«

»Du bist bloß neugierig«, wehrte ich ab. »Deshalb soll ich ihn einladen.«

»Ach wo.«

»Bist du doch. Du warst schon als Kind krankhaft neugierig. Alles und jeden wolltest du unter die Lupe nehmen.«

»So ein Unsinn! Was du von mir denkst! Also, wenn du nicht meine Schwester wärst, wäre ich ernsthaft beleidigt.«

Ich sah sie nur an.

»Wie alt ist er eigentlich? Sieht er gut aus? Weißt du jetzt endlich, ob er verheiratet ist?«

Ich sagte nichts.

Sie fing an zu lachen. »Oooooh – wenn Blicke töten könnten ...«

Ich lachte mit. Aber eingeladen hab ich Herrn Wagner nicht. Warum sollte ich – ich finde ihn nun mal nicht besonders sympathisch. Unsere Nachbarn zur Linken, ein älteres Ehepaar namens Lohner, zählen auch nicht zu den Gästen. Neulich klingelte ich bei ihnen und stellte mich als neue Nachbarin vor. Ich wurde kurz an der Haustür abgefertigt. Die beiden alten Leute wirkten abweisend und misstrauisch; ich hatte das Gefühl, dass nicht oft jemand bei ihnen klingelte, der ihnen nichts verkaufen wollte. Ab und zu begegnen wir uns auf der Straße. Ich grüße freundlich, sie grüßen reserviert zurück. Herr Wagner ist fast nie zu sehen. So weit der Stand der nachbarlichen Beziehungen.

Lisa kam rein. Sie trug schwarze Schlaghosen und ein enges mintgrünes Shirt mit Knopfleiste und einem Polokragen. Thomas hatte ihr das neue Outfit eigens für die Party spendiert. Sie hatten sich in der Stadt getroffen und waren zu H & M gezogen. Lisa kam glückstrahlend nach Hause und schwenkte zwei Tüten. In der zweiten befand sich ein blaues Sweatshirt von Nike für Frederick. »Ich will nichts von Thomas! Er soll mich in Ruhe lassen!«

»O Mann, Fredde, sei nicht so stur«, sagte Lisa. »Das Shirt sieht cool aus. Ich hab's ausgesucht.«

»Thomas ist immer noch dein Vater. Meinst du nicht, es wird Zeit, dass ...«

Weiter kam ich nicht. »Ach, lasst mich doch in Ruhe!« Frederick stürmte aus der Küche. Wenige Minuten später knallte die Haustür ins Schloss. Lisa brach in Tränen aus. »Ich find's so furchtbar, dass Fredde nichts mehr mit Papa zu tun haben will«, schluchzte sie. Ich nahm sie in den Arm. »Das wird schon wieder«, versuchte ich sie zu trösten. Aber die Wahrheit war, dass ich mich ziemlich hilflos fühlte.

»Das Büfett sieht super aus«, sagte Lisa.

Ja, das finde ich auch. Mir läuft das Wasser im Mund zusammen, wenn ich meinen Blick schweifen lasse. Es gibt schwedischen Heringssalat, dänischen Käsesalat und eine dänische Leberpastete; dazu Baguette und das wunderbare Vollkornbrot aus dem Reformhaus. Außerdem haben Lisa, Oma und ich im Schweiße unseres Angesichts Smörebröd gemacht, die dänische Version von belegten Broten. Aber was für eine Version! Auf zwei großen Platten sind Delikatessen wie Krabben mit Mayonnaisetupfern, Brunnenkresse und einer hauchfeinen Zitronenscheibe auf Weißbrot arrangiert. Und Putenbrust mit Melone, garniert mit blauen Trauben. Nussbrot mit Danablu-Käse mit Melonenkugeln und blauen Trauben. Räucherlachs mit Dillzweiglein und Sahnemeerettich. Knäckebrot belegt mit luftgetrocknetem Schinken, Selleriesalat und einer Tomatenscheibe. Und zum Nachtisch stehen schwedischer Apfelkuchen mit Vanillsoße und rote Grütze mit Sahne bereit.

Oh, es klingelt, die Gäste trudeln ein. »Leg eine CD von den Beatles auf, bitte«, rief ich Lisa zu und eilte zur Tür.

22 Uhr

Die Party war im vollen Schwung. Das heißt, eigentlich fanden zwei Partys statt: Frederick und seine Freunde stürzten sich wie die Heuschrecken aufs Büfett (Sabina pickte allerdings nur an einem Smörebröd mit Krabben herum) und verzogen sich dann in den ersten Stock.

»Sind wir euch zu alt?«, fragte ich meinen Sohn.

Er grinste. »Hm. Es ist eher die Musik. Die Beatles ... na ja.« Er zog eine Grimasse. »Kosheen und Eminem sind schon was anderes.«

»Was hast du gegen die Beatles einzuwenden?«, fragte ich gekränkt. »Die sind Kult. Immer noch.«

Er klopfte mir mitleidig auf die Schulter. »Ja, Mama. Bei Leuten in deinem Alter sicher.«

Das hört sich an, als sei ich ein Relikt aus der Steinzeit. *Vielen Dank, lieber Sohn.*

Oma hatte sich zu ihrer üblichen Schlafenszeit kurz nach halb zehn verabschiedet – nach dem dritten Aquavit. Aber nicht, dass sie beschwipst gewesen wäre; sie kann ganz gut was vertragen. »In meinem Alter braucht man seinen Schlaf«, meinte sie und fügte hinzu, dass es ein schöner Abend gewesen sei. Mama und Babs warfen sich einen verblüfften Blick zu, was ich ihnen nicht verdenken konnte. Man ist es von Oma nicht gewöhnt, dass sie derart überschwänglich mit Lobeshymnen um sich schmeißt.

Lisa und ihre Freundin hatten sich auch nach oben verkrümelt. Mama und Bernhard Wächter unterhielten sich angeregt mit Babs, Peter, Usch und Wolfgang und den Buschs.

Jan war ziemlich still. Ich auch. Wir saßen uns gegenüber und waren zufrieden damit, uns tief in die Augen zu schauen. Unauffällig natürlich.

Na ja, so ganz zufrieden waren wir nicht – ich zumindest. Ich hätte ihm gerne die Haare zerwuschelt, die Sommersprossen auf seiner Nase gezählt, an seinem Ohrläppchen geknabbert ...

Er konnte anscheinend Gedanken lesen, denn er lächelte. In seinen Augen las ich, was er wollte, und bekam weiche Knie. Plötzlich hielt ich es keine Minute länger am Tisch aus. »Ich hole noch ein Flasche Wein«, sagte ich und stand auf. Niemand schenkte mir die geringste Beachtung, denn Peter erzählte gerade eine Anekdote über einen seiner Patienten (ohne Namen zu nennen, natürlich!). Er kann aus einem reichen Fundus schöpfen, denn Babs und er sind Ärzte für Allgemeinmedizin und haben eine eigene Praxis.

In der Küche öffnete ich erst mal das Fenster und holte tief Luft. Dann hörte ich, wie leise die Tür geschlossen wurde und jemand näher kam. Im nächsten Moment lag ich in Jans Armen. Wir küssten uns, als stünde das Küssen ab morgen unter Gefängnisstrafe. Meine Knie gaben nach, und wenn er mich nicht so fest gehalten hätte, wäre ich ins Taumeln gekommen

»*Maaaaaamaaaaaaa!*«, schrie plötzlich jemand. »*Jan! Was macht ihr denn da???!!!*«

10. März

Ich öffne ein Auge und richte es auf den Wecker auf meinem Nachttisch. Erst acht Uhr, seufz, und dabei ist Sonntag, ich könnte ausschlafen. Aber ich bin leider hellwach. Ob es daran liegt, dass ich davon geträumt hab, wie Lisa in unseren Kuss platzte? Gut möglich. Es war im Traum genauso peinlich wie live …

Jan und ich fuhren so schnell auseinander, als hätte uns jemand einen Eimer kaltes Wasser übergeschüttet.

»Das ist doch wohl nicht wahr«, sagte Lisa. »Das war ein Zungenkuss! Ich hab's genau gesehen! Aber macht ruhig weiter. Lasst euch von mir nicht stören!« Sie rannte aus der Küche und knallte die Tür hinter sich zu.

Vielen Dank an *Bravo*, speziell ans Team Dr. Sommer. Meine noch nicht ganz 13-jährige Tochter weiß, was ein Zungenkuss ist, und scheut sich nicht, ihrer Mutter ins Gesicht zu sagen, dass sie sie in flagranti erwischt hat.

Jan und ich sahen uns an. »Jetzt ist es raus«, meinte er. Und grinste.

»Ich find's nicht so lustig. In zwei Minuten steht Babs hier auf der Matte. Oder Mama. Oder beide.«

Jan zog mich an sich. »Na und? Irgendwann

mussten sie es doch erfahren. Ich bin jedenfalls erleichtert, dass die Katze aus dem Sack ist. Die Versteckspielerei war ziemlich albern.«

Ich löste mich aus seinen Armen. »Wir haben nicht Versteck gespielt.«

Er zog eine Augenbraue hoch. »Nicht? Was dann?«

»Ich wollte einfach ein bisschen Zeit für uns. Ohne dass die Familie ihren Senf dazugibt. Verstehst du das?«

»Ehrlich gesagt, nein. Warum machst du dir Gedanken darüber, was die Familie davon halten könnte, dass jetzt mehr zwischen uns ist als Freundschaft?«

Hm. Was vorsichtige Formulierungen angeht, stehen Jan und ich uns in nichts nach.

»Du hast doch gesehen, wie Lisa reagiert hat. Sie hat's nicht leicht im Moment. Sie leidet sehr unter der Trennung von ihrem Vater, und den Umzug hat sie auch noch nicht so ganz verkraftet. Und dann kommt sie in die Küche und erwischt ihre Mutter und ihren Onkel bei einem nicht jugendfreien Kuss ...«

»Das hätten wir ihr ersparen können, wenn wir von Anfang an mit offenen Karten gespielt hätten.«

Hm. Da ist was dran. Jan hat wohl Recht, aber jetzt ist's zu spät. Was passiert ist, ist passiert. Ich muss in Ruhe mit Lisa reden – allein. Da Chrissy bei uns übernachtet, hab ich erst morgen dazu Gelegenheit. Um ein Gespräch mit Mama und Babs werde ich allerdings nicht herumkommen. Ich weiß, dass sie erst dann den Heimweg antreten werden, nachdem sie mich nach allen Regeln der Kunst ausgequetscht haben. Seufz.

»Ich glaub, es ist besser, wenn du jetzt gehst.«

»Warum?«

»Es ist einfacher für mich, mit Babs und Mama zu reden, wenn du nicht dabei bist. Mit Lisa spreche ich morgen, wenn Chrissy weg ist.«

»Aha«, sagte er ironisch. »Na, vielen Dank für die freundliche Behandlung. Verabschieden darf ich mich aber noch, ja? An deiner Stelle würde ich übrigens warten mit dem großen Gespräch, bis die anderen Gäste gegangen sind. Oder willst du sie auch rausschmeißen, da du gerade so gut in Fahrt bist?«

Das klang bitterböse. Kein Wunder. Was ist bloß los mit mir, dass ich mich idiotisch verhalte? Ich will doch gar nicht, dass er geht …

Ich legte eine Hand auf seinen Arm. »Es tut mir Leid. Bitte bleib hier.«

Er grinste schief. »Schon gut. Ich geh wirklich lieber. Die Stimmung drüben ist sowieso im Eimer. Und ehrlich gesagt hab ich absolut keine Lust auf eine Diskussion im Familienkreis.«

Die Partylaune ist ganz sicher hinüber, da hat er Recht. Es sei denn, Lisa hätte taktvoll geschwiegen. Aber das ist so wahrscheinlich wie Schnee im Juli.

Wir wanderten ins Wohnzimmer. Natürlich wussten alle Bescheid, was in der Küche vorgefallen war – das war daran zu merken, wie auffällig unauffällig sie sich gaben. Bernhard Wächter und Chrissy standen am Büfett und bedienten sich von der roten Grütze. Lisa saß zwischen Mama und Babs und machte ein finsteres Gesicht.

»Ich muss leider los«, sagte Jan. »Ich wünsche noch einen schönen Abend.«

»Danke!«, sagte Herr Wächter, der mit seinem gefüllten Schüsselchen an uns vorbeisteuerte. »Auf Wiedersehen!« Er schüttelte Jan die Hand. Wie auf Kommando erhoben sich Usch und Wolfgang und die Buschs. »Wir müssen leider auch aufbrechen«, meinte Usch. »Wir müssen morgen sehr früh aufstehen, um die Hühner zu füttern«, erklärte Wolfgang. Usch nickte. »Sie brauchen das, sonst sind sie den ganzen Tag unglücklich.«

Ich war erstaunt. Es entspricht der Wahrheit, dass die beiden Hühner halten – sehr glückliche, ich beziehe meine Eier daher –, aber bisher war das Wohlbefinden des Geflügels nie abhängig davon gewesen, dass sie ihr Frühstück beim ersten Hahnenschrei bekamen. Usch und Wolfgang standen am Wochenende nie vor elf Uhr auf, wenn sie es vermeiden konnten.

Corinna strich über ihren noch nicht vorhandenen Bauch. »Es war wirklich ein sehr schöner Abend. Aber Baby muss jetzt unbedingt ins Bett.« Georg nickte und lächelte ihr zärtlich zu.

Peter sagte: »Ich glaube, unser Baby muss auch ins Bett, Schatz.«

Babs lächelte zuckersüß. »Nein, Schatz. *Unser* Baby ist noch hellwach. Und ich auch.«

»Ich bin auch nicht müde«, warf Mama ein und betrachtete ihre rosa lackierten Fingernägel. Lisa stand auf, murmelte ein ›tschüs‹ in die Runde und verschwand mit Chrissy nach oben.

Vor der Haustür umarmte mich Usch und flüsterte mir ins Ohr: »Mach dir keine Gedanken. Rede mit Lisa, dann wird's schon. Ich wünsch dir jedenfalls viel Glück mit Jan!«

»Danke«, tuschelte ich zurück. »Ich ruf dich morgen an.«

Jan und ich winkten den davonfahrenden Autos nach. Ich wollte nicht, dass er jetzt ging. Ich wünschte, er würde die Nacht bei mir verbringen. Bis auf ein einziges Mal – am Freitag, dem 13. Februar, als alles anfing zwischen uns (Lisa übernachtete bei einer Freundin und Frederick war bei Sabina), sind wir vor lauter Geheimniskrämerei nur zu ein paar gestohlenen Stunden gekommen. Dabei ist es so schön, miteinander einzuschlafen und aufzuwachen; am Morgen gemütlich zusammen zu frühstücken.

Jan küsste mich zum Abschied auf beide Wangen. Es war ein brüderlicher Kuss. »Nur Mut«, sagte er. »Sag ihnen einfach, wie es ist.«

Bis auf die Tatsache, dass ich nicht so genau weiß, wie es ist, hat er vollkommen Recht. Ich werde offen und pädagogisch einfühlsam mit Lisa und Frederick sprechen. Babs und Mama werde ich ruhig und selbstbewusst gegenübertreten. Schließlich hab ich kein Verbrechen begangen. Es gibt Dinge, die ich jetzt lieber täte – zum Beispiel die Unterlagen für die Steuer zusammensuchen oder das Bad putzen –, aber, na ja.

»Augen zu und durch«, murmelte ich. Er lachte leise und küsste mich auf die Nasenspitze. »Genau.«

Er ging zu seinem Wagen, warf mir noch eine Kusshand zu, stieg ein und fuhr los.

Ich fühle mich sehr einsam und verlassen. Warum hab ich zu Jan gesagt, es wäre einfacher für mich, allein mit Babs und Mama zu reden?

Ich muss verrückt gewesen sein.

Egal. Ich bring's jetzt hinter mich und fertig.

»Augen zu und durch«, sagte ich mit geschlossenen Augen laut vor mich hin.

»Guten Abend, Frau Horn«, sagte eine Männerstimme.

Vor lauter Schreck machte ich einen Satz und wäre hingefallen, wenn mein Vermieter mich nicht freundlicherweise rechtzeitig festgehalten hätte. Ich hatte ihn nicht kommen hören; er musste geschlichen sein wie eine Katze.

»Herr Wagner! Gott, haben Sie mich erschreckt!«

»Tut mir Leid, das wollte ich nicht. Ich dachte, Sie hätten mich gesehen. Die Außenbeleuchtung ist doch an.«

»Ja, schon ... aber ich hatte die Augen zu.«

Kaum war der Satz raus, wäre ich am liebsten im Boden versunken. Er musste mich für verrückt halten. Welcher normale Mensch steht abends um elf mit zusammengekniffenen Augen vor seiner Haustür und redet laut mit sich selbst?

Wagner verzog keine Miene. »Ach so. Starker Spruch eben, übrigens. Gute Nacht!«

»Gute Nacht«, brachte ich heraus und flüchtete ins Haus.

Als ich ins Wohnzimmer kam, hatten es sich Babs, Mama, Peter und Herr Wächter auf der Couchgarnitur gemütlich gemacht. Von oben drangen gedämpft Hiphop-Klänge von Fredericks Privatparty herunter.

»Setz dich, Judith«, sagte Mama. »Du machst mich nervös, wenn du so herumstehst.«

»Ich hab mich nur vergewissert, dass ihr alle was zu trinken habt.« Ich setzte mich zu Mama und Babs aufs Sofa. Peter stellte ein Glas Wein vor mich hin. »Das ist für dich. Du wirst es brauchen können.« Er grinste.

»Wieso? Ist das hier ein Gerichtsverfahren? Sitze ich auf der Anklagebank?«

Oh. Hm. Das kam nicht so ruhig und selbstbewusst raus, wie ich mir das vorgenommen hatte. Aber egal. Ich atme jetzt dreimal tief ein und aus und bin gaaaaanz ruhig. Ich lasse mich nicht provozieren, egal, was kommt.

»Unsinn, Kind«, meinte Mama. »Aber ihr hättet es uns sagen sollen. Wir hatten absolut keine Ahnung, dass du und Jan … ähm, ich meine … na ja. Wie stehen wir denn jetzt da?«

»Ziemlich blöd«, kam es von Babs. »Ganz abgesehen davon, dass Lisa einen Schock fürs Leben bekommen hat. Da knutscht ihr in der Küche rum wie zwei Teenager. Ich fass es nicht.«

Dank der tiefen Atemzüge und eisenharter Entschlossenheit war ich wirklich gaaaanz ruhig. »Wir haben uns geküsst«, korrigierte ich. »Nichts weiter.«

»Jetzt macht Judith mal kein schlechtes Gewissen. Lisa hat keinen Schock«, meinte Peter. »Sie war nur überrascht, das ist alles.«

»Genauso überrascht wie wir alle«, flocht Mama ein. »Man könnte auch sagen: schockiert.«

»Jetzt macht doch kein Drama draus«, sagte Peter. »In welchem Jahrhundert leben wir eigentlich?«

Herr Wächter nippte an seinem Rotwein und bemühte sich, den Anschein zu erwecken, als sei er gar nicht da.

»Ich mache mir Sorgen um meine Tochter. Ist das vielleicht ein Drama?«

»Sorgen? Warum, in aller Welt, machst du dir Sorgen um mich, Mama?«

Sie seufzte. »Weil ich dich lieb habe und dein Bestes will, besonders, nachdem deine Ehe gescheitert ist. Ich möchte nicht, dass du schon wieder enttäuscht wirst.«

»Das hört sich an, als wäre mein ganzes Leben eine Kette von Enttäuschungen gewesen. Thomas und ich waren 17 Jahre glücklich verheiratet, das ist mehr, als viele Paare von sich behaupten können. Und überhaupt – was hat meine Ehe damit zu tun, dass die Beziehung zwischen Jan und mir eine, hm, neue Dimension gewonnen hat?«

»Was für eine Dimension ist es eigentlich *genau?*«, erkundigte sich Peter interessiert.

Sein Frau warf ihm einen ungläubigen Blick zu. »Die Frage war nicht ernst gemeint, oder?«

Peter wurde ein bisschen rot und beschäftigte sich mit seinem Weinglas.

Babs räusperte sich. »Wie lange geht das denn schon mit euch beiden?«

»Seit ein paar Wochen«, antwortete ich vage.

»Und warum hast du uns nichts gesagt?«, fragte Mama. Sie sah gekränkt aus. »Du weißt, dass du uns alles sagen kannst. Wir sind deine Familie.«

»Ich hätte es euch ja noch gesagt.«

Das hörte sich ziemlich lahm an und wurde nicht kommentiert.

Babs seufzte. »Ich habe Jan gern. Aber ehrlich gesagt halte ich ihn für bindungsunfähig. Und ich kenne dich, Judith, du hängst doch gleich dein ganzes Herz in eine Beziehung rein«, sagte Babs.

Allen guten Vorsätzen zum Trotz packte mich die kalte Wut. Wie ich es hasse, wenn meine Schwester die Frau Dr. med. Barbara Herbst rauskehrt, die zu allem und jedem die richtige Diagnose parat hat!

Ich holte tief Luft und zählte bis zehn. Dann sagte ich: »Erstens hänge ich nicht mein ganzes Herz rein, denn das hat genug gelitten und braucht Erholung. Ich sehe die Angelegenheit sehr gelassen, schließlich bin ich fast 39 Jahre alt – nicht 16 und naiv und romantisch. Aber wie kannst du behaupten, dass Jan bindungsunfähig ist?!«

»Du vergisst, dass ich ihn auch schon ewig kenne. Meines Wissens war er nie länger als ein paar Monate mit einer Frau zusammen.«

»Deines Wissen … haaa! Da haben wir's doch schon. Du hast keine Ahnung, sondern stellst einfach Vermutungen an. Niemand kennt Jan wirklich. Ich maße mir auch nicht an, alles von ihm zu wissen, und ich kenne ihn wesentlich besser als ihr. Es ist genauso möglich, dass er jahrelang eine feste Beziehung hatte und sie geheim gehalten hat.«

Babs warf mir einen mitleidigen Blick zu. »Geheim gehalten? In einer Kleinstadt wie Grafenberg? Bei einer Mutter wie Lilo? Die hört das Gras wachsen. Auch wenn sie ihren Jüngsten nicht so oft sieht, wie sie das gern möchte. Abgesehen davon: Findest du es – gelinde gesagt – nicht merkwürdig, wenn jemand es für nötig erachten würde, eine feste Beziehung geheim zu halten?«

»Nein«, sagte ich trotzig.

»Jan hält nicht viel vom Familienleben. Das ist natürlich auch etwas, das Anlass zur Sorge gibt. Lilo mag sein, wie sie will – aber ich verstehe gut, dass ihr das immer Kummer gemacht hat«, meldete sich Mama düster zu Wort.

»Dass er nicht dauernd mit seinen Eltern und seinem Bruder zusammenhängt, heißt noch lange nicht, dass er nichts vom Familienleben hält!«

Ich war diese idiotische Diskussion leid. Am liebsten wäre ich geflüchtet. Zu meinem Entsetzen merkte ich, dass ich kurz davor war, in Tränen auszubrechen.

Mama legte eine Hand auf meinen Arm. »Reg dich nicht auf, Judith, bitte. Es ist dein Leben. Wir wollen uns bestimmt nicht einmischen.«

»Ach, nein?«

»Ach, Kind. Versteh das doch nicht falsch. Wir waren nur so überrascht. Wir wären im Traum nicht darauf gekommen, dass du und Jan … na ja. Ihr seid sehr verschieden.«

»Das muss gar nichts heißen«, meldete sich Herr Wächter zum ersten Mal zu Wort. »Mein Frau und ich waren auch sehr verschieden und 33 Jahre sehr glücklich miteinander. Wir haben uns gut ergänzt.«

Über dieser Bemerkung herrschte ein Weilchen Schweigen. Wir nippten an unserem Wein. Dann warfen Peter und Herr Wächter gleichzeitig einen Blick auf ihre Armbanduhren und regten den Aufbruch an. Babs und Mama zeigten sich zu meiner großen Erleichterung einverstanden.

Babs umarmte mich zum Abschied. »Es tut mir Leid«, sagte sie. »Vergiss einfach alles, was ich gesagt hab. Bitte.«

Entschuldigungen kommen bei Babs so selten vor, dass ich nicht mehr wütend auf sie sein konnte. »Schon gut. Wenn ich gleich zu Anfang gesagt hätte, dass sich etwas verändert hat zwischen Jan und mir, hätten wir uns die Aufregung heute Abend ersparen können.«

Babs öffnete den Mund und schloss ihn wieder. Ich kenne meine Schwester und wusste, welche Fragen ihr durch den Kopf gehen mussten: Wie ernst ist es zwischen euch? Seid ihr verliebt? Wie ist »es« überhaupt passiert? Wann genau? Wo? Aber sie sagte nichts, was ich ihr hoch anrechnete.

Peter umarmte mich so fest, dass mir beinah die Luft wegblieb. Er ist groß und kräftig und hat eine verblüffende Ähnlichkeit mit Gérard Dépardieu, die nicht unwesentlich dazu beigetragen hat, dass Babs sich in ihn verliebt hat. Sie hat eine Schwäche für Gérard, seit sie 18 ist. »Mach's gut, Schätzchen! Es war ein schöner Abend. Und sehr aufschlussreich.«

Er strahlte mich so freundlich an, dass ich ihm nicht böse sein konnte. Ich knuffte ihn sachte in den gut gepolsterten Magen. »Wenn ich dich nicht so gern hätte, würdest du jetzt Ärger kriegen.«

»Gute Nacht, Kind.« Mama nahm mich so vorsichtig in den Arm, als sei ich ein rohes Ei. »Und pass auf dich auf.«

Sie sagt das andauernd, seit Thomas uns verlassen hat. Ich glaube, dass unsere Ehe gescheitert ist, macht ihr mehr zu schaffen als mir mittlerweile.

Ich küsste sie. »Ja, Mama. Und pass du auch auf dich auf.«

Ich sah, wie ihre Augen hinüber zu Herrn Wächter huschten. Mama war sich sehr verloren vorgekommen, als mein Vater vor neun Jahren gestorben war. Jetzt hatte sie nach einigen Enttäuschungen endlich wieder einen Mann an ihrer Seite, von dem sie sich beschützt fühlte.

Herr Wächter drückte mir herzlich die Hand und bedankte sich für die Einladung und den schönen Abend. Das Finale konnte nicht angenehm für ihn gewesen sein, aber er hatte es tapfer über sich ergehen lassen. Er ist Mamas Ritter in schimmernder

Rüstung auf einem schneeweißen Ross – auch wenn er Mitte 60 ist und weder allzu groß noch allzu schlank.

Als alle gegangen waren, räumte ich notdürftig auf und ging dann nach oben. Aus Fredericks Zimmer drangen Musik, Stimmengewirr und Gelächter. Bestimmt schliefen Lisa und Chrissy noch nicht. Ich klopfte an Lisas Tür.

»Ja?«

»Ich bin's. Darf ich reinkommen?«

Pause. Dann Lisas Stimme, die mürrisch sagte: »Wenn's sein muss.«

Die beiden saßen im Schlafanzug auf Lisas Bett und spielten Karten.

»Hallo, ihr zwei«, sagte ich.

»Hallo«, sagte Chrissy und lächelte mich an.

»Ich sag Frederick gleich, dass für heute Schluss ist mit Party. Dann könnt ihr in Ruhe schlafen.«

»Schon okay. Ich geh gern spät ins Bett. Meine Mutter sagt, ich bin eine Nachteule«, meinte Chrissy.

»Kommst du bitte mal kurz mit in den Flur, Lisa?«

Einen Moment sah es so aus, als wolle sie sich weigern. Aber dann zuckte sie die Schultern, krabbelte vom Bett herunter und folgte mir in den Flur. Ich machte die Tür zu.

Sie verschränkte die Arme vor der Brust und schob angriffslustig das Kinn vor. »Was ist?«

»Es tut mir sehr Leid, dass Jan und ich nicht offen waren. Das war nicht richtig von uns.«

Lisa schwieg.

»Es tut mir wirklich Leid. Ich wusste, dass es falsch war, aber ich wollte ein bisschen warten, bis ich mich an die neuen Gefühle gewöhnt hatte. Es ist erst seit ein paar Wochen so zwischen uns.«

Sie sah mir in die Augen. »Seit wann genau?«

»Seit dem 13. Februar.«

Lisa rechnete. »Über drei Wochen. Jan ist genauso feige wie du.«

Lisa hat Recht. Das Wort feige trifft den Kern der Sache. Kindermund tut Wahrheit kund. Nur dass es auf mich zutrifft, nicht auf Jan.

»Nein, er ist nicht feige. Er wollte, dass wir offen darüber reden. Aber ich hab ihn beschwatzt, damit zu warten.«

Sie nickte. »Aha. Na toll. Jetzt weiß ich Bescheid. Ich bin müde und will schlafen gehen. Kannst du den Krach drüben bei Fredde abstellen?«

»Ja sicher, sofort. Lisa ... würdest du morgen mit mir in Ruhe drüber reden? Bitte?«

»Warum? Dir ist es doch scheißegal, was ich denke.«

»Nein, das ist nicht wahr. Ich liebe dich. Du und Frederick, ihr seid das Wichtigste in meinem Leben.«

»Würdest du wegen mir mit Jan Schluss machen?«

»Es würde mir sehr schwer fallen. Aber ich würde es tun, wenn du mit der Situation nicht klar kämst.«

»Gute Nacht«, sagte Lisa und verschwand in ihrem Zimmer.

Ich nahm es als gutes Zeichen, dass sie gute

Nacht gesagt und die Tür sehr leise hinter sich geschlossen hatte.

Frederick zeigte sich einsichtig, als ich ihn bat, der Party ein Ende zu machen. »Ja, okay«, meinte er, als wir zusammen im Flur standen. »Wir gehen zu Sabina und feiern da weiter.«

»Ihr wollt jetzt noch zu Fuß eine halbe Stunde durch die Kälte laufen?« Es war mittlerweile halb eins. Ich persönlich wünschte mir nichts sehnlicher, als endlich ins Bett fallen zu dürfen und mir die Decke über die Ohren zu ziehen.

Er grinste. »Mensch, Mama. Björn und Felix sind 18. Sie haben den Führerschein und einen fahrbaren Untersatz.«

»Na dann …« Zum ungefähr fünfhundertsten Mal an diesem Abend holte ich tief Luft. »Ähm … Ich würde gern etwas Wichtiges mit dir besprechen … wann bist du morgen zu Hause?«

Fredericks Grinsen wurde noch breiter. »Wenn's darum geht, dass du was mit Jan hast, das weiß ich schon. Lisa kam damit an. Mann, hat die sich aufgeregt. Ich hab ihr gesagt, dass sie sich nicht so anstellen soll. Ist doch okay, dass ihr auch in eurem Alter noch Sex wollt.«

Ich fiel beinahe in Ohnmacht. »Das hast du Lisa gesagt?«

»Nein, natürlich nicht. Ich hab ihr gesagt, es ist normal, dass du dir einen Mann suchst. Thomas ist abgehauen und lässt sich scheiden. Du kannst doch nicht den Rest deines Lebens allein rumhocken.

Und Jan kennen wir wenigstens. Er ist unser Onkel, und er ist voll in Ordnung.«

Wie fremd und gleichgültig es klingt, wenn Frederick Thomas sagt anstatt Papa. Ich kann mich nicht daran gewöhnen, es macht mich traurig.

»Oh. Hm. Schön, dass du das so, hm, locker siehst.«

»Sabina findet es auch voll okay«, fügte Frederick hinzu.

»Bist du nicht sauer, weil wir es euch nicht gleich gesagt haben?«

»Nee. Ich kann voll verstehen, dass ihr euch den Stress erst mal nicht antun wolltet. Lisa ist natürlich stinkbeleidigt. Sie ist eben noch sehr grün. Aber sie wird sich schon wieder einkriegen.«

Ich klappte meinen Mund zu, der sich während Fredericks erstaunlicher Ansprache immer weiter geöffnet hatte.

»Was haben Oma Margot und Babs gesagt?«

»Sie sind aus allen Wolken gefallen.«

»Verstehe. Waren nicht so locker drauf, was?«

Ich schüttelte den Kopf. Frederick klopfte mir väterlich auf die Schulter. »Lass dich nicht stressen. Das Leben ist zu kurz für unnötigen Stress.«

Ich musste lachen. »Woher hast du denn den Spruch?«

»Von Sabina.« Er kniff ein Auge zu. »Sie ist echt cool drauf.«

Ja, das ist sie. Sie hat einiges mitgemacht mit ihren 17 Jahren: Erst den ständigen Streit zwischen ihren Eltern, eine Scheidung, einen Vater, der weit weggezogen ist und sich kaum um sie kümmert, Mariannes ständig wechselnde Männergeschichten. Was blieb ihr anderes übrig, als cool drauf zu sein?

14 Uhr

Niemand könnte mir vorwerfen, an diesem verregneten Sonntag auf der faulen Haut gelegen zu haben. Erst hab ich gemütlich mit Oma gefrühstückt. Sie war überrascht, mich um kurz nach acht schon in der Küche anzutreffen, aber absolut nicht erstaunt, dass nun alle Bescheid wissen.

»Ich hab's dir gleich gesagt, Judith: So was kann man nicht lange geheim halten. Und wenn die anderen nicht mit Blindheit geschlagen wären, hätte es ihnen längst auffallen müssen. Du und Jan – ihr habt Sternschnuppen in den Augen, alle beide.«

Sternschnuppen in den Augen?! So ein Quatsch. Oma wird langsam wunderlich.

Von Sternschnuppen kann nicht die Rede sein. Niemandem wäre was aufgefallen, wenn wir nicht so leichtsinnig gewesen wären, uns in der Küche zu küssen. Erschwerend kam hinzu, dass es sich um einen nicht jugendfreien Zungenkuss handelte … Aber na ja, lassen wir das. Es hat absolut keinen Sinn, mit Oma darüber zu diskutieren.

Nach dem Frühstück räumten wir gemeinsam Küche und Wohnzimmer auf. Dann kamen Lisa und Chrissy runter und brieten sich Spiegeleier zum Frühstück. Nachdem Chrissy von ihrer Mutter abgeholt worden war, klopfte ich an Lisas Zimmertür. Sie lag bäuchlings auf dem Bett und las. Aus der Stereoanlage dudelte eine CD von Destiny's Child.

»Wir müssen nicht mehr drüber reden«, sagte sie, ohne von ihrem Buch aufzusehen. »Chrissy sagt, wenn die Eltern sich scheiden lassen, ist es total normal, dass beide sich jemand Neuen suchen.«

Ich setzte mich auf die Bettkante. »Ehrlich gesagt hätte ich nie gedacht, dass Jan und ich, hm, neue Gefühle füreinander entwickeln könnten.«

Sie setzte sich auf. »Ihr habt euch verknallt. So was kommt auch bei alten Leuten vor. Chrissy hat's mir genau erklärt. Sie kennt viele Leute, die geschieden sind. Ihre Tante, zum Beispiel. Die hat sich im Internet einen Kerl gesucht. Nächstes Jahr will sie ihn heiraten.«

Das erschütterte mich. »Im Internet! Wie soll man denn da einen Mann auftreiben?«

»Chrissy sagt, sie hing Tag und Nacht vor dem Computer und hat gechattet.«

»Gechattet?«, echote ich.

Sie sah mich mitleidig an. »Mensch, Mama, du lebst wirklich hinterm Mond. In einem Chat redet man miteinander, online. Na ja, nicht richtig reden, man tippt halt. Chrissy und ich haben's mal ausprobiert, aber wir fanden es ziemlich öde. Keine Ahnung, was die Tante dran findet. Aber egal. Jedenfalls hat sie einen Typen kennen gelernt, der nur ein paar Kilometer weit weg wohnt, und sie haben sich total ineinander verguckt.«

»Was es nicht alles gibt …«

Sie nickte. »Wenigstens hast du so was nicht gemacht. Jan kennen wir. Er ist unser Onkel, und er ist total in Ordnung.«

Sie sah so traurig aus, dass es mir fast das Herz brach. Vorsichtig legte ich einen Arm um ihre Schultern. Sie machte sich steif, hielt aber still.

»Lisa. Wenn es dich so traurig macht, dass Jan und ich …«

»Nein, es macht mich nicht traurig. Ich hab Jan lieb. Ich war bloß wütend, weil ihr nichts gesagt habt.«

»Ja, das versteh ich. Es tut mir wirklich Leid.«

»Na ja. Vielleicht würde ich erst mal auch nichts sagen, wenn ich mit einem Jungen gehen würde. Oder ich würd's nur Chrissy erzählen. Weil sie meine beste Freundin ist.«

Ich strich ihr übers Haar. Sie lehnte sich an mich. Eine Weile saßen wir schweigend da. Dann sagte sie leise: »Aber was ist, wenn Papa wieder zu uns zurückkommen will, und du bist mit Jan zusammen?«

Sie fing an zu weinen. Ich nahm sie in den Arm und wiegte sie, wie ich es getan hatte, als sie klein war und sich mit einem Kummer zu mir geflüchtet hatte. Ich hätte gern mitgeweint, aber irgendwie schaffte ich es, mich zusammenzureißen.

»Ach, Schätzchen. Papa kommt nie wieder zu uns zurück. Er ist mit Marianne zusammen. Die Scheidung läuft.«

Ich reichte ihr eine Packung Kleenex vom Nachttisch herüber. Sie wischte sich die Tränen ab und putzte sich die Nase. »Ich weiß. Aber was wäre, *wenn?*«

»Es gibt kein Wenn, Lisa. Er ist dein Vater, und er liebt dich. Aber wir werden nie mehr als Familie zusammenleben.«

2. April, 23 Uhr

Ich sitze in der Küche und arbeite schriftlich eine Strategie aus, wie ich meine Karriere als Mietköchin vorantreiben kann. Das heißt, gerade rauche ich eine Zigarette und denke scharf nach. Zur Unterstützung des Denkprozesses nippe ich an einem Glas Rotwein. Auf dem Tisch türmen sich Papierbälle mit Notizen. Das liegt daran, dass ich sie nicht auf den Boden schmeißen kann. Der Hund würde sie möglicherweise fressen, und ich hab so meine Zweifel, ob Papierbälle gesund für Hundemägen sind.

Die Ahnenreihe der Hündin Klara liegt weitgehend im Dunklen. In der Optik niedergeschlagen haben sich Langhaardackel und Border Collie. Klara sieht aus wie ein klein geratener brauner Border Collie auf kurzen, krummen Beinen.

»Hm«, meinte Frederick. »Ich finde, sie sieht wie ein Dackel aus.«

»Ach Quatsch«, ereiferte sich Lisa. »Sie ist viel zu groß. Ich hab nachgemessen: Sie hat eine Schulterhöhe von 37 Zentimetern. Da kann ein Dackel nur von träumen.«

In der Tat hatte Schatzi, Omas verstorbener saufarbener Rauhaardackel, nur unwesentlich die Teppichkante überragt, und sein Bauch schleifte beinah am Boden. Böse Zungen, insbesondere die Tierärztin, hatten behauptet, Schatzi sei viel zu fett. »Eine infame Lüge ist das!«, hatte sich Oma empört. »Er frisst soooo wenig.« Tatsache war, Schatzi sah aus wie eine prall gestopfte, haarige Leberwurst auf vier Stummelbeinen, und er hatte einen streitsüchtigen Charakter. Oma war der einzige Mensch auf Gottes weiter Erde, der Schatzi mit den Augen der Liebe betrachtete. Für sie war er der beste und schönste Hund von allen.

Kürzlich sprach mich eine ältere Dame an, die einen apricotfarbenen Toy-Pudel spazieren führte. Sie erkundigte sich, ob unser Hund ein Riesendackel sei.

»So was in der Art«, erwiderte ich.

Die Dame nickte. »Ich kenne die Rasse. Schade, dass sie so selten ist. Riesendackel sind kinderlieb, freundlich und gelehrig.« Sie bückte sich und kraulte den »Riesendackel« zwischen den zur Seite gekippten Ohren. Klara wedelte mit dem gefiederten Schwanz, den sie beim Laufen wie eine Fahne aufrecht trägt, und schaute besonders seelenvoll drein. Ihre Augen sind riesengroß und hundertprozentig Dackel. Man muss es vermeiden, beim Essen in ihre flehenden Tiefen zu blicken.

Fredde bog sich vor Lachen, als ich die Story vom seltenen Riesendackel erzählte. »Das isses doch«, meinte er. »Klara ist das einzige lebende Exemplar dieser Rasse.«

»Ist Klara wirklich ein Riesendackel?«, fragte Lisa in ehrfürchtigem Ton. »Ich wusste gar nicht, dass es so was gibt. Im Hundebuch steht nichts davon.«

Das löste einen neuen Heiterkeitsanfall bei Frederick aus. »Neeeiiiin, du Schaf. Natürlich gibt's die nicht. Das ist ja das Witzige dran.«

Die Dame mit dem Pudel hatte Fantasie – aber meine Tochter auch. Sie fand, man dürfe den Border-Collie-Einschlag bei Klara nicht einfach unter den Tisch fallen lassen. Wenn jemand sie jetzt fragt, ob Klara eine Promenadenmischung sei, antwortet sie gelassen: »Das ist ein amerikanischer Border-Dachshund. Eine sehr seltene, sehr teure Rasse.«

Kurz vor ihrem Geburtstag am 18. März hatte Lisa das Thema Hund wieder hervorgekramt. Meine Tochter erklärte, dass sie geduldig gewartet habe, bis der Umzugsstress vorbei sei. Aber jetzt stünde der Anschaffung ja nichts mehr im Wege.

Oma räusperte sich. »So eine Schnapsidee! Hunde sind lästig, sie stinken, sie machen einen wahnsinnig mit ihrer Kläfferei. Ich schenk dir ein Meerschweinchen zum Geburtstag. Von mir aus auch zwei. Oder einen hübschen Zwerghasen.«

»Nein danke, Oma«, sagte Lisa höflich. »Für mich kommt nur ein Hund in Frage.«

Oma machte ein finsteres Gesicht. »Undankbar bist du, jawohl!«

»Ich weiß gar nicht, was du hast, Oma«, sagte Lisa. »Du magst doch Hunde, du hattest doch Schatzi …«

Oma fiel ihr ins Wort. »Das ist vorbei. Ich will keinen mehr. Wie wär's mit einem Aquarium?«

»Mama hat mir versprochen, dass ich einen Hund kriege.«

Omas Blick heftete sich vorwurfsvoll auf mich. »Wirklich, Judith? Davon weiß ich gar nichts.«

»Sicher hab ich's Lisa versprochen. Und wir beide – du und ich – haben ausführlich darüber geredet, bevor wir uns zur Gründung einer WG entschlossen haben. Allerdings habe ich die Anschaffung des Hausgenossen davon abhängig gemacht, ob der Vermieter einverstanden ist.«

Oma rückte ihre Brille zurecht. »An ein solches Gespräch kann ich mich nicht erinnern, Judith. Ich bin nicht mehr die Jüngste, mein Gedächtnis lässt mich manchmal im Stich. Aber jetzt bin ich beruhigt. Natürlich ist der Vermieter nicht damit einverstanden, dass ein Hund ins Haus kommt.«

»Woher willst du das wissen?«

»Ich weiß es eben«, behauptete Oma.

Lisa hatte die Nase endgültig voll von der Diskussion. Sie drückte mir das Mobiltelefon in die Hand. Wie durch ein Wunder hatte es griffbereit auf dem Couchtisch gelegen. »Ruf jetzt bei dem Herrn Wagner an und frag ihn, Mama«, sagte sie energisch.

»Die Mühe kannst du dir sparen«, sagte Oma zu mir. »Herr Wagner mag keine Hunde.«

»Warum sagst du so was? Du bist richtig gemein, Oma!«

Ich gab Lisa innerlich Recht, hütete aber meine Zunge. Oma war auf dem Kriegspfad. Sie würde erst dann die Friedenspfeife rauchen, wenn es ihr in den Kram passte, egal, welche Argumente ich vorbringen würde.

Oma lächelte herablassend. »Nun denk doch mal nach, Kind. Es ist völlig logisch, dass Herr Wagner Hunde nicht ausstehen kann. Wenn es anders wäre, hätte er einen.«

Hilfe! Ich muss jetzt hier raus, sonst kriege ich einen Schreikrampf.

Ich schnappte mir das schwarze Telefonbüchlein und verzog mich samt dem Telefon in die Küche. Bevor ich die Tür hinter mir schloss, hörte ich Lisa schrillen: »Das hat überhaupt nichts zu sagen! Es gibt jede Menge Leute, die Hunde mögen, aber selbst keinen haben!«

»Tierhaltung ist erlaubt«, sagte Herr Wagner. »Das steht ausdrücklich im Mietvertrag. Das Geld für den Anruf hätten Sie sich sparen können.«

Dieser Mann ist wirklich ein Ausbund an Charme.

»Oh. Hm. Tatsächlich? Dann entschuldigen Sie bitte die Störung.«

»Sie haben mich nicht gestört. Ich wünsche Ihnen viel Spaß mit dem neuen Familienmitglied. Auf Wiederhören.«

Klick, aufgelegt.

Ein merkwürdiger Mensch. Ich weiß inzwischen, dass er nicht verheiratet ist. Als Corinna Busch vor einiger Zeit hier anrief, um zu plaudern, fragte ich sie ein bisschen aus. Also, Wagner lebte fünf Jahre mit einer sehr hübschen Krankenschwester zusammen, aber die Beziehung ging im Herbst in die Brüche. Die Frau zog mit Sack und Pack und ihren beiden Perserkatzen aus. Sie verschwand, ohne sich von den Buschs zu verabschieden, worüber sich Corinna geärgert hatte. »Wir waren nicht eng befreundet mit Ralf und Sybille, aber wir haben öfter etwas zusammen unternommen. Ein Tschüs hätten wir der Dame schon wert sein können, finde ich.«

»Es ist sicher nicht leicht, auseinander zu gehen, wenn man fünf Jahre zusammengelebt hat«, streute ich dazwischen – in der Hoffnung, dass Corinna weiterplaudern würde. Was sie tat.

»Ich weiß nicht, was schief gelaufen ist zwischen den beiden. Wir hatten immer den Eindruck, dass sie sich gut verstehen. Wenn nebenan die Fetzen geflogen wären, hätten wir's doch mitkriegen müssen – soooo dick sind die Wände nun auch nicht. Als sie weg war, war ich ein paar Mal drauf und dran, Ralf daraufhin anzusprechen. Aber dann hab ich mich doch nicht getraut. Obwohl vornehme Zurückhaltung sonst nicht meine Art ist.« Sie kicherte. »Ralf ist ein lieber Kerl. Aber wehe, jemand rückt ihm zu sehr auf die Pelle – da kann er ungemütlich werden.«

Das glaub ich gerne.

Allein dafür, dass sie es in Erwägung gezogen hat, Wagner eine so persönliche Frage zu stellen, verdient Corinna eine Tapferkeitsmedaille, finde ich.

Lisa jubelte, als ich die frohe Botschaft verkündete, dass der Anschaffung eines vierbeinigen Hausgenossen nichts im Wege stünde. Oma schüttelte nur den Kopf. »Tut, was ihr nicht lassen könnt. Wer nicht hören kann, muss fühlen. Ihr werdet es noch bitter bereuen und euch über das lästige Vieh beschweren, aber dann ist es zu spät. Und erwartet keine Hilfe von mir!«

Mit diesen Worten zog sich Oma in ihr Zimmer zurück.

»Uff«, machte Lisa. »Oma ist heute so richtig mies drauf. Ich glaub, sie ist immer noch traurig wegen Schatzi und will's bloß nicht zugeben.«

Ich wuschelte ihr durch die halblangen Locken. »Du bist ganz schön schlau.«

Lisa und ich fuhren allein ins Tierheim. Oma fiel ja als Begleitperson aus. Frederick auch, denn die Aussicht auf ein neues Familienmitglied ließ ihn ziemlich kalt.

»Sollen wir Jan anrufen und fragen, ob er Lust und Zeit hat, mitzufahren?«, schlug ich vor.

»Nö, dauert mir zu lange«, meinte Lisa. »Wir fahren allein hin. Jetzt komm schon, Mama. Gib Gas.«

Schade, dass Lisa es so eilig hat. Ich hätte gern mit Jan telefoniert. Um ehrlich zu sein: Ich hätte auch nichts dagegen, 24 Stunden am Tag mit ihm zusammen zu sein, wobei ich betonen muss, dass ich unsere Beziehung absolut locker sehe. Mindestens genauso locker wie er.

Bei Klara und Lisa war es Liebe auf den ersten Blick. Die kleine Hündin sprang vor Freude winselnd an Lisa hoch; ihre braunen Dackelaugen flehten.

»Die oder keine, Mama! Genauso hab ich mir meinen Hund vorgestellt«, sagte Lisa verklärt.

Klara war am Vortag abgegeben worden. »Ein Scheidungsopfer«, erklärte die Leiterin des Tierheims. »Niemand hat mehr Zeit für sie. Sie ist zwei Jahre alt, sehr freundlich, kinderlieb und gut erzogen. Sie hat liebe neue Menschen verdient.«

»Sie wird es gut bei uns haben«, versprach ich. Lisa nickte heftig und zog sanft an Klaras Ohren.

Jetzt lag Klara neben mir, während ich darüber nachgrübelte, was ich tun konnte, um besser ins Geschäft zu kommen. Ich streichelte ihren Bauch. Sie gab ein zufriedenes Grunzen von sich. Wie schnell einem so ein Tier doch ans Herz wachsen kann – ich hab das Gefühl, als gehörte sie immer schon zur Familie. Sogar Frederick liebt sie heiß und innig; er spendiert ihr von seinem Taschengeld Büffelhautröllchen und spielt mit ihr, und ab und zu bequemt er sich sogar dazu, mit ihr Gassi zu gehen. Sabina mag Klara auch, allerdings fasst sie sie nicht an. »Ich würde gern«, sagte sie. »Ich mag Hunde schon, so ist das nicht. Nur bekomme ich sofort diesen ätzenden Ausschlag an den Händen.«

Alle lieben Klara. Alle? Nein, nicht alle. Seit der Hund im Haus ist, hält sich Oma fast nur noch in ihrem Zimmer auf. Ich hab versucht, mit ihr darüber zu reden, aber genauso gut hätte ich ein vertrauliches Gespräch mit der Wand führen können. »Warum ich mich in meinem Zimmer vergrabe? Ich vergrabe mich nicht. Ich bin ganz einfach gerne in meinem Zimmer, und das ist mein gutes Recht. Schließlich zahle ich Miete. Nein, Judith, das hat gar nichts mit dem Hund zu tun. Er stinkt, und er kratzt sich verdächtig oft, und sein Gekläff ist nervtötend, aber das macht mir rein gar nichts aus. Das Tier ist mir völlig gleichgültig.«

Ihre Sturheit zerrt an meinen Nerven, das muss ich zugeben. Warum kann sie Klara nicht akzeptieren? Es ist ja nicht so, als ob wir nicht darüber gesprochen hätten, dass ein Hund ins Haus kommt. Oma war nicht begeistert gewesen – aber einverstanden. Wenn sie jetzt, kaum dass sie ihr Essen hinuntergeschlungen hat, vom Tisch aufsteht und mit finsterem Gesicht in ihr Zimmer marschiert, weil Klara an ihrem Bein geschnuppert hat, frage ich mich, ob es wirklich eine gute Entscheidung war, dass wir zusammengezogen sind. Zumal Oma Sätze loslässt wie: »Im Seniorenzentrum müsste ich mich nicht über Hundegekläff ärgern.« Und: »Im Seniorenzentrum geht es hygienisch zu, nicht überall Hundehaare.«

Als Jan eines Nachmittags auf einen Kaffee mit reinkam – wir waren vorher lange mit Klara im Wald spazieren gegangen –, sagte Oma zu ihm: »Auf der Warteliste fürs Heim stehe ich mittlerweile auf Platz 15. Ein bisschen bin ich ja immerhin vorgerückt – aber du meine Güte, die alten Leute dort lassen sich Zeit mit dem Sterben.« Als Jan erstaunt fragte, ob Oma sich etwa mit Umzugsplänen ins Heim trüge, grummelte sie etwas Unverständliches vor sich hin und wanderte hinüber in ihr Zimmer.

»Hm. Oma ist gut drauf heute«, meinte Jan.

»So ist sie, seit Klara im Haus ist«, sagte ich. »Ich hab versucht, mit ihr zu reden, aber ich komme nicht an sie ran.«

»Nimm's nicht so schwer«, versuchte Jan mich zu trösten. »Sie ist immer noch nicht darüber hinweg, dass Schatzi überfahren wurde. Sie meint es nicht so.«

»O doch. Sie meint jedes Wort so. Das ist ja das Schlimme.«

Er legte den Arm um mich und zog mich an sich. Klara lag auf ihrem Kissen vor dem Couchtisch und beäugte uns aufmerksam.

»Es wird schon werden mit Oma und Klara.«

»Woher willst du das wissen?«, fragte ich.

Er grinste. »Das sagt mir meine Intuition.«

Hm. Mama hält ja auch gerne Rücksprache mit ihrer Intuition. Das Problem dabei ist, dass sie in diesem Moment taub ist für die Stimme der Vernunft. Aber vielleicht ist das ja bei Jan anders?

»Dein Wort in Gottes Ohr.« Ich kuschelte mich an ihn. Klara legte den Kopf schief. Unser Riesendackel mit dem seelenvollen Blick. Sie sah aus, als habe sie jedes Wort verstanden.

Ich zählte 20 Papierbälle auf dem Tisch und fünf Zigarettenkippen im Aschenbecher. Das Rotweinglas war leer, mein Kopf rauchte, aber die Anstrengungen hatten sich gelohnt. Es war mir gelungen, meine Geschäftsstrategie schriftlich zu fixieren. Auf dem Notizblock stand:

- Zeitungsannonce aufgeben
- bei der Zeitung anrufen und fragen, ob sie Interesse daran haben, einen Artikel über mich zu bringen
- Homepage im Internet in Auftrag geben (Freddes Kumpel Felix?)
- neue Visitenkarten drucken lassen
- Schild neben der Haustür anbringen
- Visitenkarten in Babs' Praxis auslegen

Man sollte meinen, dass mir die paar Sätze leichter aus der Feder hätten fließen können. Na ja, sie tröpfelten, nachdem ich es endlich aufgegeben hab, eine einzigartige, phänomenale Geschäftsstrategie zu entwickeln. So etwas ganz Besonderes, das die Welt – geschweige denn ein Nest wie Grafenberg – noch nie gesehen hatte. Ein Plan, der mich auf der Stelle in die Top Ten der deutschen Mietköchinnen katapultiert hätte.

Seufz.

Es hat fünf Zigaretten, ein Glas Rotwein und 20 Papierbälle gekostet, bis ich kapiert hab, dass ich noch in einem Jahr hier sitzen könnte und der einmalig tollen Geschäftsstrategie keinen Deut näher gekommen wäre.

Warum? Weil es sie nicht gibt. Na ja, vielleicht gibt es sie doch. Vielleicht war irgendwo auf der

Welt jemand schlau genug, sie sich auszudenken. Aber ich schaffe das definitiv nicht.

Auch nicht schlimm.

Ich halte mich an altbewährte Methoden. Ich bringe Einsatz. Ich knie mich richtig rein.

Gleich morgen lege ich los.

8. April

Meine Zeitungsanzeige erscheint am Samstag. Dafür, dass sie ziemlich klein ist, ist sie erschreckend teuer. Aber das richtige Marketing ist extrem wichtig, wenn man sich geschäftlich etablieren will, sagte der nette Herr, der mich bei der Gestaltung der Annonce beriet. Ich habe auch mit Freddes Kumpel Felix gesprochen – er richtet mir im Internet eine Homepage ein. Es kann allerdings ein Weilchen dauern, denn er hat noch ein paar andere Aufträge in Arbeit. Die neuen Visitenkarten sind schön geworden. Ich habe ziemlich viel Geld ausgegeben, aber auch welches gespart, jawohl. Nach einem Telefonat mit Usch hab ich mich dazu entschlossen, auf ein Firmenschild neben der Haustür zu verzichten.

»Ich kann mir nicht vorstellen, dass so ein Schild in einer reinen Wohngegend, einer Sackgasse noch dazu, dir auch nur einen einzigen zusätzlichen Auftrag bringt«, meinte sie. »Rausgeschmissenes Geld, wenn du mich fragst.«

Sie hatte Recht. Ich hatte mich nach den Preisen erkundigt. Nicht zu fassen, was so ein Schild kostete, wenn man etwas Geschmackvolles haben wollte.

»Was hältst du davon, wenn ich bei der Zeitung

anrufe und frage, ob sie im Lokalteil einen Artikel über mich bringen wollen? Immerhin bin ich die erste und einzige Mietköchin in Grafenberg.«

»Super Idee! Das ist wunderbare PR und kostet dich keinen Pfennig«, meinte Usch. »Bestimmt bringen sie auch ein Foto von dir. Ich seh dich vor mir, wie du eine Platte mit Hors d'Œeuvres in die Höhe hältst und in die Kamera strahlst. Zieh eine gerüschte weiße Schürze an, das macht sich gut.«

»Eine gerüschte Schürze?! Ich? Spinnst du?!«

Sie kicherte. »Du wirst zum Anbeißen aussehen! Apropos Anbeißen ...«

Sie erkundigt sich nach Jan und mir. Bestimmt sind wir rasend verliebt? Und total happy, jetzt, wo das Versteckspiel vorbei ist? »Ich gönn's dir von Herzen, du hast's weiß Gott verdient nach allem, was du durchgemacht hast. Aber ich muss dir gestehen, dass ich auch neidisch bin. Natürlich liebe ich meinen Wolfgang – aber das Prickeln, das Herzklopfen, die Schmetterlinge im Bauch, das ist vorbei.«

»Jan und ich verstehen uns gut«, erwiderte ich. »Aber rasend verliebt? Ich glaube, das gibt's gar nicht mehr, wenn man die 30 überschritten hat. Im Übrigen sehen wir uns gar nicht so oft.«

Ich staune über mich selbst. Dieses Statement ist ein Meisterwerk der Diplomatie. Vielleicht sollte ich in die Politik gehen?

Usch kicherte. »Judith, Judith. Ich muss mich über dich wundern. Wenn man die 30 erst mal überschritten hat ... Du redest daher wie eine Kandidatin fürs Altenheim. Und überhaupt prickelt es intensiver, wenn man nicht ständig zusammenhängt, sollte dir das etwa verborgen geblieben sein?«

Während ich nach einer geistreichen, unverbindlichen Antwort suchte, hörte ich: »Weißt du was? Ich persönlich finde eine heiße Affäre ohne große Gefühle fantastisch. Alles ist neu und aufregend, aber wenn's vorbei ist, bleiben keine gebrochenen Herzen zurück.«

Ich weiß nicht, warum, aber ich habe das deutliche Gefühl, dass sie mit ihren Gedanken nicht bei Jan und mir ist.

Hm.

Ich würde sie jetzt gern was fragen, traue mich aber nicht. Es ist noch nicht so lange her, seit aus unserem gutnachbarlichen Verhältnis Freundschaft geworden ist. Ich möchte nicht, dass sie mich für taktlos oder aufdringlich hält.

Usch kicherte wieder. »Ja. Ich hatte mal eine.«

???

Hab ich das jetzt richtig verstanden?

»Eine Affäre. Das wolltest du doch fragen.«

»Ich hab kein Wort gesagt!«

»Ich hab's trotzdem gehört. Du hast laut gedacht. Es ist passiert, als ich mit Gina eine Mutter-Kind-Kur an der Nordsee gemacht hab. Da war sie fünf ... hach, ist schon ganz schön lange her. Sie hatte Probleme mit den Bronchien. Bei einem Konzert hab ich einen tollen Mann kennen gelernt. Kurschatten nennt man das wohl. Ich hab's in vollen Zügen genossen, aber ich hatte auch ein schlechtes Gewissen wegen Wolfgang. Das erspart ihr euch, du und Jan. Ihr seid beide Singles.«

Singles. Hm. Jan ist vielleicht ein Single. Aber ich? Offiziell bin ich immer noch verheiratet.

Usch hatte es plötzlich eilig und verabschiedete sich; sie musste Gina zum Handballtraining fahren. Ich stecke mir eine Zigarette an. Ich sollte endlich aufhören zu rauchen. Es ist eine Sucht. Es ist ungesund, außerdem teuer. Jan raucht nicht – sicher findet er, dass ich nach Rauch stinke. Beschwert hat er sich bisher allerdings nicht. Trotzdem. Und ich sollte Fredde, der sich's leider auch angewöhnt hat, ein Vorbild sein ...

Der Geist ist willig, das Fleisch schwach. Das trifft nicht nur aufs Rauchen zu. Hm hm ... Usch hat sich also mal einen Kurschatten angelacht ... das hätte ich ihr nicht zugetraut. Sie war so empört damals, als ich ihr von Thomas und Marianne erzählte, ich hätte schwören können, dass sie ihrem Wolfgang immer treu war. Ich versuche, mich an ihre Stelle zu versetzen. Was hätte ich gemacht, wenn ich weit weg von zu Hause einen tollen Mann kennen gelernt hätte? Hätte ich mich auch in eine wilde Affäre gestürzt?

Eine Stimme in mir sagte: Nein, natürlich nicht! Ich war Thomas aus Überzeugung treu. Nichts und niemand hätte mich je in Versuchung führen können. Auch nicht weit weg von zu Hause.

Eine andere sagt laut und deutlich: *Wenn es rich-*

tig gefunkt hätte ... wahrscheinlich hätte ich dann für nichts garantieren können.

Die Worte drehen sich in meinem Kopf. *So richtig gefunkt. Hals über Kopf verliebt. Eingeschlagen wie Blitz und Donner, mitten ins Herz.* Ich zucke zusammen. Beinah hätte ich mir die Finger verbrannt, so weit hab ich die Zigarette herunterglühen lassen. Ich drücke sie im Aschenbecher aus. O Gott. Das ist ja entsetzlich peinlich. Es hat mich erwischt. Ich sehe der nackten Tatsache ins Gesicht, dass ich mir und anderen etwas vorgemacht habe. Nur was Jans Gefühle betrifft, war ich die ganze Zeit realistisch. Er empfindet nicht so wie ich. Jemand, der mit 38 Jahren noch nie eine längere, feste Beziehung hatte (jedenfalls keine, von der die Familie etwas wüsste), ist jemand, der sein Herz für sich behält.

Ich blöde Kuh hab meines verschenkt. Obwohl ich's gar nicht wollte. Die Stunde der Wahrheit ist gekommen. Ja, ich geb's zu: Ich denke ständig an Jan. Ich träume nachts von ihm. Ich würde durch die Milchstraße fliegen, um Sterne für ihn vom Himmel zu pflücken. Ich möchte Gedichte für ihn schreiben, obwohl mir nie so etwas Schönes gelingen würde wie Joachim Ringelnatz: *Ich hab dich so lieb! Ich würde dir ohne Bedenken eine Kachel aus meinem Ofen schenken.*

Wenn Jan morgen sagte: »Es war schön mit dir, aber nun ist's vorbei, Judith«, würde mein Herz in tausend Scherben brechen.

O Gott.

Ich darf nicht darüber nachdenken. Darf mir meine Gefühle nicht anmerken lassen. Er sieht unsere Beziehung locker, also muss ich das auch tun.

10. April

Gestern Abend kam Jan vorbei, einfach so, ohne vorher anzurufen. Gott sei Dank hatte ich mir am Morgen die Haare gewaschen und trug schwarze Stretchhosen und ein hübsches, pinkfarbenes Shirt, denn am Nachmittag war der Lokalreporter vom Grafenberger Käseblättchen da gewesen, um mich zu interviewen.

»Stör ich dich?«, fragte Jan. »Hätte ich anrufen sollen? Ist es schon zu spät für einen Besuch?«

»Nein, gar nicht!« Ich fiel ihm um den Hals. »Es ist doch erst halb zehn. Ich freu mich, dass du da bist. Du kannst jederzeit vorbeikommen. Ich geb dir einen Schlüssel, ja? Dann brauchst du nicht zu klingeln.«

»Lieber nicht. Was ist, wenn du nicht daheim bist? Oder wenn du Besuch hast, und ich platze hier einfach so rein …«

»Aber das macht doch nichts, du …« *Du bist mir wichtiger als jeder Besuch*, lag mir auf der Zunge. Ich verwandelte es schnell in ein unverfängliches »Du bist mir jederzeit willkommen!«

Er lächelte und strich mir eine Haarsträhne aus der Stirn. »Danke. Aber ich klingele trotzdem lieber.«

Peng. Das war deutlich.

Ich ging elegant darüber hinweg, indem ich ihn fragte, was er trinken wollte. Ein Glas Rotwein. Wunderbar – auf ein Glas Rotwein hatte ich auch Lust.

Wir setzten uns aufs Sofa. Jan erkundigte sich nach Oma. »Sie schmollt in ihrem Zimmer. Klara hat sich heute vergessen und hat es gewagt, beim Abendessen Omas Füße zu lecken.«

Jan lachte, legte den Arm um mich und fragte, wie mein Interview gelaufen sei. Mein Interview? Woher wusste er davon? Wir haben zwar gestern kurz miteinander telefoniert – er war in Eile, weil er zum Dienst musste –, aber ich war sicher, dass ich das Interview nicht erwähnt hatte.

Es stellte sich heraus, dass Jan Mama heute in der Stadt getroffen hatte. Sie kam in dem Moment aus dem Friseursalon, als Jan daran vorbeiging. »Judith kommt in die Zeitung!«, trompetete sie so laut, dass ein paar Passanten stehen blieben und interessiert zuhörten. »Stell dir das mal vor, Jan. Das *Grafenberger Echo* berichtet über meine Tochter!«

Peinlich, peinlich. Wie gut, dass ich nicht dabei war. Jan fand es nicht peinlich. Er wartete darauf, dass das Publikum Mama um ein Autogramm von mir bat. Leider vergeblich.

Der Lokalredakteur des *Grafenberger Echos* war eine halbe Stunde zu spät gekommen, da das Interview mit dem Vorsitzenden des Kaninchenzuchtvereins (der Herr wurde 70, und er hatte 65 Jahre seines Lebens dem Verein gewidmet) länger gedauert hatte als geplant. »Manche Leute können reden …«, sagte er seufzend, während ich ihm den Mantel abnahm. »Ich weiß jetzt mehr über Karnickel, als ich je im Leben wissen wollte. Hab ich schon Hasenzähne? Lange Ohren?« Er warf einen Blick in den Flurspiegel.

Ich musste lachen. Live machte Herr Melzer einen wesentlich sympathischeren Eindruck als am Telefon. Er war so Mitte 30 und sah ziemlich gut aus. Schlank, dunkelhaarig, mit blauen Augen hinter einer modischen Hornbrille. Ich führte ihn in die Küche. Auf dem Tisch thronte eine große Platte mit italienischen Antipasti.

»Das sieht aber lecker aus!«, rief er.

»Ich dachte mir, bei ein paar Häppchen redet es sich besser …«

Er strahlte. »Super! Vor lauter Herumhetzerei bin ich den ganzen Tag noch nicht zum Essen gekommen. Aber erst machen wir ein paar Fotos.« Er legte sich mächtig ins Zeug, um mich und meine Antipasti möglichst vorteilhaft aufs Bild zu bannen. Ein guter Anfang.

Babs ist manchmal wirklich ziemlich schlau. »Koch was Gutes für diesen Zeitungsfritzen und besorg auch eine Flasche Wein«, meinte sie, nachdem ich ihr von meinem Anruf beim *Echo* erzählt hatte. Ich hatte auf einen Sprung bei ihr in der Praxis vorbeigeschaut, um meine neuen Visitenkarten im Wartezimmer auszulegen.

»Frau Horn …«, hatte Melzer am Telefon gesagt, »in unserem Städtchen werden zurzeit ständig Nagelstudios, Solarien sowie Gemüse- und Geschenkelädchen eröffnet. Es ist eine wahre Seuche ausgebrochen. Übrigens schließen diese Etablissements fast so schnell wieder, wie sie aus dem Boden geschossen sind. Und alle frisch gebackenen Geschäftsinhaber möchten, dass ein möglichst langer Artikel über sie in unsrer Zeitung erscheint … kostenlose PR ist ja auch eine schöne Sache. Nur Wunder sollte man sich nicht davon erwarten.« Er seufzte abgrundtief. »Wir überdenken zurzeit in der Redaktion, ob wir Artikel dieser Art überhaupt noch bringen sollen. Wir fragen uns, ob wir damit das Informationsbedürfnis der Leserinnen und Leser befriedigen oder ob sich unsere Zeitung von einigen Zeitgenossen als Forum der Selbstdarstellung missbrauchen lässt.«

Grrrrrrrr. Grauenhaft. Warum muss ich einen Philosophen an die Strippe bekommen, wenn ein bisschen kostenlose PR eigentlich alles ist, was ich will?

Ich beeilte mich, ihm zu versichern, dass es mir als Bürgerin von Grafenberg extrem wichtig sei, zu erfahren, wo ich meine Bräune vertiefen und mir die Nägel machen lassen könne, ganz zu schweigen davon, dass man ja immer Gemüse brauche und Geschenke aller Art. Und das ginge nicht nur mir so, sondern allen Leserinnen und Lesern der Region. »Sie müssen weiterhin solche Artikel bringen! Die Leserinnen und Leser haben ein Recht darauf, informiert zu werden, was sich im Städtchen tut. Was mich betrifft: Ich eröffne *kein* Nagelstudio. Ich bin Grafenbergs erste und bisher einzige Mietköchin. Denken Sie an den Neuigkeitswert!«

Er schwieg eine Weile. Ich hörte im Hintergrund etwas klacken. Sendete er jetzt Morsezeichen, weil ihm mein Plädoyer die Sprache verschlagen hatte? »Na gut«, sagte er endlich. »Aber nur zehn Zeilen, mehr ist nicht drin.«

Zehn Zeilen sind mickrig, aber immerhin besser als nichts.

»Mit Foto?«

Er seufzte wieder, es schien seine Lieblingsbeschäftigung zu sein. »Schauen wir mal.«

»Zehn Zeilen will er bringen. Es steht nicht fest, ob er sich zu einem Foto durchringen kann. Und du sagst allen Ernstes, ich soll auch noch was für ihn kochen?!«

Babs verdrehte die Augen zum Himmel. Mittlerweile sah man deutlich, dass sie schwanger war. Eine üppige Oberweite und ein pralles Bäuchlein zeichnen sich unter ihrem neuen, pinkfarbenen Shirt aus Seidenjersey ab. »Endlich sieht jeder, dass wir ein Baby kriegen«, hatte sie vor kurzem zufrieden gesagt. Sie und Peter sehnen den Juli herbei, wenn sie ihr Baby endlich in den Armen halten können. Das Kinderzimmer ist schon fix und fertig eingerichtet. Ich habe es eigenhändig in einem wunderschönen Himmelblau gestrichen.

»Judith. Denk doch mal mit. Du sollst für ihn kochen, *damit* er mehr als zehn Zeilen schreibt.«

»Du meinst, ich soll ihn *bestechen*?«

»Du liebe Güte. Das hat aber gedauert, bis du von der Leitung runtergeklettert bist, auf der du es dir heute gemütlich gemacht hast.«

Die Bestechung, ähm, Probe meines Könnens besteht aus marinierten Zucchini, Tomatenscheiben mit Mozzarella und Basilikum, mit feinstem Olivenöl extra vergine beträufelt. Außerdem kredenze ich Melonenschnitze mit Parmaschinken und karamellisierte weiße Zwiebeln; einen Salat aus weißen Bohnen mit hauchdünnen Scheibchen italienischer Salami; gebratene Auberginenscheiben sowie rote Paprika mit Kapern. Meine Geheimwaffe steckt noch im Backofen: Minipizzen, mit diversen Köstlichkeiten belegt.

Ich schnitt Baguettebrot in Scheiben, während Melzer auf meine Bitte hin eine Flasche gut gekühlten Rosé öffnete. Wir verspeisten die Antipasti, dann die Minipizzen. Melzer war schweigsam während des Essens. Erst als er das Besteck auf seinem Teller zusammenschoben und sich die Lippen mit der Serviette abgetupft hatte, sagte er: »Das war hervorragend. Köstlich. Pikant. Sie können wirklich kochen.«

»Vielen Dank.«

Über dem Espresso stellte er Fragen und machte sich Notizen. »Der Artikel erscheint voraussichtlich nächsten Mittwoch.« Er klemmte den Stift an seinen Stenoblock. »Haben Sie noch ein bisschen Zeit? Ich würde gern etwas mit Ihnen besprechen.«

Sicher hab ich Zeit. Ich braue noch einen Espresso und lege Amaretti nach. Und, oooooh, ich traue meinen Ohren kaum: Herr Melzer hat am 20. April Geburtstag. Das ist ein Samstag. 35 wird er. Er möchte mit lieben Freunden bei sich zu Hause feiern. Er hatte ein schlichtes, doch schmackhaftes Menü geplant: Wiener Würstchen, Kartoffelsalat von Aldi (mit Gurke und Ei, der ist echt nicht übel, Frau Horn), mittelscharfer Tafelsenf und frische Brötchen. Zum Nachtisch sollte es den Tiefkühl-Obstsalat von Aldi geben (»Der schmeckt fast so gut wie frischer!) und dazu Vanilleeis. »Kochen ist nicht mein Ding«, sagte er und grinste. »Dafür kann ich perfekt bügeln.«

Beflügelt von meinem Essen, hatte Herrn Melzer nun die Eingebung überfallen, mich an diesem Abend zu engagieren.

»Das wird der Hammer«, freute er sich. »Meine Gäste wird's umhauen. Mit einem tollen Menü rechnet bei mir keiner!«

Ich konsultierte meinen in schwarzes Leder gebundenen Terminkalender. In sicherer Entfernung, damit Herr Melzer mir nicht in die Seiten linsen konnte. Was für ein Glück – an diesem Abend hab ich rein zufällig Kapazitäten frei; ein Kunde hat einen Termin verschoben. (Das war natürlich gelogen. In meinem Kalender waren für April bis jetzt exakt zwei Aufträge eingetragen: drei Kuchen für einen Kaffeeklatsch bei Mama und ein Riesentopf Gulaschsuppe für Usch, die ein paar Frauen aus ihrer Aerobic-Gruppe zu einem Spieleabend eingeladen hatte.)

Herr Melzer war happy. »Ich hab ja kaum zu hoffen gewagt, dass Sie meine Party so kurzfristig einschieben können. Sie sind bestimmt sehr ausgebucht.«

Ich strahlte ihn an. Das war ein richtig schönes Kompliment.

Wir besprachen die Details. Er wollte mich für den ganzen Abend engagieren. Ich soll ein dreigängiges Menü für zwölf Personen kochen – nichts zu Hochgestochenes. »Ich hasse diese nouvelle Angeberküche. Wenn ich auf meinem Teller Gemüsepüreekleckse mit der Lupe suchen muss, vergeht mir der Appetit«, meinte er.

Er mag keine Paprika und keine Innereien. Ansonsten hab ich völlig freie Hand – ich soll ihn überraschen, schließlich hat er Geburtstag. Eine besondere Schwäche hegt er für Nachtische. Hach, ich werde ihn mit meiner exquisiten Mousse au chocolat verwöhnen. Und ich hab noch mehr Ideen ... Trifle mit Ananas ist auch etwas Köstliches. Es rumort in meinem Kreativitätszentrum, und am liebsten würde ich mich sofort auf meine Kochbücher stürzen. Was sagt er da? Ich soll bitte auch die Einkäufe erledigen? Aber gerne, das ist mir lieber, als wenn ich zehn Listen schreiben muss, und hinterher fehlt womöglich doch das Wichtigste. Um die Getränke kümmert er sich selbst, fein, dann brauche ich nicht so viel zu schleppen. Er zuckt nicht mit der Wimper über meinen Stundensatz und bezahlte brav die saftige Anzahlung, die ich vorab für die Einkäufe haben möchte.

Hach, ich *liebe* solche Kunden, ich hätte gern eine ganze Horde davon.

Jan blieb über Nacht. Um fünf stand er auf, küsste mich und ging; er hatte Frühdienst, seine Schicht fing um sechs an. Ich drehte mich auf die andere Seite und schlief mit einem Lächeln auf den Lippen wieder ein. Leider muss ich gestehen, dass ich den Wecker überhörte. Ich fuhr erst aus dem Schlaf, als Lisa mich an der Schulter rüttelte. Sie verpasste die erste Stunde, obwohl ich aus dem Bett hechtete, in meine Kleider sprang und sie in die Schule fuhr. Eine Rabenmutter bin ich, ich sollte mich was schämen. Dazu bin ich aber viel zu glücklich, denn die Nacht mit Jan war wunderschön.

13. April

Ich stand in aller Herrgottsfrühe auf – na ja, gut, es war nicht soo früh, acht Uhr, aber früh genug für einen Samstag –, lief mit Klara zur Wiese am Ende unserer Sackgasse, damit sie ihr Geschäft erledigen konnte, rannte wieder nach Hause und schnappte mir die Zeitung aus dem Briefkasten. Am liebsten hätte ich gleich den Anzeigenteil aufgeschlagen, aber ich beherrschte mich, bis ich Kaffee gekocht, den Frühstückstisch gedeckt und die Tiefkühlcroissants zum Aufbacken in den Ofen geschoben hatte. Gerade als ich meine Anzeige bewunderte, kam Oma rein. Im Gegensatz zu mir – ich steckte in schwarzen Jogginghosen und Sweatshirt und war weder geduscht noch geschminkt – war sie wie aus dem Ei gepellt. Sie trug ihr dunkelgrünes Hemdblusenkleid und darüber eine dünne, beigefarbene Strickjacke. Jedes Haar in ihrem Dutt lag an seinem Platz. Klara stand schwanzweldelnd zur Begrüßung auf. »Kschksch! Weg mit dir!«, machte Oma und funkelte sie an. Die kleine Hündin verzog sich ergeben wieder unter den Tisch.

Es fällt mir nicht leicht, aber ich ignoriere es, wenn Oma Klara verscheucht. Es ist ihr gutes Recht. Sie muss den Hund nicht mögen, nur weil er zur Familie gehört und wir ihn lieb haben.

Seufz.

»Guten Morgen, Oma. Hast du gut geschlafen?«

Oma erwiderte den Gruß und meinte mürrisch, dass sie kaum ein Auge zugetan habe. Der Hund habe gekläfft in der Nacht. »Klara? Gekläfft? Ich hab nichts gehört.«

»Du schläfst ja auch oben«, konterte Oma und schenkte sich Kaffee aus der Warmhaltekanne ein.

»Hm. Klara war aber heute bei mir. Sie lag auf ihrer Decke – vor meinem Bett.«

Oma verzog keine Miene. »Du hast eben einen Schlaf wie ein Murmeltier, Judith. Beneidenswert.«

Zeit für einen Themawechsel. Ich reichte ihr die Seite mit meiner Anzeige hinüber. Oma rückte ihre Brille zurecht und studierte das Inserat. Ihre Lippen bewegten sich, als sie las. »Es steht alles drin, was man wissen muss«, meinte sie schließlich. »Nur die Preise fehlen. Die Leute wollen wissen, was an Kosten auf sie zukommt.«

»Es war kein Platz mehr dafür. Aber auf meiner Homepage werden die Preise draufstehen.«

»Homm... was?«

»Das ist so was wie eine Werbebroschüre im Internet«, erklärte ich. Und überlegte, ob ich nicht doch noch eine richtige Broschüre drucken lassen sollte. Ich hatte die Idee schon mal ins Auge gefasst, aber als zu teuer verworfen. Während Oma sich ein Croissant mit Erdbeermarmelade bestrich, las ich meine Anzeige wieder und wieder durch. Sie gefiel mir jedes Mal besser. Am liebsten hätte ich auf der

Stelle bei mir angerufen und ein kalt-warmes Büfett für 20 Personen bestellt.

Ich hatte mir gerade die dritte Tasse Kaffee eingegossen, als es klingelte. Klara schoss bellend unter dem Tisch hervor. Oma warf ihr einen giftigen Blick zu, sagte aber nichts. Klara durfte anschlagen, wenn jemand an der Tür war, damit hatte sich Oma abgefunden.

Ich war erstaunt, Herrn Lohner, den Nachbarn zur Linken, vor meiner Tür zu sehen.

Herr Lohner trug ein kariertes Flanellhemd und eine braune, von Hosenträgern gehaltene Cordhose, die ihm viel zu weit war, und wedelte mit einer Zeitung vor meiner Nase herum. »Diese Anzeige mit der Mietköchin – die ist doch von Ihnen, oder?«

Ich bejahte und fragte, ob ich irgendetwas für ihn tun könne.

»Ja, das können Sie. Ich habe es 50 Jahre lang ertragen. Aber jetzt will ich nicht mehr.«

Hm. Das hörte sich an, als habe Herr Lohner ein Problem.

Ich bat ihn herein. »Meine Großmutter und ich sitzen noch beim Frühstück. Möchten Sie eine Tasse Kaffee mit uns trinken?« Er zögerte. »Haben Sie vielleicht Caro-Kaffee da?«

»In rauen Mengen«, versicherte ich.

Oma riss die Augen auf, als ich mit unserem Nachbarn im Schlepptau wieder hereinkam. »Ich hätte ja im Leben nicht erwartet, dass ausgerechnet Sie sich mal zu uns verirren.« Herrn Lohners schmale, gebeugte Schultern strafften sich. »Und wieso nicht, wenn ich fragen darf?«

Ich grinste innerlich. Mit seinem spitzen Gesicht, den braunen Knopfaugen hinter der runden Metallbrille und der misstrauischen, scheuen Art erinnerte mich Herr Lohner an eine Maus. Aber im Moment war die Maus ziemlich mutig. Sie zeigte Oma die Zähne.

»Weil Sie den Mund nicht aufkriegen, wenn wir uns auf der Straße begegnen. Sie nicken bloß und, huschhusch, weg sind Sie.« Oma lachte. »Sie haben Angst vor Ihrem eigenen Schatten.«

Apropos Mund. Meiner steht vor Verblüffung offen. Was ist heute Morgen bloß in Oma gefahren? Sie ist von Natur aus kein Mensch, der aus seinem Herzen eine Mördergrube macht, aber den armen Mann so niederzumachen …

Der arme Mann wusste sich jedoch zu wehren. Er setzte sich auf einen freien Stuhl und sagte: »Und Sie haben Haare auf den Zähnen, gnädige Frau, wenn Sie's genau wissen wollen. Ich bin gekommen, weil ich etwas Geschäftliches mit ihrer Enkelin besprechen möchte.«

Ich erwartete, dass Oma sich jetzt beleidigt in ihr Zimmer zurückzog. Oder eine vernichtende Retourkutsche brachte. Aber nein. »Reden Sie nur. Lassen Sie sich von mir nicht stören«, sagte sie in friedfertigem Ton und tauchte hinter das *Echo* ab.

Ich kochte eine Kanne Caro-Kaffee. Oma trinkt zwar morgens Bohnenkaffee, erst nachmittags macht sie sich den Blümchenkaffee und isst ein Honigbrot dazu. Aber wenn Herr Lohner Caro trinkt, will sie bestimmt auch eine Tasse, da wette ich. Während ich herumhantierte, herrschte Schweigen in der Küche. Oma war anscheinend völlig in die Zeitung vertieft. Herr Lohner kraulte Klara zwischen den Kippohren, die sich vor ihm aufgepflanzt hatte und darauf wartete, dass ein Krümel zu ihr herunterfiel.

»Ich hätte auch gern ein Tasse, Judith«, sagte Oma, als ich Herrn Lohner einschenkte.

Hab ich's doch gewusst.

Kaum hatte unser Gast Milch und Zucker in seinen Caro gerührt, kam er aufs Geschäftliche zu sprechen. »Ich möchte gern sieben Mittagessen die Woche bei Ihnen bestellen, Frau Horn. Für zwei Personen. Geht das?«

Omas Zeitung raschelte plötzlich wie Herbstlaub.

»Ja, sicher geht das«, sagte ich.

»Hat Ihre Frau keine Lust mehr, für Sie zu kochen?«, tönte es hinter der Zeitung.

O Gott. Ich möchte am liebsten im Erdboden versinken. Oma benimmt sich heute Morgen unmöglich.

»Ich habe keine Lust mehr, das zu essen, was sie mir vorsetzt!« Das kam wie aus der Pistole geschossen und klang ziemlich trotzig.

Oma lugte hinter der Zeitung hervor. »Hm. Und warum kochen Sie nicht?«

»Ich kann es kaum besser als meine Frau«, gab er zu. »Es ist wie verhext. Spiegeleier versalzen sich von selbst, Kartoffeln bleiben hart. Was immer ich brate, brennt an.«

Oma fragte, warum Herr Lohner denn nicht schon längst »Essen auf Rädern« geordert habe? Oder warum sie nicht im Abonnement in einer Gaststätte speisten? Ab und zu könne sicher auch ein Pizzaservice herhalten. Und dann gäbe es ja noch Tiefkühlgerichte und Konserven. Sie persönlich ließe zwar die Finger davon, aber da die Lohners offensichtlich ein psychologisches Problem mit der Zubereitung von Nahrungsmitteln hätten ... Anders ließe es sich jedenfalls nicht erklären, dass sie nach 50 Jahren Üben immer noch nichts am Herd zustande brächten.

Herr Lohner erklärte ihr, dass man das in der einen oder anderen Kombination alles hinter sich habe. Die Anzeige heute Morgen habe ihm vor Augen geführt, dass es Zeit sei, neue Wege zu gehen.

Irgendwie komme ich mir überflüssig vor.

Als hätte Herr Lohner meine Gedanken gelesen, wandte er sich zu mir. »Wissen Sie, es riecht immer so gut, wenn Sie kochen. Ich muss gestehen, dass ich öfter einen kleinen Spaziergang am Haus vorbeimache, um zu schnuppern, was es gibt. Sie haben ja immer das Küchenfenster gekippt.«

Er schaute mich so treuherzig an, dass ich gerührt war.

Oma hüstelte. »Es riecht in diesem Haus auch gut, wenn *ich* koche. So ist das nicht.«

»Das ist wahr«, sagte ich. »Oma ist die beste Köchin, die ich kenne. Sie hat mir das Kochen übrigens beigebracht. Sie müssten mal ihre Reibekuchen probieren – ein Gedicht.«

Herrn Lohners Nase zuckte, als er bemerkte, dass der Duft dieser Reibekuchen unvergleichlich gewesen sei. Oma lächelte ihn an. Herr Lohner lächelte zurück. Die beiden rauchten die Friedenspfeife, das war nicht zu verkennen.

Herr Lohner und ich besprachen nun die Details. Seine Frau und er seien keine großen Esser – ein gut gefüllter Teller mittags würde ihnen reichen. »Am einfachsten ist es, wir erstellen jede Woche zusammen einen Speiseplan. Ich koche alles vor und liefere es tiefgekühlt bei Ihnen ab«, sagte ich. »Sie brauchen es dann nur noch in die Mikrowelle zu schieben.«

Herr Lohner nickte. »Ja, das hört sich vernünftig an.«

Oma schnaubte verächtlich. »Das ist doch nichts anderes als Tiefkühlfraß.«

Ich wollte gerade erklären, dass es sich hierbei keineswegs um Tiefkühlfraß im eigentlichen Sinn handelte, als ich zu meiner abgrundtiefen Verwunderung hörte: »Wie es der Zufall will, bin ich gerade geschäftlich bei meiner Enkelin eingestiegen. Ich werde den Auftrag persönlich übernehmen. Sie sind mein erster Kunde, ist das nicht schön?«

Omas erster Kunde schnappte nach Luft. Ich auch.

»Wissen Sie«, fuhr Oma fort, »ich bin nicht mehr die Jüngste. Aber ein Mittagessen für zwei Personen schüttele ich noch aus dem Ärmel. Ich könnte Ihnen natürlich auch einen Kochkurs anbieten. Das käme Sie bestimmt billiger als 14 Mittagessen die Woche. Was meinst du, Judith?«

Herr Lohner setzte zum Sprechen an, verschluckte sich aber und musste husten. Oma wartete geduldig. Als der arme Mann sich wieder gefasst hatte, sagte Oma: »Das erste Essen ist übrigens kostenlos. Und wenn's Ihnen bei mir nicht schmeckt, übernimmt Judith den Auftrag. Ist das fair oder nicht?«

Mit der Miene eines Menschen, der nicht weiß, was ihn überrollt hat – ein D-Zug, eine Dampfwalze? –, gab Omas Kunde zu, dass das Angebot fair war.

17. April

Seit Montag kocht Oma für die Lohners. Am Sonntag entwarf sie den Wochenspeiseplan. »Schau mal, Judith«, meinte sie und schob mir ein sauber beschriebenes DIN-A4-Blatt rüber.

Ich las:

Montag:	Reibekuchen mit Apfelmus
Dienstag:	Schweinegeschnetzeltes mit Champignonrahmsoße, Reis und Möhrengemüse
Mittwoch:	Nudelauflauf mit Tomatensoße, gemischter Salat
Donnerstag:	Pfannkuchen mit Gemüse-Hackfleischfüllung, Tomatensalat
Freitag:	Backfisch mit Kartoffelsalat
Samstag:	Erbsensuppe mit Würstchen
Sonntag:	Rouladen mit Rotkraut und Salzkartoffeln

»Das hört sich richtig gut an, Oma«, sagte ich.

»Finde ich auch«, meinte sie und zog mit ihrem Speiseplan hinüber zu den Lohners. Nach einer Stunde kam sie zufrieden zurück. »Nur die Erbsensuppe wollen sie nicht. Sie möchten lieber Kartoffelsuppe. Auch gut.«

Oma und ihre Kunden einigten sich auf Folgendes: Die Lohners würden die Einkäufe erledigen. Oma würde jeden Tag drüben bei den Lohners kochen. »Um punkt zwölf Uhr wollen sie essen. Das nenn ich einen geregelten Ablauf.«

Unnötig zu erwähnen, dass das Probeessen ein voller Erfolg war. Oma ist im Geschäft.

20. April, 13 Uhr

In Herrn Melzers Küche herrschte die Ruhe vor dem großen Sturm. Um halb acht wurden die Gäste erwartet. Das Menü war so weit fertig, ich musste später nur noch den Feldsalat mischen und die Kartoffelklöße ziehen lassen. Für jemanden, der nicht kochen kann, hatte mein Kunde eine hervorragend eingerichtete Küche. Es war alles da, was man brauchen konnte – von der Nudelmaschine bis zum Messerblock mit japanischen Messern. Ich hatte Herrn Melzer gestern in der Redaktion angerufen und mich vorsichtshalber erkundigt, ob ich eigenes Handwerkszeug mitbringen sollte – eine Kasserolle zum Beispiel, oder einen Satz Messer?

»Nein, nein, nicht nötig«, meinte er. »Es ist alles da, garantiert. Meine Exfreundin hat gern gekocht.«

Ich war beruhigt.

»Was gibt's denn Feines?«, erkundigte er sich.

»Soll ich's Ihnen wirklich verraten? Sie wollten sich doch überraschen lassen?«

Er lachte. »Ich bin neugierig. Sagen Sie schon.«

Er ließ nicht locker. Also erzählte ich ihm, dass es aufgeschlagene Weinsuppe und einen Schweineschinkenbraten mit Linsenfüllung, Kartoffelklößen und Feldsalat geben würde. Und zwei Desserts: Mousse au chocolat und Trifle mit Ananas.

Dass ich noch einen Geburtstagskuchen gebacken hatte, verriet ich ihm ebenso wenig wie das Amuse gueule: winzige Kohlröllchen mit Schafskäse-Rosmarinfüllung.

Ein bisschen Überraschung muss sein an einem Geburtstag.

Jetzt saß Herr Melzer an dem kleinen Küchentisch und bot mir eine Zigarette an. Er hatte eine Flasche Prosecco aufgemacht und uns beiden ein Glas eingeschenkt.

Wir stießen an. »Auf Ihr Wohl!«, sagte ich. »Noch mal alles Gute im neuen Lebensjahr.«

Herr Melzer gehört zu meinen Lieblingsmenschen, daran kann es keinen Zweifel geben. Sein Beitrag im *Echo* am Mittwoch nahm inklusive Foto (einem hübschen Foto, auf dem ich in die Kamera lachte) eine halbe Zeitungsseite ein. Usch meinte, mit Schürze wär ich noch viel professioneller rübergekommen. Sie hat sicher Recht. Ich würde mir auch bestimmt ein solches Teil umbinden, falls ein Kunde mit gezogener Handfeuerwaffe darauf bestehen sollte. Ich besitze nämlich neuerdings eine schneeweiße, gerüschte Schürze, nachdem ich Stunden in der Stadt unterwegs war, um eine aufzutreiben. Allerdings ruht diese Schürze im Schrank. Sehr tief unten im Schrank, vergraben unter meinen Handtaschen. Ich sah darin aus wie Mutter Beimer. Nichts gegen Mutter Beimer. Sie ist eine patente und sympathische Person. Aber mehr als eine muss es auf der Welt nicht geben, finde ich.

In dem Artikel fielen Worte wie »talentiert und kreativ« und »eine Bereicherung für die kulinarische Szene Grafenbergs«. Ich ließ mir das gerade zum ungefähr zwanzigsten Mal auf der Zunge zergehen, als mich eine göttliche Eingebung überfiel. Ich könnte doch Fredde den Artikel samt Foto mit dem Scanner vervielfältigen lassen. Und dann eine Visitenkarte daranklemmen und als Handzettel auslegen. Bei Babs natürlich, und bei Kemal. Bei Thomas im Schreibwarenladen auch? Hm. Mal sehen.

Huch, es klingelt. Wer kann das sein?

Es waren Lilo und Heinz, meine Schwiegereltern. In voller Lebensgröße standen sie auf der Schwelle. Sie hatten sich seit einiger Zeit nicht gemeldet, und ich hatte auch keinen Kontakt zu ihnen gesucht. Mir war nicht danach gewesen. Ich hatte nicht vergessen, was Lilo gesagt hatte, nachdem Thomas uns verlassen hatte: ob das Scheitern unserer Ehe nicht auch darauf zurückzuführen sei, dass wir so jung geheiratet hatten, weil Frederick unterwegs gewesen war. Was hieß das anderes, als dass Lilo bezweifelte, dass Thomas mich je wirklich geliebt hatte?

»Das ist aber nett, dass ihr mal vorbeischaut«, sagte ich. Dafür, dass sich meine Begeisterung über den Besuch in Grenzen hielt, klang es überzeugend, fand ich.

»Wir waren zufällig gerade in der Gegend«, erwiderte Lilo kühl.

Heinz lächelte verlegen.

Wir gingen ins Wohnzimmer. »Hübsch habt ihr's hier«, sagte Heinz. Lilos Augen huschten umher und registrierten alles – garantiert auch jedes noch so kleine Staubflöckchen –, aber sie enthielt sich jeden Kommentars.

Wir nahmen Platz. Lilo saß sehr aufrecht in ihrem Sessel. Ihre hellbraunen, mit viel weiß durchsetzten Haare waren zu einem kinnlangen Pagenkopf mit Pony geschnitten. Wie immer trug sie bis auf orangefarbenen Lippenstift, der sie blass machte und ihre schmalen Lippen noch schmaler wirken ließ, kein Make-up.

»Es tut mir leid, Judith, wenn ich jetzt etwas ansprechen muss, das dir nicht angenehm sein wird. Aber obwohl es mir fern liegt, mich in das Leben anderer Menschen einzumischen, sehe ich es in diesem Fall doch als meine Pflicht an.«

???

!!!

Die Erklärung folgte unmittelbar.

Es war so, dass Lilo und Heinz schon seit einiger Zeit wussten, dass Jan und ich zusammen waren. Sie hatten es von Lisa erfahren, die immer bei ihren Großeltern vorbeischaute, wenn sie an den Wochenenden etwas mit Thomas unternahm. »Wir haben lange mit uns gerungen, ob wir dazu Stellung beziehen sollen«, sagte Lilo mit vorwurfsvollem Blick.

Heinz betrachtete in tödlicher Verlegenheit seine Schuhe.

Eines ist klar: Wenn Lilo »wir« sagt, redet sie von sich im Pluralis Majestatis.

»Wir sind zu dem Schluss gekommen, dass wir an das Wohl der Familie denken müssen.«

So weit zu Lilos Behauptung, sie und Heinz seien rein zufällig in der Gegend gewesen.

Heinz rutschte tiefer in seinen Sessel. Er sah aus, als habe er Zahnschmerzen.

Zu meiner eigenen Überraschung war ich ganz ruhig. »Sprich dich nur aus, Lilo. Tu dir keinen Zwang an.«

»Ironie ist gänzlich fehl am Platze, Judith. Ich glaube, es genügt, wenn ich dir eine einzige Frage stelle, um dich zur Vernunft zu bringen. Wenn du die Dinge bei klarem Verstand betrachtest – ist es nicht schlicht *geschmacklos*, mit dem eigenen Schwager anzubandeln? Ganz Grafenberg steht Kopf.«

Die Einzige, die in Grafenberg Kopf stand, war Lilo, darauf würde ich wetten. Ich musste lachen. Es war eine Szene wie aus einer Seifenoper. Lilo hatte die Hände im Schoß gefaltet, aber ich sah vor meinem geistigen Auge, wie sie mit dem Zeigefinger wedelte und hörte sie sagen: »Dududu – böse, böse Judith.«

Lilo kniff die Lippen zusammen. »Was ist daran so lustig?«

»Entschuldige, aber was du da vorbringst, ist absurd. Zum Anbandeln gehören immer zwei. Und zweitens: Was soll geschmacklos daran sein, dass Jan zufällig mein Schwager ist?«

»Das fragst du noch? Jan ist der Bruder deines Ehemannes. Ihr seid *verwandt!*«

»Die Scheidung läuft«, erinnerte ich sie. »Und ...«

»... Jan und Judith sind *nicht* blutsverwandt,

Lilo«, unterbrach Heinz. »Und ich finde, du hast jetzt genug gesagt, und wir sollten gehen.«

Ich war wie vom Donner gerührt. Das hätte ich Heinz nie zugetraut. Lilo anscheinend auch nicht. Sie starrte ihren Gatten mit offenem Mund an. »Dass du mir so in den Rücken fällst ...«

Heinz stand auf. »Judith ist erwachsen, Jan ist erwachsen. Das alles geht uns gar nichts an.«

Lilos normalerweise blasses Gesicht hatte sich gerötet. Ihr Mund öffnete und schloss sich, aber sie brachte keinen Ton heraus.

Heinz streckte die Hand nach ihr aus. »Komm, Liebes. Wir fahren nach Hause.«

»Warum bist du mitgefahren, wenn du nicht auf meiner Seite bist?« Ihre Stimme zitterte. Sie sah auf einmal sehr verletzlich aus.

Heinz lächelte. Es war ein liebevolles und nachsichtiges Lächeln. »Ich musste doch. Du hast keinen Führerschein.«

Ich brachte die beiden zur Tür. Lilo ging ohne ein Wort des Abschieds zum Auto. Sie wirkte wie in Trance. Heinz küsste mich auf die Wange. »Bitte nimm's ihr nicht übel, Judith. Sie steht sich manchmal selbst im Weg.«

»Schon gut.« Ich küsste ihn zurück.

Ich meinte es wirklich so – auch wenn Heinz' bittender Blick dabei eine Rolle spielte. Zum ersten Mal, seit ich ihn kannte, hatte er Lilo Paroli geboten. Und gleichzeitig gezeigt, wie sehr er sie liebte. Immer noch, nach so vielen Jahren. Und der Ausdruck in Lilos Augen – sie hing auch an ihrem

Heinz, auch wenn sie's nicht so zeigen konnte. Ach, ich will keinen Streit in der Familie, Lilo ist, wie sie ist, aber gern hab ich sie doch. Sie hängt nun mal mit einer wahren Affenliebe an Thomas und Jan. Natürlich war ich ihr nie gut genug für ihren Thommi. Das nehme ich aber nicht persönlich, denn die Frau, die gut genug wäre für einen ihrer Söhne, muss erst noch gebacken werden. Heinz hatte Recht: Lilo stand sich manchmal selbst im Weg, und zwar immer dann, wenn es um Jan und Thomas ging.

19.45 Uhr

Die Gäste standen in Grüppchen zusammen, tranken Prosecco und plauderten. Herr Melzer hatte den Arm um die Hüfte einer hübschen blonden Frau in einem raffiniert geschnittenen, grünen Kleid gelegt. Es klingelte. Der Gastgeber riss sich mühsam los und ging zur Tür.

Und wen hatte er im Schlepp, als zurückkam???!!!!

KREISCH! Beinah hätte ich die Proseccoflasche fallen lassen, die ich soeben aus dem Kühlschrank geholt hatte.

Ich wünschte, ich hätte gewusst, dass Thomas und Marianne auch eingeladen sind. Dann hätte ich den Auftrag abgelehnt. Nein, ich hätte ihn doch nicht abgelehnt, ich will ja ins Geschäft kommen. Aber ich wäre vorgewarnt gewesen und würde mich jetzt nicht fühlen, als ob mir jemand eine Faust in die Magengrube gerammt hätte. Ich stand da wie angewurzelt und starrte zu den beiden hinüber. Sie waren viel zu beschäftigt, als dass sie mich gesehen hätten.

»Ist Ihnen nicht gut? Sie sind ganz blass«, sagte eine männliche Stimme neben mir. Ich sah in ein Paar freundliche braune Augen in einem bärtigen Gesicht. »Ich hab nur ein bisschen Kopfweh«, hörte ich mich sagen. »Gleich vorbei. Ich hab ein Aspirin genommen.« Wir lächelten uns zu, dann schlenderte er weiter zu den anderen Gästen. Der Schmerz in der Magengrube war weg. Ich sah plötzlich gestochen scharf, aber mit Distanz. Thomas' Haare waren kurz geschoren, ich sah den Schatten eines Dreitagebarts auf seinen Wangen. Er trug schwarze Chino-Hosen und ein weißes Hemd. Marianne hatte die Haare locker aufgesteckt. Sie hatte einen knieumspielenden Rock aus einem seidig glänzenden Material an – schwarz, mit einem roten Rosenmuster. Darüber ein eng anliegendes, schwarzes Top mit kurzen Ärmeln. Es war ziemlich tief ausgeschnitten. Ach ja, und ihre Strumpfhosen waren schwarz und hauchdünn, und ihre Füße steckten in schwarzen High-Heels mit Knöchelriemchen. An ihren Ohren baumelten Strassohrringe. Sie sah umwerfend aus. Und sie strahlte und umarmte sämtliche Leute zur Begrüßung und verteilte Küsschen. Die Szene wirkte sehr vertraut, so als zählten die hier Anwesenden zu ihrem engsten Freundeskreis. Schon merkwürdig. Noch vor einem halben Jahr war ich davon überzeugt gewesen, dass Marianne meine beste Freundin war – aber von Mariannes Freunden hier kannte ich niemanden.

Thomas benahm sich zurückhaltender, er ist von Natur aus so. Aber fremd war ihm niemand, und alle schienen sich zu freuen, ihn zu sehen. Er hat komplett in ein neues Leben gewechselt, schoss es mir durch den Kopf. Und es tut mir nicht mal weh. Es war ein Schock, als die beiden hier plötzlich auftauchten – aber sie sind mir zu fremd geworden, als dass es mir wirklich etwas ausmachen würde, sie zusammen zu sehen. Und dabei hatte ich solche Angst davor. Hab mir oft vorgestellt, wie es wäre, wenn ich durch die Stadt bummeln würde und sie mir über den Weg laufen würden. Eng umschlungen womöglich, und sichtlich glücklich. Ich war überzeugt davon, dass es mir das Herz zerreißen würde. Aber nein – meinem Herzen geht es gut, und es schlägt für jemand anderen.

20 Uhr

Marianne sperrte vor Überraschung Mund und Augen auf, als sie mich auf sich zusteuern sah. Sie hatte sich aber sofort wieder in der Gewalt und knipste ein Lächeln an. Falls Thomas verlegen war, ließ er es sich nicht anmerken. Er lächelte, küsste mich auf die Wange. »Hallo, Judith! Das ist ja toll, dass Bernd dich für heute engagiert hat. Und Glückwunsch zu dem Artikel – jedes Wort, das drin steht, ist wahr. Ich kann dir gar nicht sagen, wie froh ich bin, dass du kochst. Ich hab nämlich Hunger, und auf Bernds letzter Party gab's Gulaschsuppe aus der Dose. Von Aldi.«

Ich hatte nicht das geringste Bedürfnis, Marianne die Proseccoflasche über den Schädel zu ziehen. Verfiel auch nicht ins Gegenteil, indem ich vor Freundlichkeit übersprudelte. Ich sagte guten Abend und schenkte ihr Glas voll und das war's. Marianne sagte lässig: »Hallo, Judith.« Aber ich sah, dass ihre Hand, die das Glas hielt, zitterte. Ha, so cool, wie sie sich gab, war sie nicht.

Ich schon – und ich staunte über mich selbst.

22.30 Uhr

Ich saß am Küchentisch und rauchte eine Zigarette. Die Stimmung im Esszimmer war bombastisch. Ich hörte Lachen und Stimmengewirr, während sich die Gäste über den Trifle mit Ananas und die Mousse au chocolat hermachten. Ich war restlos glücklich. Das Menü war ein voller Erfolg. Es war fast nichts mehr übrig von der Suppe; und vom Braten und den Klößen gerade noch so viel, dass mein Kunde morgen ein Mittagessen hatte. Ich fühlte mich reich: mein Job machte mir großen Spaß, und es gab Menschen in meinem Leben, die ich liebte und die mich liebten. Ich hatte das Gefühl, dass sich nach all dem Kummer in den vergangenen Monaten das Rad des Schicksals endlich wieder zu meinen Gunsten drehte.

»Hey, Judith … träumst du?«

Thomas, übers ganze Gesicht grinsend, setzte sich zu mir an den Tisch.

Ich bekam ein schlechtes Gewissen. Die Gäste waren fertig mit dem Dessert, und die Köchin träumte vor sich hin, anstatt abzuräumen und Kaffee und den Überraschungsgeburtstagskuchen zu servieren.

Thomas hielt mich am Ärmel fest, als ich aufspringen wollte. »Alle sind versorgt, keine Angst. Ich hab nur reingeschaut, weil ich dich was fragen wollte.«

»Was gibt's denn?«, fragte ich erstaunt.

»Es ist wegen Frederick. Er lehnt jeden Kontakt zu mir ab. Immer noch.« Er strich sich mit der Hand über die Stirn. Auf einmal sah er müde aus – und sehr traurig.

»Ja. Ich weiß.«

»Könnten wir uns mal treffen und darüber reden – nur du und ich, ganz in Ruhe? Es macht mir furchtbar zu schaffen.«

Ich zögerte. Wollte ich wirklich einen Konflikt zwischen Vater und Sohn besprechen, noch dazu einen, der darauf zurückzuführen war, dass er mich wegen einer anderen Frau verlassen hatte?

»Bitte, Judith.«

Er sah mich so bittend an, dass ich weich wurde.

»Na gut. Lass uns miteinander telefonieren und was ausmachen, ja?«

»Danke.« Er beugte sich zu mir vor, küsste mich auf die Wange und ging wieder hinüber ins Esszimmer.

Mir schoss durch den Kopf, dass Thomas mit hundertprozentiger Sicherheit über Jan und mich Bescheid wusste, Lisa hatte es ihm ganz bestimmt erzählt. Aber er hatte kein Wort darüber verloren.

26. April, 20 Uhr

Eben rief Thomas an und fragte, ob wir uns in einer Weinstube in der Stadt treffen könnten. »Ich wollte schon die ganze Woche anrufen. Aber irgendwas kam immer dazwischen«, meinte er.

Ich hatte es mir gerade mit einem Buch auf dem Sofa gemütlich gemacht und keine Lust, noch irgendwohin zu fahren. Lisa übernachtete bei einer Freundin, Frederick war bei Sabina verschollen. Oma schmollte in ihrem Zimmer. Klara hatte es heute gewagt, zur Begrüßung an ihr hochzuspringen, als sie von den Lohners zurückkam. Sie hatte sich bitter beschwert: »Der Hund ist unerzogen, Judith. Aufdringlich.«

»Sie hat sich gefreut, dich zu sehen, Oma. Das ist eine völlig normale Reaktion für einen Hund.«

»Aber *ich* hab mich *nicht* gefreut«, sagte sie und ging in ihr Zimmer.

Seufz.

Ich richte mich ein bisschen her. Bürste mir die Haare, ziehe mir die Lippen nach. Gleich kommt Thomas vorbei – ich hab ihn davon überzeugen können, dass wir hier mehr Ruhe zum Reden haben als in einer Weinstube. Ob ich mich noch umziehen soll? Ich hab alte Jeans an und eine gestreifte Bluse, die jahrelang im Schrank hing, weil Thomas sie nicht mochte. Ach was, ich ziehe mich nicht um – so ein Blödsinn. Es ist doch völlig egal, ob Thomas gefällt, was ich anhabe, oder nicht. Aber Parfüm sprühe ich mir hinter die Ohren – nur für mich. Der vertraute Duft gibt mir Sicherheit. Es ist idiotisch, aber ich bin aufgeregt.

Als wir dann im Wohnzimmer saßen – er in der einen Ecke des Sofas, ich in der anderen –, redeten wir erst übers Wetter, über Klara, die neuen Aufträge, die mir ins Haus geschneit waren. Über das Geburtstagsessen bei Herrn Melzer, dessen Artikel ich die Aufträge zu verdanken hatte. Dann, ganz plötzlich, brach es aus Thomas heraus: Wie oft er schon versucht habe, mit Frederick zu reden – in letzter Zeit allerdings nicht mehr. Es tue ihm zu weh, dass Sabina vorgeschickt wurde, um ihn abzuwimmeln, wenn er an der Wohnungstür klingelte. »Ich weiß, er ist nur ein Stockwerk entfernt, aber ich kann ihn nicht erreichen. Das bringt mich fast um. Wir begegnen uns manchmal im Treppenhaus. Er nickt mir zu – so obercool, als wäre ich jemand, den er mal vor Urzeiten auf einer Party getroffen hätte.«

Thomas rieb sich die Stirn, als habe er Kopfschmerzen. »Ich hab Sabina mal darauf angesprochen. Sie meinte, irgendwann wird er sich schon einkriegen, ich soll mir nicht so einen Stress machen. Es macht mich aber trotzdem fertig. Ich bin sein Vater, und ich bin nicht halb so locker drauf wie sie. Sie versteht übrigens, dass Marianne und ich uns verliebt haben. Dass wir zusammen sein müssen.«

Thomas hatte die Ellbogen auf die Knie gestützt und sein Gesicht in den Händen vergraben. Ich rutschte zu ihm hinüber und legte eine Hand auf seine Schulter. »Ich rede mit ihm.«

»Danke.«

Thomas legte die Arme um mich und zog mich an sich. Ich legte den Kopf an seine Schulter. Und plötzlich war die alte Vertrautheit zwischen uns wieder da. Die Gegenwart, die Zukunft waren vergessen. Mit einem Ruck war ich in die Vergangenheit getaucht. Ich sah uns in Venedig im Hotelbett liegen, eng umschlungen, nachdem wir uns geliebt hatten. Es war unsere verspätete Hochzeitsreise gewesen, sehr verspätet. Frederick war neun Monate alt gewesen und meine Eltern hatten sich um ihn gekümmert, damit Thomas und ich wegfahren konnten. »Macht's euch schön, Kinder«, hatte Papa gesagt und uns Geld zugesteckt. Thomas und ich kamen zehn Tage lang kaum aus dem Bett raus. In diesem Urlaub hatten wir zum ersten Mal seit Fredericks Geburt wieder richtig Zeit für uns. Sehr weit weg war das, aber in der Erinnerung nicht weniger süß …

… wir küssen uns, Thomas und ich …

… hier und jetzt, und dieser Kuss ist alles andere als distanziert-freundschaftlich. Seine Hände gleiten über meinen Körper, und ich klammere mich an ihn, als ginge es ums liebe Leben. In diesem Moment ist alles wie früher, alle Gefühle, die wir je füreinander hatten, sind wieder da. Ich spüre seine Lippen auf meinem Hals, höre ihn flüstern: »Judith, Judith …« Er fängt an, meine Bluse aufzuknöpfen. Ich lasse es geschehen wie in Trance.

Aber dann … von einer Sekunde auf die andere ist es vorbei.

Nichts fühlt sich richtig an – seine Berührungen nicht, sein Körper. Sogar sein Geruch ist mir fremd geworden.

Fremd, nur noch fremd. Kein Funke Leidenschaft war mehr da. Was aufgeflammt war zwischen uns, war vorbei. Auch bei Thomas. Er lächelte mich an, strich mir mit dem Finger sehr sanft über die Wange. Er sagte nichts. Es war auch nicht nötig, wir verstanden uns ohne Worte: Wir hatten das Eintauchen in alte Gefühle gebraucht, um sie endgültig begraben zu können.

Ein merkwürdiges Geräusch drang an mein Ohr.

Jemand räusperte sich. Sehr laut.

So schnell war ich im Leben noch nie von einer Couch gehüpft.

In der Wohnzimmertür stand Oma. Sie hatte die Arme vor der Brust verschränkt. Ihre Unterlippe war so weit vorgeschoben, dass man eine Münze darauf hätte deponieren könnte. Sie schüttelte missbilligend den Kopf. Aber Oma war nicht das Schlimmste. Hinter ihr stand Jan. Er war aschfahl im Gesicht, und der Ausdruck in seinen Augen zerriss mir das Herz. Ehe ich etwas sagen konnte, hatte er sich auf dem Absatz umgedreht und war verschwunden. Ich hörte die Haustür ins Schloss knallen.

Thomas war aufgesprungen. »Scheiße. Das hab ich nicht gewollt.«

Ich lief Jan nach. Oma konnte gerade noch zur Seite springen, sonst wäre ich in sie hineingerannt. Klara raste mir kläffend hinterher. Warum hatte sie eben nicht gebellt? Sonst bekam sie doch einen Anfall, wenn's an der Haustür klingelte. Und es musste geklingelt haben, denn Jan hat keinen Schlüssel. Ach. Ich wünschte, Oma hätte die Klingel genauso überhört wie Thomas, Klara und ich.

Als ich aus der Haustür schoss, schloss Jan gerade die Autotür auf.

»Jan!«

Er drehte sich um. Im Schein der Straßenlaterne war sein Gesicht weiß. »Was ist?«

»Es war nicht so, wie du vielleicht denkst«, stieß ich hervor. Wir standen etwa einen Meter voneinander entfernt – es kam mir vor, als läge ein ganzer Ozean dazwischen. Nie hatte ich sein Gesicht so kalt und ausdruckslos gesehen.

»Nein, natürlich nicht. Du hast nur vergessen, deine Bluse zuzuknöpfen.«

Ich sah an mir herunter. Die Bluse stand bis zum Bauchnabel offen. Mit zitternden Fingern fummelte ich an den Knöpfen herum.

Jans Mundwinkel zogen sich spöttisch nach unten. »Lass gut sein. Ich bin der Letzte, der einer Versöhnung zwischen euch im Wege stehen würde. Thomas ist mein Bruder. Ihr seid verheiratet.«

»Aber wir haben uns nicht versöhnt! Es hat sich nichts geändert!«

»Alles hat sich geändert. Es hat keinen Sinn, lange um den heißen Brei herumzureden. Das mit uns – das ist vorbei.«

Wie aus weiter Ferne hörte ich meine Stimme, sehr hoch und zittrig: »Wir haben uns nur geküsst ... wir haben an früher gedacht – und da ist es einfach passiert. Wir haben sofort gemerkt, dass es ein Fehler war.«

»Schon gut. Ich wünsche dir Glück. Mehr kann ich dazu nicht sagen.«

Ehe ich antworten konnte, war er ins Auto gestiegen. Ich fing an zu weinen. Klara saß zu meinen Füßen und winselte solidarisch. Dann spürte ich eine Hand auf meiner Schulter und hörte Thomas' Stimme: »Er hat Schluss gemacht, hm? Weil er gedacht hat, wir sind wieder zusammen.«

Ich nickte. Er kramte in seiner Hosentasche und reichte mir ein Taschentuch. »Tut mir sehr Leid – das hab ich wirklich nicht gewollt.«

Ich putzte mir die Nase. »Ach was. Das ging doch von uns beiden aus. Ich hab an früher gedacht. Du auch, stimmt's?«

»Ja. Und jetzt können wir Freunde sein.«

»Ja.«

Thomas strich mir über die Haare, so wie er es bei Lisa machte, wenn er sie aufmuntern wollte.

»Ich rede mit Jan – mach dir keine Sorgen, er wird's schon verstehen. Morgen sieht die Welt wieder ganz anders aus.«

»Wie lange weißt du's schon? Ich meine, mit Jan und mir?«

Er grinste. »Oh – seit kurz nach der denkwürdigen Einweihungsparty, als Lisa euch in der Küche erwischt hat. Ich hab mich gefreut für euch beide.«

Mitternacht …

Ich liege im Bett. Es geht mir gar nicht mal so schlecht. Thomas hatte mich zum Abschied auf die Stirn geküsst. »Hey, mach nicht so ein Gesicht! Kopf hoch.«

Ich versuchte es mit einem Lächeln. Es war sicher keines, das ich als strahlend bezeichnet hätte, aber die Gesichtsmuskeln funktionierten. Ich fühlte mich gleich ein bisschen besser.

Was sagt Nina Ruge in *Leute heute* immer zum Abschluss der Sendung?

Alles wird gut.

Ich wollte daran glauben, musste daran glauben, sonst würde ich durchdrehen.

Oma saß im Wohnzimmer, als ich mit Klara wieder ins Haus kam. Sie hatte sich einen Cognac eingeschenkt. »Du liebe Güte«, sagte sie. »Warum habt ihr nicht die Tür abgeschlossen? Zu meiner Zeit hatten wir mehr Verstand.«

Ich erklärte, was über Thomas und mich gekommen war.

Oma schnaubte. »Sentimentaler Unsinn. Na ja, ihr seid nicht die Ersten, denen so was passiert, und ihr werdet auch nicht die Letzten sein.« Sie musste mein unglückliches Gesicht gesehen haben, denn sie fügte etwas milder hinzu: »Weißt du, Judith, tun darf man alles. Man darf sich nur nicht dabei erwischen lassen.«

Ich wagte gar nicht, mir vorzustellen, was meine 80-jährige Großmutter in ihrem langen Leben alles getan hatte, bei dem sie nicht erwischt wurde.

27. April, 8 Uhr

Ich fühle mich wie gerädert. Hab von schwarzen Katzen geträumt, die von links nach rechts über die Straße huschten. Von einem vergoldeten Barockspiegel, der von der Wand fiel und in tausend Scherben zersprang. Im Traum wollte ich in die Küche rennen und die Kehrschaufel holen, aber meine Füße klebten am Boden fest. Plötzlich stand Oma neben mir und sagte: »Sieben Jahre Pech in der Liebe, Judith. Selbst schuld. Wenn du die Tür abgeschlossen hättest, wäre das alles nicht passiert.«

Ich wachte schweißgebadet auf, kein Gedanke an Schlaf mehr.

Als ich gerade die Treppe hinuntertappe Richtung Küche – ich brauche jetzt mindestens vier Tassen Kaffee, schwarz und so stark, dass der Löffel drin stecken bleibt –, klingelt das Telefon. Grrrrrr. Wer ruft an einem Sonntagmorgen so früh an?

Oh. Es ist Thomas. Thomas, der am Wochenende freiwillig nie vor zehn aufsteht. Er hat gestern Abend noch mit Jan telefoniert. »Er will nicht darüber reden, hat er gesagt.« Thomas holte tief Luft. »Ich hab die halbe Nacht wach gelegen. Es tut mir so verdammt Leid, dass er das alles in den falschen Hals gekriegt hat. Ich bin übrigens noch zu ihm gefahren nach dem Telefonat. Wir haben ein Bier zusammen getrunken und uns über Tennis unterhalten.«

»Über Tennis?«

»Na ja. Von Fussball hat er keine Ahnung. Und er hat gesagt, er setzt mich sofort vor die Tür, wenn ich von was anderem anfange.«

»Verstehe«, sagte ich, obwohl ich gar nichts verstand. Da hatten die beiden also zusammengesessen, an ihrem Bier genuckelt und so getan, als sei nichts vorgefallen. Ich würde so was im Leben nicht fertig bringen.

9.30 Uhr

Ich stand vor dem Haus, in dem Jan wohnte, starrte auf den Klingelknopf mit seinem Namen und überlegte hin und her. So viel konnte passieren, wenn ich jetzt klingelte. Es könnte zum Beispiel, sein, dass er die Türglocke überhörte, weil er noch im Tiefschlaf lag. Möglicherweise war er auch gar nicht zu Hause. Oder er war da, weigerte sich aber, mir die Tür zu öffnen. Was tun? Klingeln oder unverrichteter Dinge wieder abziehen? Mein Herz klopft wie verrückt, meine Handflächen sind feucht vor Aufregung. Ich wische sie am Hosenbein ab.

»Hallo, Judith. Guten Morgen«, sagte eine Stimme hinter mir sehr ruhig.

Ich erlitt beinah einen Herzstillstand, denn es handelte sich um Jans Stimme.

Er trug eng anliegende, blaue Trainingshosen und

eine dazu passende Jacke mit Reißverschluss. Sein Gesicht glänzte vor Schweiß, seine Haare klebten am Kopf. Ich würde mich jetzt am liebsten mit ihm unter die Dusche stellen, ihn zärtlich von oben bis unten einseifen …

»Guten Morgen. Ich … ähm … Jan – können wir in Ruhe miteinander reden? Bitte?«

Sein Gesicht verriet nichts. Ließ es ihn wirklich so kalt, mich zu sehen, oder war er so ein guter Schauspieler?

»Sicher können wir reden, wenn du möchtest«, sagte er. »Willst du kurz mit reinkommen? Ich muss aber erst duschen, sonst hol ich mir den Tod.«

Er redet mit mir, als sei ich eine entfernte Bekannte, die unangemeldet reingeschneit ist. Er ist nicht begeistert, dass sie da ist, aber nun ja, er will nicht unhöflich sein und bittet sie kurz ins Haus.

Ich kämpfte mit den Tränen, als ich vor ihm die Treppe hinaufging, und gewann den Kampf, indem ich tief ein- und ausatmete und mir gut zuredete: Ruhig bleiben. Er meint es nicht so. Seine Gefühle für mich haben sich bestimmt nicht von einem Tag auf den anderen völlig verändert. Gut, ich bin nicht die große Liebe für ihn, das sicher nicht. Aber ich bedeute ihm etwas, das weiß ich, und er findet mich attraktiv. Ich werde ihm alles erklären. Alles wird wieder gut.

Ich saß im Wohnzimmer auf der Couch. Im Bad rauschte die Dusche. Ich fühlte mich zittrig und hätte gern geraucht, um meine Nerven zu beruhigen. Aber Tatsache war: Ich war selbst zum Rauchen zu nervös. Wie hypnotisiert starrte ich auf die Vase mit Freesien, die auf dem Couchtisch stand, und atmete den herbsüßen Duft ein. Einen verrückten Moment lang überlegte ich, ob eine Frau Jan die Blumen geschenkt hatte. Ob er längst mit einer anderen zusammen war, und den gestrigen Abend nur als Vorwand benutzt hat, um Schluss mit mir zu machen.

O Gott. Wie idiotisch. Ich bin wirklich kurz vorm Durchdrehen.

»Möchtest du einen Kaffee?«, fragte Jan von der Tür her. Er trug Jeans und ein blauweiß kariertes Hemd und war barfuß. Seine Haare waren noch nass, und ich konnte sein Rasierwasser riechen. Paco Rabanne – ich hatte es ihm erst vor ein paar Tagen geschenkt. Der Duft passte gut zu ihm.

Ich lehnte den Kaffee dankend ab – jetzt eine Dosis Koffein, und ich wäre komplett durchgeknallt. Jan ging in die Küche. Ich hörte ihn eine kleine, tonlose Melodie vor sich hinpfeifen. Ich wühlte in meiner Handtasche nach Zigaretten und Feuerzeug.

Als Jan endlich mit dem Kaffeebecher in der Hand auftauchte, drückte ich den Glimmstengel gerade im Aschenbecher aus. Jan hatte früher nie einen Aschenbecher auf dem Tisch stehen – erst seitdem wir zusammen waren. Er ließ sich im Sessel mir gegenüber nieder. »Schieß los. Was hast du auf dem Herzen?«

Mein Herz zieht sich zusammen vor Schmerz. Wie kann er nur so kalt sein, so unbeteiligt? Ich bringe kein Wort raus, wenn er so ist.

Jan wandte den Blick ab. »Schau mich nicht so an, Judith. Bitte.«

Ich fand meine Stimme wieder. »Wie denn? Wie schau ich dich an?«

»Wie ... na, ist ja auch egal. Du möchtest noch mal reden wegen gestern – davon geh ich jedenfalls aus.«

Ich nickte.

»In Ordnung. Du hast ein Recht darauf, deinen Standpunkt zur Sache darzulegen.«

Standpunkt zur Sache? Sind wir hier bei Gericht oder was?

Aber ich konnte plötzlich reden. Alles, was ich mir mühsam zurechtgelegt hatte, sprudelte heraus. Es hörte sich auch zurechtgelegt an, ach was, auswendig gelernt. Jan hörte zu, ohne zu unterbrechen. Er starrte dabei in seinen Kaffeebecher.

Als ich fertig war, stellte er den Becher auf dem Tisch ab, lehnte sich im Sessel zurück und verschränkte die Hände im Nacken. Seine Augen waren zur Zimmerdecke gerichtet. Warum sah er mich nicht an?

»Warum sagst du nichts? Glaubst du mir etwa nicht?«

Er setzte sich gerade hin. Noch immer sah er mir nicht in die Augen. »Es geht nicht darum, ob ich dir glaube. Mir ist klar geworden, dass es ein Fehler war, aus einer freundschaftlich-verwandtschaftlichen Beziehung mehr machen zu wollen. Und deshalb ist meine Entscheidung – unwiderruflich.«

»Aber …«

»Es gibt kein Aber. Lass es gut sein, Judith. Egal, was du sagst, es ändert nichts.«

Oh. Ich verstehe.

Ich muss hier raus. Sofort. Sonst breche ich zusammen. Mein Herz ist soeben zerbrochen – in tausend Teile. Ich kann mich jetzt nicht darum kümmern. Ich brauche meine ganze Kraft, um nicht in Tränen auszubrechen. Ich fahre nach Hause, und wenn ich zu Hause bin, darf ich weinen. Ich darf meinen Schmerz hinausschreien, wenn mir danach zu Mute ist. Allerdings erst, wenn Oma drüben bei den Lohners ist. Und zu laut darf ich auch nicht schreien. Nicht, dass meine Nachbarn mich hören und die Polizei rufen. Das hätte mir noch gefehlt.

O Gott. Meine Welt liegt in Trümmern, und ich mache mir Gedanken darüber, ob meine Nachbarn wohl die Polizei rufen, wenn ich zu laut schreie.

24. April, immer noch …

Ich schaffte es heil bis nach Hause. Ein Wunder, wenn man bedenkt, dass ich eine rote Ampel überfuhr und eine Einbahnstraße verkehrt herum enterte. Klara begrüßte mich stürmisch, als ich zur Tür hereinkam. Nicht ganz uneigennützig, denn es war Zeit für ihren Spaziergang. Ich nahm die Leine vom Haken. Meine Finger zitterten, die Knie auch. Einen Moment wurde mir schwarz vor Augen. Ich lehnte mich mit dem Rücken an die Wand.

»Judith? Fall mir hier nicht um. Was ist denn mit dir?«

Oma war wie aus dem Nichts aufgetaucht und musterte mich besorgt durch ihre dicken Brillengläser.

Die Tränen schossen mir in die Augen.

Oma nahm mir die Leine aus der Hand. »Ich gehe mit dem Hund spazieren.«

»Aber du musst zu den Lohners …«

»Ich sag ihnen Bescheid, dass ich ein bisschen später komme. Ab, nach oben mit dir. Wenn ich wieder da bin, bringe ich dir Tee. Und dann reden wir.«

Oma behandelte mich, als wär ich fünf Jahre alt. Es tat mir unendlich gut.

28. April

Heute besuchten Mama, Babs und ich Tante Minchen im Pflegeheim in Göttingen. Sie war dünner geworden, seit ich sie das letzte Mal gesehen hatte. Ihr Gesicht wirkte beinah durchsichtig. Als ich sie zur Begrüßung umarmte und ihr einen Kuss auf die Wange gab, sagte sie: »Schön, dich zu sehen, Margret!« In ihren trüben Augen blitzte etwas auf. Einen Moment lang schien sich der Schleier, hinter den sie sich nach ihrem Schlaganfall zurückgezogen hatte, zu lüften.

»Margret war ihr Kindermädchen«, sagte Mama. »Sie hat sehr an ihr gehangen.« Tante Minchen lächelte und nickte. »Ich hab dich lieb, Margret«, sagte sie, diesmal zu Mama gewandt.

Es war ein warmer, sonniger Tag. Kein Wölkchen zeigte sich am strahlend blauen Himmel. Babs schob Tante Minchen in ihrem Rollstuhl durch den Garten des Heims. Mama und ich schlenderten hinterher. Es war ein schönes Fleckchen Erde, sehr gepflegt, mit einer baumbestandenen Wiese, bunt bepflanzten Blumenbeeten und einem Teich, auf dem zwei Enten schwammen.

Wir setzten uns auf eine Bank. Tante Minchen lehnte sich in ihrem Rollstuhl zurück, streckte ihr Gesicht der Sonne entgegen und schloss die Augen.

Sie sah glücklich aus. An was sie wohl dachte? Oder an wen?

Ich dachte an den gestrigen Nachmittag, den ich heulend im Bett verbracht hatte. Ein Luxus, den ich mir leisten konnte, weil ich Lisa erst um sechs bei Chrissy abholen musste und Frederick bei Sabina war. Ich hatte Oma mein Herz ausgeschüttet. Sie saß auf der Bettkante, einen Becher mit Caro-Kaffee in der Hand, und hörte sich alles an, ohne mich ein Mal zu unterbrechen. Als ich fertig war, sagte sie nur: »Schade. Sehr schade drum.« Ich war froh, dass ich es ihr zuerst erzählt hatte und nicht Mama oder Babs. Mama hätte mit mir geweint und durchblicken lassen, dass ihr von Anfang an klar gewesen war, dass es nicht gut gehen konnte mit Jan und mir. Babs hätte es nicht nur durchblicken lassen – sie hätte es klipp und klar ausgesprochen. Und das hätte ich im Augenblick nicht ertragen.

Ich putzte mir die Nase. Klara lag auf dem bunten Flickenteppich zu Omas Füßen und himmelte sie an. Oma betrachtete gedankenverloren den Hund. Klaras Blicke hätten einen Eisberg zum Schmelzen bringen können. Plötzlich stieß Oma einen tiefen Seufzer aus. »Du gibst nicht auf, Hund, was? Etwas Hartnäckigeres als dich hat die Welt noch nicht gesehen.« Klaras Schwanz klopfte auf den Teppich. Oma seufzte wieder. Dann beugte sie sich vor und tätschelte Klaras Kopf. »Lisa muss den Hund sorgfältiger bürsten. Das Fell glänzt nicht so schön wie sonst, und die Ohren sind ganz zerzaust.«

Die Situation war delikat. Ich durfte jetzt nichts Falsches sagen.

»Ja, Oma. Ich sag's ihr.« Ich schnaubte ein letztes Mal ins Taschentuch. Meine Augen brannten.

Oma erhob sich ächzend. »Ich geh mal ein bisschen fernsehen. *Brisant* kommt, das schau ich mir immer gerne an.« Klara stand auf und folgte ihr schwanzwedelnd.

»Ja, komm du nur mit, mein Schätzchen ...«

Oma musste meine Blicke im Rücken gespürt haben, denn sie drehte sich zu mir um. »Ist das nicht rührend? Hunde wissen eben immer, wer es gut mit ihnen meint.«

»Ja, Oma. Das muss wohl so sein ...«

»Natürlich ist es so. Nicht wahr, Klaralein?«

Klara spitzte die Ohren und legte den Kopf schief.

Ein Wunder ist geschehen. Oma hat sich verliebt – auf den ungefähr hunderttausendsten Blick.

Am Abend redete ich mit Lisa. Ich hatte das Gefühl, über meinem Kummer zu schweben, und sah mir dabei zu, wie ich mir eine Zigarette anzündete; hörte mich sagen, dass Jan und ich nicht mehr zusammen waren. Kaum vorstellbar, dass die Person, die da gelassen am Küchentisch saß und Kakao mit ihrer Tochter trank, sich noch vor ein paar Stunden die Augen aus dem Kopf geheult hatte.

Lisa fiel aus allen Wolken. »Warum denn? Habt ihr euch gestritten?«

»Nein. Wir kennen uns einfach zu lange. Wir hätten nie versuchen sollen, aus einer alten Freundschaft mehr zu machen. Das ist jedenfalls Jans Meinung. Und er hat Recht – es hat nicht funktioniert. Es ist vorbei.«

Lisa legte die Stirn in nachdenkliche Falten. »Oh. Hm. Das ist mir zu hoch. Aber ich muss das ja auch nicht kapieren. Das ist euer Ding. Oma Margot hat gesagt, in die Liebessachen anderer Leute soll man sich nicht einmischen.«

Ich staune, dass ausgerechnet Mama, die sich immer liebend gern in anderer Leute Herzensangelegenheiten eingemischt hat, zu dieser Einsicht gelangt ist, und bin dankbar, dass sie diese Perle der Weisheit an ihre Enkelin weitergegeben hat. Es ist nämlich nicht ungefährlich, wenn man über seinem Kummer schwebt. Ein gut gemeintes Wort, eine Frage zu viel, und man knallt auf den Boden der Tatsachen und bricht sich das Genick.

Mein Schwebezustand hielt an. So hoch oben schwebte ich, dass weder Mama noch Babs während unseres Besuchs bei Tante Minchen etwas Ungewöhnliches an mir auffiel. Was zur Folge hatte, dass gefährliche Fragen wie: »Judithkind – ist was mit dir?« (Mama) oder: »Spuck schon aus, was dich drückt – kann man ja nicht mit ansehen, was du für ein Gesicht ziehst« (Babs) nicht aufs Tapet kamen. Und das wiederum machte es mir leicht, ihnen auf der Rückfahrt nach Grafenberg alles zu erzählen. Na ja, nicht alles. Es war dieselbe Version, die ich Lisa auch erzählt hatte. Was zwischen Thomas und mir gewesen war, ging niemanden etwas an, fand ich.

Babs seufzte. »Ach, Judith. Das tut mir wirklich Leid. Ich weiß gar nicht, was ich sagen soll.«

»Sag nichts. Bitte.«

»In Ordnung.«

Das klang erleichtert. Sie rückte ihre Sonnenbrille zurecht und wechselte auf die Überholspur. Die Tachonadel stieg auf 180. Babs war in ihrem Element; sie fuhr für ihr Leben gern schnell. Sie würde bis Grafenberg konzentriert über die Autobahn brausen und schweigen.

»Ich sage auch nichts dazu, Judithkind«, meldete sich Mama, die im Fond saß, zu Wort. »Bernhard sagt immer: In die Herzensangelegenheiten anderer Menschen soll man sich nicht einmischen – auch wenn es sich um die eigene Tochter handelt. Er hat Recht.«

Jetzt weiß ich, wer diesen Sinneswandel bei Mama bewirkt hat. Ich könnte beide küssen – Mama und Bernhard Wächter.

16 Uhr

Wieder ein sonniger Tag, es war warm wie im Sommer. Ich hatte die halbe Nacht wach gelegen und nachgedacht und war zu einem Entschluss gekommen: Ich würde mein Leben in die Hand nehmen, mich auf meinen Beruf und meine Kinder konzentrieren. Vielleicht würde ich irgendwann einen Mann kennen lernen, in den ich mich verlieben würde. Aber das war Zukunftsmusik. Nur die

Gegenwart zählte, und ich war es mir und meinen Kindern schuldig, alles in den Griff zu bekommen. Der Mai war gut ausgebucht in meinem Terminkalender. Zwei 50. Geburtstage würde ich bekochen, zwei Hochzeiten und einige geschäftliche Einladungen. Außerdem gab es in Haus und Garten jede Menge Arbeit. Oh, und ich musste auch mit Frederick reden, ich hatte es Thomas versprochen. Kurzum: Ich hatte unglaublich viel zu tun. Und wenn man viel zu tun hat, hat man keine Zeit, herumzugrübeln und sich nach einem Mann zu sehnen, der die Gefühle, die man für ihn hat, nicht erwidert.

Am Vormittag hatte ich das Haus von oben bis unten geputzt. Nach dem Mittagessen hatte ich die Gartenstühle auf die Terrasse geräumt und abgewaschen. Der Tisch stand noch im Keller, er war zu schwer, als dass ich ihn allein hätte tragen können. Ich würde Frederick bitten, mir zu helfen. Wenn er endlich kam. Er war seit Tagen bei Sabina; wir hatten nur kurz telefoniert. Er sei im Stress, meinte er, weil er sich auf mehrere Klassenarbeiten vorbereiten müsse. Mein Sohn wird erwachsen, dachte ich. Er strengt sich an und lernt, anstatt nur das Notwendigste zu tun und sich durchzumogeln. Eine leise Stimme in meinem Hinterkopf sagte: Er hört sich so angespannt an. Hoffentlich verfällt er jetzt nicht ins andere Extrem und macht sich wegen der Schule verrückt. Dann würde ich mir Sorgen um ihn machen, denn das sähe Frederick gar nicht ähnlich.

Ich mähte den Rasen, schnitt ein paar Büsche zurecht und jätete Unkraut. Über die Hecke hinweg sah ich meinen Vermieter. Er lag auf einer Liege in der Sonne und schlief tief und fest. Selbst das Brummen des Rasenmähers hatte ihn nicht aufgescheucht. Auf der anderen Seite werkelten die Lohners eifrig vor sich hin. Wir hatten einen kleinen Schwatz gehalten. Herr Lohner hatte darauf bestanden, mir ein paar Samentütchen zu schenken. »Meine Frau und ich haben doppelt gekauft. Bitte nehmen Sie, wir haben viel zu viel.« Seine Frau nickte lächelnd. Die beiden sind richtig aufgeblüht, seit sie mittags was Ordentliches auf dem Teller haben. Besonders Herr Lohner ist neuerdings jederzeit für einen Plausch zu haben. Gut genährt sieht er jetzt aus. Seine Hosen werden nicht mehr mühsam von den Hosenträgern am Rutschen gehindert. Frau Lohner ist auch rundlicher geworden und hat sich ein paar flotte neue Sachen zum Anziehen gekauft. Als die beiden neulich Arm in Arm die Ringstraße entlang Richtung Bushaltestelle wanderten, trug sie ein lindgrünes Kostüm, in dem sie zehn Jahre jünger aussah.

»Das mach ich gern, wenn Oma wieder da ist«, sagte ich.

Oma war mit Klara unterwegs. »Ich fahre zu Kemal«, hatte sie verkündet. »Mit dem Bus.«

Das Busfahren ist Omas neue Leidenschaft. Die Lohners, die ungern mit dem Auto unterwegs sind, haben sie darauf gebracht. Oma genießt ihre neue Unabhängigkeit. »Unglaublich, was für interessante

Leute man im Bus kennen lernt. Einfach faszinierend. Kürzlich hab ich mich mit einem sehr netten jungen Mann aus Nigeria unterhalten. Er ist Pfleger im Elisabeth-Krankenhaus. Stell dir vor, er kauft auch bei Kemal ein.«

Es liegt auf der Hand: Meine einsiedlerische Großmutter ist zu einem Kontaktmenschen mutiert, seit wir unter einem Dach wohnen. Ich sollte mir ein Beispiel an ihr nehmen und Anstrengungen unternehmen, um mir einen neuen Freundeskreis zuzulegen. Ich sollte mit anderen Singles etwas unternehmen.

Ja, ja. Irgendwann tu ich das bestimmt.

Ich säte gerade Herrn Lohners Radieschensamen aus, als ich Frederick und Sabina auf der Terrasse auftauchen sah. Ich winkte und rief: »Hallo, ihr zwei!«

Sie winkten nicht zurück. Sabina griff nach Fredericks Hand. Die Geste hatte etwas Hilfe suchendes, das mir ins Herz schnitt. Ich sah, wie sich Sabinas Lippen bewegten. Frederick nickte. Während ich noch dachte: Ach, du liebe Güte, irgendetwas stimmt nicht, verschwanden sie wieder im Haus.

Der Spurt, den ich hinlegte, um ihnen nachzuflitzen, war weltrekordverdächtig. »Wartet doch ... Fredde ... Sabina ... was ist denn los?«

Sie blieben stehen und drehten sich zu mir um. Ich bekam einen Schreck. Sie sahen so blass und hohläugig aus, als hätten sie ewig nicht mehr geschlafen. Frederick wich meinem Blick aus und schluckte. »Hallo, Mama. Wir sind gleich wieder weg. Sabina wollte nur ein paar Sachen holen, die in meinem Schrank hängen.«

Sabina nickte. »Meinen Jeansoverall. Und das geblümte Viskosekleid.«

Ihr Gesicht und ihre Stimme waren vollkommen ausdruckslos.

Ich legte eine Hand auf Fredericks Arm. »Freddy ... Irgendwas stimmt doch nicht mit euch beiden. Wollt ihr mir nicht sagen, was los ist?«

Frederick wurde rot, dann wieder blass. Er holte tief Luft.

»Ich bin schwanger«, sagte Sabina. »In der achten Woche. Kein Grund, in Ohnmacht zu fallen. Ich treibe ab. Es ist alles schon geregelt.«

Ihre Stimme hatte so hart geklungen, dass ich unwillkürlich zusammengezuckt war. Aber ihre Augen ... sie waren riesengroß in dem blassen, schmalen Gesichtchen. Kinderaugen, voller Angst und Verzweiflung.

Wie vermutlich alle Eltern, hatte auch ich immer Angst davor gehabt, dass »es« passieren könnte. Aber jetzt, da ich es mit der Realität zu tun hatte, dachte ich nur: Ach, Gott. Sie sind beide so jung. Und völlig verzweifelt. Ich kann nicht mit ansehen, dass sie so unglücklich sind. Und das Kind ... mein Enkelkind. Thomas' und mein Enkelkind ...

»Lasst uns in Ruhe über alles reden. Bitte.«

»Ja«, sagte Frederick sofort.

»Nein«, sagte Sabina. »Es gibt nichts zu reden.«

Frederick sah sie bittend an. Sie schüttelte den

Kopf und verschränkte die Arme vor der Brust. »Nein. Was soll das bringen? Ich lass es machen und fertig.«

Frederick legte den Arm um ihre Schultern. »Lass uns darüber reden. Bitte. Mama ist okay. Sie wird nicht rumnerven.«

Sabina schüttelte seinen Arm ab. »Ich will aber nicht. Bei der Beratungsstelle haben sie genug auf mich eingeredet. Ich hab keinen Bock mehr darauf, Alternativen zu einem Abbruch vorgebetet zu bekommen. Für mich gibt es keine Alternativen.« Es klang trotzig, aber ihre Unterlippe zitterte.

»Ich werde keine Predigt halten. Und mich auch nicht einmischen«, sagte ich. »Es ist allein eure Entscheidung.«

»Es ist meine Entscheidung. Ganz allein meine. Aber von mir aus, reden wir. Du gibst ja doch keine Ruhe. Und Freddy auch nicht. Obwohl er nicht derjenige ist, der schwanger ist. Aber ich sag euch gleich: Mein Entschluss steht fest.«

Wir gingen in die Küche.

»Ich weiß gar nicht, was das hier soll«, sagte Sabina, kaum dass wir am Tisch saßen. »Nächste Woche ist die Sache ausgestanden. Und du brauchst dir keinen Kopf zu machen, Judith. Das passiert mir nie wieder. Ich verlass mich im Leben nicht mehr auf die Pille, wenn ich gerade eine Magen-Darm-Grippe hinter mir habe.«

»Weiß deine Mutter Bescheid?«

Sabina zuckte die Schultern. »Ja, klar. Sie ist mit mir zur Beratungsstelle gegangen. Sie hat auch mal abgetrieben. Sie sagt, es ist nicht angenehm, aber es gibt Schlimmeres. Wenn man, zum Beispiel, die Weisheitszähne rausoperiert bekommt. Das tut sehr viel mehr weh.«

Frederick war noch blasser geworden. »Hör auf. Ich kann das nicht hören.«

Sabina ignorierte ihn. »Thomas weiß übrigens nichts von der ganzen Sache.«

»Das soll auch so bleiben«, sagte Frederick. »Es geht ihn einen Scheißdreck an.«

»Du sollst nicht so von deinem Vater sprechen«, sagte ich scharf. »Das hat er nicht verdient. Er liebt dich und ist immer für dich da, wenn du ihn brauchst.«

»Ich brauche ihn aber nicht«, quetschte Frederick zwischen zusammengebissenen Zähnen heraus.

»Es ist, wie es ist, Freddy. Er hat sich in Marianne verliebt, und sie sich in ihn. Ich kann das mittlerweile akzeptieren. Wir sind sogar Freunde geworden.«

»Freunde. Dass ich nicht lache. Das kannst du mir doch nicht erzählen nach allem, was war. Ich weiß noch, wie du dir nächtelang die Augen aus dem Kopf geheult hast.«

»Ich war sehr traurig, ja. Aber jetzt nicht mehr. Wir leben in Scheidung. Ich habe mir ein neues Leben aufgebaut und schaue nicht mehr zurück. Ich wünschte, du würdest deinem Vater eine Chance geben. Er leidet sehr darunter, dass du jeden Kontakt ablehnst. Er vermisst dich.«

»Ich find's total blöd, dass du so stur bist. Was

soll das denn bringen? Thomas ist in Ordnung. Er hat so oft versucht, mit dir zu reden. Ihm liegt wirklich was an dir. Was man von meinem Vater nicht behaupten kann. Dem ist es scheißegal, was ich tue und wie's mir geht. Er ruft zu Weihnachten an und zu meinem Geburtstag. Und ab und zu schickt er Geld«, sagte Sabina.

»Du brauchst dich gar nicht so ins Zeug zu legen. Thomas und dein Vater sind vom gleichen Kaliber. Was ist in Ordnung an einem Kerl, der seine Familie wegen einer anderen Frau verlässt? Kannst du mir das mal erklären?«

»Meine Güte, Freddy. Wo lebst du? Auf dem Mond? Solche Sachen passieren einfach. Das sag ich dir schon seit Ewigkeiten. Judith hat sich ja auch in Jan verknallt.«

»Aber erst, nachdem Thomas abgehauen ist. Das ist was völlig anderes.«

Ich überlegte, ob ich an dieser Stelle einflechten sollte, dass Jan und ich nicht mehr zusammen waren. Aber wir waren bereits vom Thema abgewichen. Wenn ich jetzt von Jan und mir anfing, würden wir nie mehr zurückfinden, denn Sabina war anzumerken, dass ihr die Ablenkung mehr als recht war.

Frederick schien das auch aufzufallen. »Wieso ist jetzt auf einmal dieser Kram aktuell? Wir wollten über was ganz andres reden.«

»Ich nicht«, erwiderte Sabina und betrachtete ihre langen, himmelblau lackierten Fingernägel.

»Ich möchte, dass ihr wisst, dass ich für euch da

bin und euch unterstützen werde, wo ich nur kann. Ich würde mich wirklich freuen, wenn ihr das Kind bekommen würdet.«

Frederick sagte nichts. Aber sein Gesicht sprach Bände. Ich hatte das Richtige gesagt.

Sabina starrte mich an, als hätte ich den Verstand verloren. »Das kann doch wohl nicht dein Ernst sein. Frederick und ich gehen noch zur Schule. Ich will mein Abi machen. Danach eine Ausbildung zur Krankengymnastin. Vielleicht studiere ich auch, mal sehen. Ein Baby passt in diese Pläne absolut nicht rein. Und noch was. Wer weiß, ob wir zusammenbleiben, Freddy und ich. Ich hab das alles mit Marianne besprochen. Sie steht voll hinter meiner Entscheidung. Sie würde sich an meiner Stelle auch nicht die Zukunft verpatzen.«

Wenn Marianne jetzt hier säße, würde ich ihr eine knallen.

»Die Zukunft verpatzen! Wenn ich diesen Scheiß schon höre!«, sagte Freddy heftig. »Es geht um unser gemeinsames Kind! Außerdem bleiben wir zusammen. Ich hab dich gefragt, wann wir heiraten, schon vergessen? Und ich hab dir gesagt, ich hör mit der Schule auf und kümmere mich um das Baby!«

»Und ich hab dir gesagt, dass das Quatsch ist. Ich will nicht mit 17 heiraten, weil ich schwanger bin! Ich will überhaupt nicht heiraten. Was ich mit meinen Eltern erlebt habe, reicht mir fürs Leben. Da kann ich im Voraus das Geld für den Scheidungsanwalt sparen. Und ein Baby, jetzt – sieh doch endlich ein, dass das nicht geht! Du willst Informatik studieren. Es ist doch idiotisch, alles hinzuschmeißen! Hör auf damit, Freddy, du machst mich fertig. Das tust du schon die ganze Zeit. Es ist nicht fair.« Ihre Stimme zitterte, ihre Hände ballten sich zu Fäusten. Ich hätte sie gerne in den Arm genommen, beherrschte mich aber. Es war nicht die richtige Zeit dafür.

»Natürlich müsst ihr die Schule fertig machen. Und ihr braucht danach eine Ausbildung. Ihr müsst ja schließlich mal euren Lebensunterhalt verdienen. Das alles geht aber auch mit einem Baby. Ihr könnt euch auf die Familie verlassen. Und selbst wenn ihr euch wirklich einmal trennen solltet – das ändert doch nichts. Wir sind nach wie vor für das Kind und dich da.«

Sabina schossen die Tränen in die Augen. »Ach, das sagst du jetzt. Aber wer weiß, ob's stimmt. Und überhaupt – ich fühl mich viel zu jung für ein Baby.«

»Ich nicht«, sagte Frederick trotzig.

»Jetzt werde ich aber langsam sauer, Sabina«, sagte ich freundlich. »Wenn ich dir sage, dass ihr euch keine Sorgen machen müsst, weil wir euch in jeder nur möglichen Art und Weise unterstützen werden, dann darfst du das ruhig glauben.«

Sabina fing an zu schluchzen. »Lasst mich in Ruhe! Ich kann einfach nicht mehr. Warum versteht ihr das nicht?« Frederick sprang auf und nahm sie in die Arme.

»Ich lass euch jetzt allein. Damit ihr noch mal in Ruhe reden könnt«, sagte ich. Frederick nickte mir zu.

Im Flur traf ich Oma, die gerade Klaras Leine an den Haken hängte. »Was machst du denn für ein Gesicht? Ist der Himmel eingestürzt über Grafenberg, und ich hab nichts gemerkt? Und wer weint da in der Küche so zum Erbarmen? Ist ja nicht auszuhalten – tut einem in der Seele weh.«

Ich erklärte Oma die Situation. Sie seufzte. »Ach Gott. Was für ein Drama. Ich brauch einen Cognac.«

Wir tranken den Cognac in Omas Zimmer. Es war sehr wohnlich geworden: gelb geblümte Vorhänge hingen am Fenster; auf der Fensterbank machte sich ein üppiger Topfpflanzendschungel breit. Blau gerahmte Drucke von Chagall – ein Einweihungsgeschenk von Babs und Peter – zierten die Wände. Mama hatte Oma eine hübsche Stehlampe mit einem blauen Schirm geschenkt und eine Tagesdecke fürs Bett aus dem gleichen Stoff wie die Gardinen.

Oma schwenkte sachte ihr Glas, damit das Aroma des edlen Rémy Martin – Bernhard Wächters Mitbringsel zur Einweihungsparty – sich entfalten konnte. Sie saß in ihrem Ohrensessel und hatte die Füße auf den dazugehörenden Schemel gelegt. Klara lag auf der Hundedecke, die Oma kürzlich bei einem ihrer Busausflüge bei Tchibo erstanden hatte, und schnarchte leise vor sich hin. Ich hatte meinen Cognac ziemlich schnell getrunken und hing leicht benebelt in der Sofaecke.

Oma nippte an ihrem Glas. »Du hättest den guten Tropfen nicht so runterstürzen sollen, Judith. Dazu ist er zu schade.«

»Ich muss das Zeug runterstürzen. Ich hasse den Geschmack.«

»Du weißt nicht, was gut ist«, meinte Oma, um übergangslos fortzufahren: »Jetzt werde ich also Ururoma. Ich hab immer gedacht: Das hat noch mindestens zehn Jahre Zeit, und bis dahin hab ich längst ins Gras gebissen. So kann man sich irren. Die zwei sind natürlich arg jung. Na ja – passiert ist passiert. Sie werden's schon schaffen. Die Familie ist ja auch noch da. Ich schiebe gern mal einen Kinderwagen vor mir her, wenn ich mit dem Hund spazieren gehe.«

Ich erinnerte Oma daran, dass Sabina sich eben wild entschlossen gezeigt hatte, das Kind nicht zu bekommen. Ich war zwar sicher, dass sie im Grunde ihres Herzens das Baby behalten wollte, aber ob sie auf ihr Herz hören würde und auf Frederick – das war eine ganz andere Sache.

Oma ließ das letzte Schlückchen Rémy genüsslich auf der Zunge zergehen, ehe sie antwortete. »Ach was. Natürlich kriegt sie das Kind.«

»Wieso bist du dir da so sicher?«

Oma lächelte milde. »Deine Mutter hatte mal eine gute Freundin. Maria hieß sie. Maria Bichler. Sie sind zusammen zur Schule gegangen.«

Ich nickte verständnislos. Was, zum Teufel, hatte diese Maria mit Sabinas Schwangerschaft zu tun?

»Du fragst dich jetzt sicher, warum ich dir das erzähle.«

Ich gab zu, dass mir der Gedanke durch den Kopf gegangen war.

»Also, Maria war ein bildhübsches Mädchen. Groß und schlank, mit langen blonden Haaren. Ich erinnere mich noch sehr gut an sie. Mit 17 sah sie Sabina sehr ähnlich. Natürlich weiß ich nicht, was aus ihr geworden ist. Ob sie sich gehalten hat. Es gibt so einen bestimmten Typ Blondinen, die sehr schnell verblühen.«

Ich nickte wieder und warf einen Blick auf meine Armbanduhr. Zehn Minuten waren vergangen, seit ich Frederick und Sabina allein gelassen hatte.

Maria, berichtete Oma weiter, war auch mit 17 schwanger geworden. »Der Junge war nicht wie unser Frederick. Er hat sie sitzen lassen. Das war der Sohn vom Ministerialdirektor Becker; seine Eltern haben ihn zu Verwandten nach Amerika geschickt. Maria hat ihr Baby bekommen und hat auch die Schule fertig gemacht und was Ordentliches gelernt. Sie hatte ihre Familie hinter sich. Alle haben sich rührend um das Kind gekümmert. Ein paar Jahre später hat sich das Mädchen dann in einen netten Mann verliebt, einen Franzosen. Deine Mutter war zur Hochzeit eingeladen, ich weiß es noch wie heute. Maria ist später mit ihm nach Paris gezogen. Ist das nicht eine hübsche Geschichte?«

Ich lächelte. »Ja. Wie aus dem Bilderbuch.«

Oma kicherte. »Ich hab einen Riecher für Bilderbuchgeschichten.«

»Dein Wort in Gottes Ohr.«

Sie warf einen Blick auf die Kuckucksuhr an der Wand. In ihrer alten Wohnung hatte sie in der Küche gehangen. Sie war ein Geschenk von Opa zum 30. Hochzeitstag gewesen, den die beiden in einer Pension im Schwarzwald gefeiert hatten. Der Kuckucksruf funktionierte seit Jahren nicht mehr, worüber Oma dankbar war. »Der Lärm, den dieser Vogel veranstaltet hat, ist mir entsetzlich auf die Nerven gefallen«, hatte sie mir einmal erzählt. »Aber das konnte ich deinem Großvater ja nicht sagen. Er wäre sonst für immer und ewig beleidigt gewesen.«

Ich rutschte unruhig auf dem Sofa hin und her. »Ich muss zugeben, dass ich jetzt sehr gern in der Küche Mäuschen spielen würde.«

»Hast du den Spruch des Tages heute auf dem Küchenkalender gelesen?«

»Nein. Hab ich was verpasst?

»In der Ruhe liegt die Kraft, stand da. Interessant, oder?« Sie zwinkerte mir zu.

Oh. Es klopft.

Ich höre Freddes Stimme. »Mama?«

Sabina und Freddie saßen neben mir auf dem Sofa. Mein Sohn hatte den Arm um Sabinas Schulter gelegt. Ihre Augen waren rot und verschwollen vom Weinen. Aber sie lächelte zaghaft, als ich sagte: »Ich bin so froh, dass du dich für euer Kind entschieden hast.«

Ihr Gesicht verschloss sich. »Ich hab Angst.«

»Aber, Kind«, sagte Oma. »Wovor denn?«

»Vor allem«, gab Sabina schlicht zurück.

»Wir schaffen das schon«, meinte Frederick.

»Wenn andere das geschafft haben, schaffen wir's auch.« Er war nicht ganz so zuversichtlich, wie er sich gab, ich sah es ihm an, aber entschlossen, dem Mädchen, das er liebte, die Sicherheit zu geben, die sie brauchte. In diesem Moment liebte ich ihn ganz besonders. Und ich war stolz auf ihn. Er war sehr jung, aber er hatte Mut und akzeptierte seine Verantwortung.

»Ja«, sagte ich. »Das werdet ihr. Alles wird gut.« Und dann tat ich das, was ich schon die ganze Zeit hatte tun wollen: ich nahm Frederick und Sabina fest in die Arme.

20 Uhr

Ich bin sehr froh. Frederick hat Thomas angerufen! Während Sabina und ich das Abendessen richteten, holte er wortlos das Telefon. Sabina und ich tauschten einen Blick, als wir ihn sagen hörten: »Hallo. Sabina und ich hätten gern mit dir gesprochen. Heute noch, wenn's geht.« Er hörte zu. Dann: »Ja, okay. Bis um halb acht.« Er legte auf. »Thomas holt uns um halb acht hier ab. Wir fahren dann zu dir. Am besten sprechen wir auch gleich mit deiner Mutter.«

»In Ordnung«, meinte Sabina. »Marianne wird sagen, dass ich total bescheuert bin, das Kind zu kriegen. Aber das ist mir egal. Thomas wird's wie du sehen, Judith.«

Sie lächelte mich an. Ich lächelte zurück. Sie hatte Recht. Ich hätte meinen Kopf darauf verwettet, dass Thomas nie und nimmer eine Abtreibung befürworten würde. Ich erinnerte mich daran, wie es gewesen war, als ich ihm erzählte, dass ich mit Frederick schwanger war. »Ich freu mich. Sehr«, hatte er gesagt und mich in die Arme genommen.

Frederick griff nach meinem Zigarettenpäckchen, das auf dem Tisch lag, und steckte sich eine an. Seine Hände zitterten. »Wir reden über das Baby – über nichts weiter. Dass das klar ist.« Sabina zuckte die Schultern. »Wie du willst.«

Fredde warf mir einen scharfen Blick zu. Aber ich hütete mich, auch nur ein Wort zum Thema beizutragen. Ich öffnete den Kühlschrank. »Möchtet ihr lieber Gürkchen oder Mixed Pickles? Und wie wär's mit ein paar hart gekochten Eiern?«

»Beides«, sagte Sabina. »Und ich hab eine Wahnsinnslust auf Spiegeleier. Ich bin halb verhungert.«

Genauso aß sie auch. Sie verputzte vier Spiegeleier mit Speck als Vorspeise, dazu ein Käsebrot, das sie dick mit Dijonsenf bestrichen hatte. Dann verspeiste sie zwei Früchtejoghurts, eine Banane und einen Apfel. Zum Nachtisch fünf Scheiben Putenbrust mit Ketchup.

»Dass ich das noch erleben darf, dass du mal mehr futterst als ein Salatblatt mit Luft drauf«, freute sich Oma.

»Ich hab halt Hunger«, sagte Sabina und lachte. Frederick aß fast nichts. Das bevorstehende Gespräch mit Thomas lag ihm im Magen; das war ihm deutlich anzumerken.

Thomas klingelte pünktlich um halb acht. Er begrüßte mich mit einem Kuss auf die Wange, als ich die Tür öffnete. »Danke.«

»Wofür?«

»Einfach so.« Er strahlte mich an.

Kaum hatten die drei das Haus verlassen – Frederick hatte seinen Vater sehr unterkühlt begrüßt –, begab ich mich ans Telefon.

Als Erstes rief ich Babs an und erzählte ihr alles. »Ach Gott«, seufzte sie, »du wirst Oma.«

»Und du Großtante.«

Babs kicherte. »Ich sollte mich jetzt vielleicht aufregen – aber seit ich selbst schwanger bin, bin ich die Ruhe selbst. Mein 17-jähriger Neffe und seine gleichaltrige Freundin kriegen ein Kind – na, das werden wir schon schaukeln.«

Nach diesem ermutigenden Gespräch wählte ich Mamas Nummer.

»Sie ist *was?*«, schrie sie.

Ich hielt den Hörer ein Stück vom Ohr weg. Was aber nicht nötig war, denn Mama redete gedämpft weiter. »Ach Gott. Wie sich doch alles wiederholt im Leben. Ich seh dich noch vor mir, Judith, in der Kirche, in diesem wunderhübschen Kleid, das Babs genäht hatte … aber du sahst aus, als würdest du das Kind gleich vor dem Traualtar kriegen. Es war natürlich noch was anderes … du und Thomas, meine ich. Ihr wart älter; Thomas hatte einen ordentlichen Job. Aber, na ja, was will man machen. Mit gegebenen Tatsachen muss man sich abfinden und das Beste daraus machen, sagt Bernhard immer.«

Ich frage mich, was Lilo und Heinz wohl sagen werden. Ich beneide Thomas nicht um das Gespräch, das er mit seinen Eltern führen wird.

29. April, früh am Morgen …

Eben rief Thomas an. »Wir hatten ein gutes Gespräch gestern Abend. Das wollte ich dir nur schnell sagen.«

»Warst du am Anfang sehr geschockt?«

»Nein. Ich hab sofort an uns denken müssen. Damals, als Freddy unterwegs war. Die beiden brauchen alle Unterstützung, die sie nur kriegen können. Jetzt und später, wenn das Kind da ist, erst recht.«

»Und Marianne? Was hat sie dazu gesagt, dass Sabina das Kind doch bekommen will?«

»Sie sieht's letztendlich locker. Sie selbst hätte sich anders entschieden, aber sie respektiert Sabinas Entscheidung.«

Ich erzählte ihm, dass Mama und Babs sehr gelassen reagiert hatten.

Er seufzte. »Meine Eltern werden ein Drama veranstalten, das ist so sicher wie das Amen in der Kirche. Vater wird kurz vor dem Herzinfarkt stehen, und Mutter wird einen Heulkrampf kriegen. Das Hauptargument wird sein: Was werden die Leute sagen? Wie sollen wir je wieder unseren Kopf in Grafenberg hoch halten? Und so weiter und so fort. Bla bla bla. Am liebsten würde ich gar nichts sagen, bis das Baby da ist.«

Um ihn zu trösten, sagte ich: »Vielleicht reagieren sie ja auch ganz anders, als du erwartest.«

»Ach was. Meine Eltern sind, wie sie sind – in ihren Reaktionen genauso vorhersehbar wie die Tatsache, dass Heiligabend immer auf den 24. Dezember fällt.«

Ich fürchte, da hat er Recht.

Doch halt – mir fällt gerade der letzte Besuch meiner Exschwiegereltern bei mir ein. Da hatte Heinz eine Revolution angezettelt, die seine Ehe bis in die Grundfesten erschüttert haben muss.

Es könnte also sein, dass Thomas mit seiner Einschätzung nur zu 98 Prozent richtig liegt.

11. Mai

Was sich in den letzten zwei Wochen getan hat?

So einiges.

Lilo und Heinz sind angeblich nur knapp einem Zusammenbruch entronnen. Das weiß ich, weil Lilo mich anrief, nachdem Thomas die Bombe hat platzen lassen. Zur Begrüßung berichtete sie, dass sie befürchte, jeden Augenblick zusammenzubrechen: Ihr Herz rase, sie bekäme keine Luft, die Worte blieben ihr in der Kehle stecken, ihre Knie zitterten, sie habe einen Schweißausbruch nach dem anderen. Ach ja, und ihr Blutdruck sei so hoch, dass er schon gar nicht mehr messbar sei. (Da muss ich anmerken, dass das am Messgerät liegt und nicht am Blutdruck – es sei denn, Lilo hätte das seit Monaten defekte Teil endlich durch ein neues ersetzt.) Heinz, fuhr Lilo fort, sei beinahe genauso schlimm dran. Er sei leichenblass und läge auf dem Sofa. Sie selbst halte sich nur durch Aufbietung aller Willenskraft aufrecht. Es grenzte an ein Wunder, fand ich, dass sie es trotz ihres Zustands fertig brachte, eine geschlagene halbe Stunde auf mich einzureden: Ihr Herz sei gebrochen, dass ihr einziger Enkel ihr so etwas antun könne … nie wieder würden sie und Heinz den Kopf hoch tragen können in Grafenberg … und so weiter und so weiter. Das alles wurde mit kräftiger Stimme und ohne Unterbrechung herausgesprudelt. Als sie einmal Luft holte – mittlerweile waren Sabina und ihr Mangel an Moral das Thema, aber was wollte man schon erwarten bei einer Mutter, die sich mit einem verheirateten Mann einließ –, sagte ich: »Lilo. Es war sicher ein Schock für euch. Aber Frederick und Sabina brauchen Unterstützung. Keine Vorwürfe.«

Woraufhin Lilo bemerkte, dass ich keinen Funken Verständnis für die Peinlichkeit der Lage verzweifelter Großeltern besäße und der kaltschnäuzigste und herzloseste Mensch sei, der ihr je untergekommen sei. Nach dieser Schlussfanfare knallte sie den Hörer auf die Gabel.

Vielleicht kriegt sie sich wieder ein. Vielleicht auch nicht. Es ist mir, ehrlich gesagt, egal. Ich bin noch nicht mal beleidigt über das, was sie mir an den Kopf geknallt hat. Mich beschäftigen ganz andere Dinge. Zum Beispiel, dass ich immer noch an Jan denke, obwohl ich gar nicht will. Vor einigen Tagen war er da und holte Lisa ab. Sie wollten zusammen ins Kino und anschließend zu McDonald's. Mein Herz klopfte wie verrückt, als ich ihm die Tür aufmachte. Er trug Jeans und ein weißes Poloshirt. Seine Augen wirkten sehr blau in dem gebräunten Gesicht.

»Hallo, Judith.« Das klang vorsichtig. Was erwartete er? Dass ich auf die Knie fallen und ihn anflehen würde, zu mir zurückzukommen?

Das hätte ich tatsächlich gern getan. Ach was, gerne. Ich musste mich ganz schrecklich zusammenreißen, um es nicht zu tun. Meine Knie zitterten vor Anstrengung.

»Hallo.« Meine Stimme zitterte auch, was ich mit einem Lächeln zu überspielen versuchte.

Wenn Jan etwas aufgefallen war, ließ er es sich jedenfalls nicht anmerken. Er sah müde aus. Bestimmt hatte er ein paar Tage Nachtdienst geschoben. Lisa kam und strahlte übers ganze Gesicht. Es war das erste Mal, seitdem Jan und ich uns getrennt hatten, dass sie etwas mit ihrem Onkel unternahm. Telefoniert hatten sie öfter, wie Lisa mir erzählt hatte.

»Jan!« Sie fiel ihm um den Hals. Er hob sie hoch und wirbelte sie herum.

»Hey, Lisa!« Es klang so zärtlich, dass mir beinahe die Tränen kamen. Mit mir würde er nie wieder so sprechen.

»Viel Spaß im Kino. Und esst einen Burger für mich mit.« Das war locker dahingesagt, trotz der Tränen, die auf der Lauer lagen. Ich hätte stolz auf mich sein können, wenn mir dazu nicht die Energie gefehlt hätte.

»Du kannst gern mitkommen.«

»Ja klar, Mama. Wir gehen in eine Komödie mit Meg Ryan – *Kate und Leopold*. Chrissy hat den Film schon gesehen und fand ihn super.«

Wenn ich auch nur ansatzweise gespürt hätte, dass Jan etwas daran liegen würde, dass ich mitging … aber er hatte nur ein höflich-verbindliches Lächeln aufgesetzt und sah an mir vorbei auf die Wand. Selbst die war interessanter für ihn als ich.

»Leider hab ich keine Zeit. Eine Entenleberterrine ruft nach mir. Und ein Rotweinkuchen. Und eine Gazpacho. Eine Hochzeit steht an.« Diese Speisen standen tatsächlich auf dem Menüplan. Richtig war auch, dass es eine Hochzeit geben würde. Eine Freundin von Usch heiratete ihren Freund, mit dem sie schon zehn Jahre zusammenlebte. Die Festlichkeiten im kleinen Kreis sollten im »alten Heuschober« stattfinden, einer umgebauten Scheune, die man für solche Zwecke mieten konnte. Allerdings würde das Ereignis erst im August stattfinden. Von Termindruck konnte also keine Rede sein.

»Ach so. Na, dann gutes Gelingen«, sagte Jan gleichgültig.

»Danke. Tschüs dann.«

Jan räusperte sich. »Ja. Tschüs.«

Lisa trat vor lauter Ungeduld von einem Bein aufs andere. »Jetzt komm schon, Jan. Sonst kommen wir noch zu spät.«

Lisa freut sich, dass sie Tante wird. »Ich mag Babys. Nicht, dass ich selbst eines haben wollte, bevor ich 30 bin. Ich will Stewardess werden und ganz viel reisen. Na ja. Fredde und Sabina wollten ja kein Baby, so was kann halt passieren, wenn man Pech hat. Neulich kam was im Fernsehen über Mädchen, die ungewollt schwanger werden. Ein paar sind in ein Wohnheim gezogen, weil ihre Eltern sie rausgeschmissen haben.« Sie schüttelte den Kopf. »Ich finde, Leute, die ihre Kinder einfach vor die Tür setzen, sollten bestraft werden. Wenn ich was zu sagen hätte, müssten sie dafür ins Gefängnis.«

»Eine hervorragende Idee.«

»Wollen Fredde und Sabina heiraten?«

»Frederick möchte gern. Sabina nicht. Ich denke, eine Heirat ist eine weit reichende Entscheidung. Sie haben alle Zeit der Welt, um rauszufinden, ob sie wirklich zusammenbleiben wollen. Ein Kind ist absolut kein Grund, sich in irgendwas zu stürzen, das man später bereut.«

»Sie sind viel zu jung. Teenagerehen halten in den seltensten Fällen«, dozierte Lisa. Sie hörte sich an, als blicke sie auf 30 Jahre Lebenserfahrung zurück. »Und ganz besonders schwierig ist es, wenn es eine Mussehe ist, weil ein Baby unterwegs ist. Darüber kam auch was im Fernsehen. Die Scheidungsrate ist extrem hoch.«

Dieser Beitrag hätte mich auch interessiert. Ich sollte das Programmheft intensiver studieren – vielleicht kommt ja noch mal was in der Richtung. Oder etwas über gescheiterte Beziehungen. Auch da besteht ein erhöhter Informationsbedarf bei mir. Allerdings hab ich nicht viel Zeit zum Fernsehen. Die meisten Abende stehe ich in der Küche und koche. Ich habe gut zu tun. So gut, dass ich mir einen riesigen Tiefkühlschrank angeschafft habe. Das erleichtert mir die Arbeit enorm, ich kann vieles im Voraus kochen oder backen und dann einfrieren. Hm. Es ist eine Überlegung wert, ob ich mir einen kleinen Fernseher für die Küche zulegen soll, damit ich nichts verpasse, was wichtig für mein Leben sein könnte.

Vor ein paar Tagen war ich bei Usch zum Essen eingeladen. »Wolfgang geht Squash spielen und anschließend einen trinken. Komm doch vorbei! Ich grille uns ein leckeres Steak und mach einen Salat dazu. Wir trinken einen schönen Rotwein und tratschen mal wieder richtig miteinander. Ja?«

»Ja, gerne! Ich bring einen Apfelstrudel zum Nachtisch mit.«

Usch war entzückt. Sie liebt meinen Apfelstrudel, ganz besonders mit Vanilleeis.

Ich parkte vor unserem ehemaligen Haus. Als ich aus dem Auto gestiegen war – in der einen Hand balancierte ich den Strudel auf einer Platte, in der anderen hielt ich einen bunten Frühlingsstrauß für Usch –, warf ich einen Blick in den Vorgarten, der friedlich in der Abendsonne lag. Herr oder Frau Busch hielten den Rasen kurz, und kein Unkraut verunzierte das Meer von späten roten Tulpen und Vergissmeinnicht in meinem kleinen Lieblingsbeet neben der Haustür. Alles sah aus wie früher, nur die blaue Friesenbank war neu. Aber ich hatte ein Gefühl der Fremdheit, so als hätte ich nie hier gewohnt.

Usch trug ein weißes Leinenkleid im Hemdblusenstil und schwarze Sandaletten. Ihre Haare waren etwas länger als sonst und leuchteten kupferrot. Sie hatte ein bisschen zugenommen, was ihr gut stand, und ihr Gesicht wirkte weich und gelöst. »Hübsch siehst du aus!«, sagte ich. »Die neue Frisur steht dir!«

Sie strahlte. »Mir gefällt's auch. Ich war den Stoppelschnitt leid. Und das mausige Blond. Du siehst aber auch gut aus«, meinte sie nach einem prüfenden Blick. Ha, das ging runter wie Honig. Ich trug ein neues, ziemlich tief ausgeschnittenes Kleid mit einem Blumenmuster und langem, weit schwingendem Rock. Es war teuer gewesen, aber ich hatte nicht widerstehen können.

»Und der Strudel … mhm, himmlisch. Blümchen krieg ich auch noch. Wow, das ist ja wie Weihnachten.«

Wir gingen in die Küche. Usch hatte den Tisch mit ihrem besten Geschirr gedeckt. Teelichte brannten in einer mit Sand und Muscheln dekorierten blauen Glasschale, und in einem kleinen Tonkrug prangte ein Maiglöckchenstrauß.

»Setz dich doch. Ein Glas Rotwein?«

»Gern.«

Usch servierte ein Festmahl. Als Vorspeise gab es einen Salatteller mit Sojabohnenkeimlingen, Lachsstreifen und Riesengarnelen. Anschließend Steaks und frische grüne Böhnchen. Dazu Folienkartoffeln mit einer Schnittlauchsoße.

»Es schmeckt so gut«, seufzte ich. »Du hast fantastisch gekocht.«

Usch erhob ihr Glas. »Auf uns. Und auf das Leben.«

Wir stießen an.

Nach dem Essen rauchte ich draußen auf der Terrasse eine Zigarette. Ein riesiger Vollmond stand am Himmel und tauchte den Garten in ein geheimnisvolles Licht. Das Haus der Buschs war hell erleuchtet. Die Rollläden waren nicht heruntergelassen. Ich sah Corinna und Georg nebeneinander auf dem Sofa sitzen. Er hatte den Arm um ihre Schulter gelegt. Er sagte etwas zu ihr, und sie lehnte sich zu ihm hinüber und küsste ihn auf den Mund.

»Ein schönes Bild«, sagte Usch, die neben mir aufgetaucht war. »Wir waren letzten Samstag mal drüben auf ein Glas Wein. Die beiden sind sehr glücklich miteinander. Sie wirken so verliebt wie am ersten Tag. Man könnte glatt neidisch werden.«

»Ja.«

Ich drückte meine Zigarette in dem Aschenbecher aus, den Usch mir hinhielt. Sie legte eine Hand auf meinen Arm. »Du bist immer noch traurig wegen Jan, stimmt's?«

Ich öffnete den Mund, um zu wiederholen, was ich beim Essen erzählt hatte. Dass es mir gut ging, dass es uns allen gut ging, dass mir mein Job Spaß machte.

»Du braucht mir nichts vorzuspielen. Dein Herz hängt immer noch an ihm, das spür ich doch.«

»Um ehrlich zu sein: Ja. Total bescheuert, ich weiß.«

»Du vergräbst dich. Kein Wunder, dass sich in deinem Kopf alles um ihn dreht. Wenn du nicht arbeitest, hängst du zu Hause rum und grübelst. Ist doch so, oder?«

Ertappt. Genauso ist es, trotz aller guten Vorsätze. Es gibt Tage, da zerfließe ich vor Selbstmitleid. Ich könnte mich selbst in den Hintern treten, dass ich so ein Jammerlappen bin.

Ich nickte.

»Was du brauchst, ist ein heißer Flirt mit einem netten Mann. Nichts Ernstes. Einfach Spaß und guter Sex. Es gibt nichts Besseres gegen Liebeskummer.«

Ich starrte sie an. Ihr Gesicht sah weiß und fremd aus im Mondlicht. »Usch!«

Sie kicherte. »Du schaust wie eine verklemmte viktorianische Jungfer. Gib dir einen Schubs und komm raus aus dem Mauseloch, in das du dich verkrochen hast.«

In meinem Hirn machte es plötzlich klick. Uschs schickes Kleid. Neue Frisur, neue Haarfarbe. Ihr Gesicht. Der Ausdruck in ihren Augen. Und sie hatte sich auch sonst verändert. Früher hätte sie nie so geredet.

»Du hast einen Lover.«

»Ja. Ich hab jemanden kennen gelernt. Im Fitnessstudio. Ich bin nicht verliebt, und er auch nicht. Es ist reiner Sex zwischen uns, und der ist fantastisch.«

Das haute mich um. Usch war immer treu gewesen, bis auf das eine Mal vor Jahren, als sie sich einen Kurschatten angelacht hatte.

»So kenne ich dich gar nicht …«

»Ich mich auch nicht«, meinte Usch. »Aber weißt du was? Ich genieße mein neues Ich und denke nicht an Morgen. Das Leben ist verdammt kurz. Wenn ich morgen von einem Bus überrollt werde, kann ich mir im Jenseits wenigstens sagen: Ich hab ja zu Axel und mir gesagt und es genossen.«

Ich sah sie von der Seite an. Sie zwinkerte mir zu.

»Was ist mit Wolfgang? Hast du kein schlechtes Gewissen ihm gegenüber? Und was ist, wenn er was merkt?«

»Wir sind sehr diskret. Ich würde Wolfgang nie kränken wollen. Er ist mein Mann, und ich liebe ihn. Axel ist übrigens auch verheiratet. Wir treffen uns in einem Apartment in der Nordstadt. Du kennst doch dieses Hochhaus – architektonisch gesehen ein wahrer Schandfleck, aber wunderbar anonym. Ich hab kein schlechtes Gewissen. Warum auch? Als Axel und ich uns zum ersten Mal gesehen haben, hat es uns umgehauen. Wir wussten beide, was passieren würde. Und es ist in Ordnung, so wie es ist. Wir leben aus, was wir miteinander haben, und schaden niemandem.«

Ob sie auch mit Wolfgang schlief?

Usch fing an zu lachen. »Dir kann man wirklich jeden Gedanken an der Nasenspitze ablesen. Natürlich schlafe ich auch mit Wolfgang. Und ich verrate dir noch was: Es hat mit uns nie so gut im Bett geklappt wie in der letzten Zeit.«

Ich merkte, wie ich rot wurde. »Bin ich wirklich so leicht zu durchschauen?«

Sie kicherte. »Wie ein frisch geputztes Fenster.«

Wir wanderten zurück in die Küche. Usch schenkte sich einen Grappa ein. Ich hätte gern noch ein Glas Rotwein getrunken, aber ich musste noch fahren. Also blieb ich bei Mineralwasser. Wir redeten und redeten. Über Sabina und Frederick; über Gott und die Welt im Allgemeinen und die Männer im Besonderen, und über einen Mann für mich als therapeutische Geheimwaffe gegen Liebeskummer. Usch hatte genaue Vorstellungen. »Er sollte unkompliziert sein. Emotional keine Ansprüche stellen. Dein Gefühlsleben nicht strapazieren, das ramponiert ist und Erholung braucht. Du brauchst einen Mann, der sinnlich, sexy und ein guter Liebhaber ist. Optisch sollte er natürlich auch was hergeben.«

»Hast du mir soeben eine zutreffende Beschreibung von Axel geliefert?«

»Ich hab ein Foto von ihm. Moment, ich hol's.«

Ich betrachtete das Bild, mit dem sie kurz darauf wiederkam. Es zeigte einen gut aussehenden, dunkelhaarigen Mann Mitte 30, der in die Kamera lachte. Sympathisch, Typ Sonnyboy.

»Niedlich, was?«

Ich musste zugeben, dass Axel niedlich war.

»Tu dir einen Gefallen, Judith, und greif zu, wenn dir so ein Exemplar über den Weg läuft.«

»Aber klar, mach ich. An jeder Straßenecke stehen gut aussehende, sexy Männer herum und warten nur darauf, dass ich vorbeikomme.«

»Mach dich nur lustig. Aber Tatsache ist: Man kann nie wissen, wo man seinem Glück begegnet. Ich gehe seit vier Jahren ins Studio. Sämtliche Typen, die ihre Hanteln schwangen, ließen mich kalt. Ich war nicht auf der Suche nach einem Lover. Ich bin mit Wolfgang glücklich, unsere Ehe ist harmonisch. Ich hab nicht damit gerechnet, mich in Axel zu vergucken. Es ist einfach passiert. Er kam herein, redete mit Mario über ein Probetraining ... sah mich mit meinem Eiweißdrink an der Theke sitzen … wir haben uns angeschaut … und ich hab beinah mein Glas fallen lassen, so sehr hab ich plötzlich gezittert. Der berühmte Blitz aus heiterem Himmel kann jeden treffen. Sogar dich. Jederzeit. Überall. Na ja, nicht überall. In deinen eigenen vier Wänden stehen die Chancen bei circa null Prozent.«

Das seh ich aber anders. Es könnte sich ja ein Kunde zu mir verirren, der Uschs Anforderungsprofil entspricht. Nennen wir ihn der Einfachheit halber mal Axel 2. Nein, Antonio Banderas, das klingt viel besser. Außerdem ist der unglaublich sexy. Antonio ruft also an und vereinbart einen Termin mit mir. Als er aufkreuzt, haut es mich glatt aus meinen Pumps, so ein Wahnsinnstyp ist er. Ich soll ein italienisches Menü für ihn kochen, denn seine Frau – na, sagen wir lieber seine Schwester, damit habe ich weniger Probleme – hat Geburtstag, und er möchte eine Überraschungsparty für sie organisieren. Wir sehen uns tief in die Augen – er findet mich auch wahnsinnig sexy, das spür ich – und diskutieren über Tortellini, Saltimbocca Romana und Vitello tonnato. Plötzlich halten wir es nicht mehr aus. Wir tauschen einen leidenschaftlichen Kuss, reißen uns die Kleider vom Leib und treiben es wild auf dem Sofa, und es ist wirklich ein Glück, dass weder Frederick noch Oma noch Lisa zu Hause sind …

Würde ich so etwas wirklich tun?

Da hab ich allerdings meine Zweifel.

»Ich weiß nicht … ich glaube, ich bin nicht der Typ für so was«, sagte ich zu Usch.

»Woher willst du das wissen, wenn du es noch nie ausprobiert hast?«

Das war eine gute Frage.

Ich warf noch einen Blick auf Axels Konterfei. Er war nicht Antonio Banderas, aber er war verdammt attraktiv.

Wenn ich ihm an der nächsten Straßenecke begegnete und er Interesse bekundete, sich mit mir ins nächste Hotel zu verkrümeln – würde er mich wohl so hinreißen, dass ich in seine Arme sinken würde?

Hm …

Usch hat Recht. Ich kann nicht wissen, was alles in mir steckt. Vielleicht ist eine heiße Affäre genau das, was mir fehlt. Ich muss offen sein für neue Begegnungen. Es könnte, zum Beispiel, passieren, dass im Supermarkt ein Mann mit unglaublichem Sexappeal gerade in dem Moment vorbeikommt, wenn ich versehentlich eine Schachtel mit Hundekuchen fallen lasse. Er hebt sie auf, schaut mir tief in die Augen und … na ja, wir könnten vorher irgendwo einen Kaffee trinken gehen, falls das Gefühl entsteht, wir sollten uns erst beschnuppern, ehe wir miteinander ins Bett gehen. Spaziergänge mit Klara bieten auch vielfältige Möglichkeiten. Es gibt jede Menge Männer, die joggen oder wandern oder ihren Hund ausführen. Warum sollte nicht einer darunter sein, der mich schwach macht? Wobei mir einfällt, dass die unwiderstehliche Anziehung auf Gegenseitigkeit beruhen muss, damit die Sache ins Rollen kommt. Aber darüber denke ich besser erst nach, wenn es so weit ist.

Gegen zwölf machte ich mich auf den Heimweg. Ich war müde, fühlte mich aber so gut wie schon lange nicht mehr. Es war ein schöner Abend gewesen. Und aufschlussreich dazu.

Unsere Straße lag im Dunkeln. Nur bei meinem Vermieter nebenan brannte noch Licht. Ich ging ins Haus. Noch eine Zigarette, dachte ich, dann geh ich ins Bett. Der Mond schien hell durch die Terrassentür ins Wohnzimmer. Was für eine traumhafte Nacht, viel zu schön zum Schlafen. Auf einmal war ich hellwach. Ich streifte die Schuhe ab und ging mit der brennenden Zigarette in der Hand raus in den Garten. Der Himmel war von einem milchigen Blau und über und über mit Sternen betupft. Das Gras fühlte sich kühl und feucht an unter meinen nackten Füßen. Ich betrachtete den Mond. Er schien zum Greifen nah. Ich hatte das Gefühl, ich könnte mich in die Lüfte schwingen und ihm entgegenfliegen, wenn ich nur wollte. Vielleicht wartete der Mann im Mond auf mich? Ich musste kichern. Verrückt. Wenn ich nicht wüsste, dass ich nur ein Glas Rotwein getrunken habe, würde ich glauben, ich wäre beschwipst. Von irgendwoher rief ein Käuzchen. Oder war es eine Eule? Ich warf den Zigarettenstummel ins Gras. »Schuhuuu«, rief ich. »Schuhuuuu, alte Eule!«

»Schau an. Noch eine Eule«, sagte eine Männerstimme. »Eine flügellose. Und heiser ist sie auch.«

Ich erstarrte. Diese Stimme kannte ich. Ich hörte sie immer dann, wenn ich mich so benahm, dass sich meine Kinder mit einem »Gott, bist du peinlich, Mama!« mit Grausen von mir abgewendet hätten.

Mein Vermieter stand an der Hecke, die unsere Gärten voneinander trennte. Keine drei Meter von mir entfernt. Stand er schon die ganze Zeit da, und ich hatte ihn nicht gesehen, so mondsüchtig, wie ich durch den Garten gewandert war? Oder hatte er sich angeschlichen? Egal. Jedenfalls war er da, und der Mond schien hell genug, dass ich sah, dass er übers ganze Gesicht grinste.

»Guten Abend, Herr Wagner«, sagte ich. »Eine wunderbare Nacht, nicht wahr?«

Er fing an zu lachen.

Am liebsten hätte ich ihm eine geknallt. »Ich freue mich sehr, dass ich zu Ihrer Erheiterung beitragen konnte.«

»Entschuldigen Sie. Es war nicht böse gemeint. Wirklich nicht. Wie wär's mit einem Glas Wein auf meiner Terrasse? Als kleine Wiedergutmachung?«

Ist es zu fassen? Ich sitze auf Herrn Wagners überdachter Terrasse und nippe an einem Grauburgunder. Das »Ja« war mir spontan herausgerutscht. Mein Vorsatz, offen zu sein für neue Begegnungen, hatte mir noch in den Ohren geklingelt. Nicht, dass ich glaube, mein Vermieter fällt in die Kategorie heiße Affäre. Er ist von seiner Art her nun mal absolut nicht mein Typ. Aber ich hatte Lust auf ein Glas Wein. Und ich war neugierig. Wie er wohl war, wenn man ihn kennen lernte? Gar nicht mal so unsympathisch, oder ein Ekelpaket durch und durch?

»Ich bin fast jeden Abend lange draußen, egal, wie das Wetter ist. Infrarotstrahler sind wirklich was Feines«, sagte mein Gastgeber.

Er ging ins Haus und kam mit einem Päckchen Zigaretten und einem brennenden Windlicht zurück. »Auch eine? Fünf am Tag gönne ich mir. Das ist die Letzte für heute.«

»Gern. Fünf sind sehr gut. Bei mir geht's nicht unter 15 ab.«

Er gab mir Feuer. »Ich hab mal zwei Päckchen am Tag verqualmt. Irgendwann mochte ich nicht mehr.«

»Ich hoffe, mir geht's auch mal so.«

Wir rauchten schweigend vor uns hin. Ich fühlte mich wohl mit ihm. Was ich daran maß, dass ich nicht das Gefühl hatte, um jeden Preis Konversation machen zu müssen. Ihm schien es genauso zu gehen. Er war tiefer in seinen Gartensessel gerutscht, hatte den Kopf zurückgelegt und die Beine lang ausgestreckt. Die Eule rief wieder – ein lang gezogenes Schuhuuuuuuuu. Wir sahen uns an und lachten. »Ihre Freundin meldet sich noch mal zu Wort. Was haben Sie ihr eben erzählt?«

»Oh, ich hab ihr viel Erfolg gewünscht. Dass sie leckere Mäuse fängt für ihre Jungen.«

»Ich mag Eulen. Ich bin auf einem Bauernhof in Niedersachsen aufgewachsen. In der Scheune wohnte ein Käuzchen. Ich hab's gefunden, als es einen verletzten Flügel hatte. Meine Mutter war Tierärztin, sie hat's verarztet, und ich hab's gepflegt, bis es wieder fliegen konnte. Minerva hab ich das kleine Vieh genannt.«

»Ein schöner Name.«

»Das fand ich auch.«

Hm. Ein Mann, der ein Käuzchen gesund pflegt und es Minerva nennt, *kann* nicht ganz unsympathisch sein, oder?

Wieder breitete sich Stille aus. Die Weinflasche war leer. Der Mond war nicht mehr zu sehen. Ich war sehr müde. Wahrscheinlich war ich sogar eingedöst, denn ich fuhr zusammen, als Wagner sagte: »Man kann gut schweigen mit Ihnen. Das gefällt mir.«

»Das Kompliment geb ich gerne zurück.« Ich warf einen Blick auf meine Uhr. »Himmel, schon zwei Uhr. Ich muss ins Bett, sonst komme ich morgen nicht aus den Federn.«

Er streckte sich und gähnte. »Ich auch.«

Er bestand darauf, mich zu meiner Haustür zu bringen. »Nicht, dass Sie unterwegs verloren gehen.«

»Das hätte bei dem weiten Weg tatsächlich passieren können.«

Wir lächelten uns an.

»Haben Sie Lust, am Samstag mit mir essen zu gehen?«

»Ja, gern«, sagte ich.

»Schön. Ich freu mich. Ich hole Sie um sieben ab. Gute Nacht, schlafen Sie gut.«

Wie seltsam, dass Ralf Wagner mich zum Essen eingeladen hatte. Noch seltsamer, dass ich zugesagt hatte. Andererseits – warum nicht? Wir hatten miteinander schweigen können, wir würden auch miteinander reden können. Es ist ein gutes Gefühl, offen für neue Begegnungen zu sein. Usch ist bestimmt stolz auf mich, wenn ich ihr erzähle, wie der Abend endete. Ich bin zwar nicht spontan in wilder Leidenschaft entbrannt (Herr Wagner auch nicht, Gott sei Dank, das hätte peinlich werden können, da sie unerwidert geblieben wäre), aber ich hab seine Einladung angenommen. Ich bin aus meinem Mauseloch hervorgekrochen.

Samstag, 18.30 Uhr

Ich stand im Bad vor dem Spiegel und schminkte mich. Lisa hockte auf dem Badewannenrand und sah mir zu. »Wieso gehst du mit Herrn Wagner essen?«, fragte sie.

Ich fuhr mir mit dem Puderpinsel übers Gesicht. »Wieso nicht? Ich hab dir doch erzählt, dass wir auf der Terrasse ein Glas Wein zusammen getrunken haben. Ich fand ihn nett.«

Im Spiegel sah ich Lisas mürrisches Gesicht und konnte ihr die Gedanken an der Stirn ablesen: Das ist noch lange kein Grund.

»Nett. Hm, komisch. Hast du nicht mal gesagt, du magst ihn nicht?«

»Nicht mögen ist zu viel gesagt. Ich fand ihn nicht sonderlich sympathisch, das stimmt. Da sieht man mal wieder, dass man sich nie auf den ersten Eindruck verlassen soll.«

»Will er was von dir?«

Ich ließ beinah den Pinsel fallen. »Was sollte er von mir wollen? Wie meinst du das?«

»Mensch, Mama. So wie ich's sage. Ob er was mit dir anfangen will. Ob er in dich verknallt ist.«

Du liebe Güte. Lisa kommt manchmal auf die absonderlichsten Ideen.

»Ganz bestimmt nicht! Und um deiner nächsten

Frage vorzubeugen: Nein, ich bin auch nicht verknallt. Wir werden einen netten Abend miteinander verbringen, das ist alles.«

Lisa zog die Augenbrauen hoch. »Woher willst du wissen, ob es ein netter Abend wird? Du kennst ihn doch kaum.«

Ich griff zur Wimperntusche. »Was wird das hier? Ein Kreuzverhör?«

»Warum klatschst du dir pfundweise Make-up ins Gesicht? Und donnerst dich so auf? Du hast *Stunden* gebraucht, bis du dich entschieden hast, was du anziehst.«

Lisa übertreibt maßlos. Pfundweise Make-up ist gelogen. Ich schminke mich genau wie sonst auch, nur dauert es heute länger, weil ich mir einen neuen Lippenstift und Lidschatten gekauft habe sowie Eyeliner. Jeder weiß, dass neue Kosmetikartikel gewöhnungsbedürftig sind; das Anmalen geht einem nicht so flott von der Hand wie sonst. Wahr ist, dass ich am Nachmittag meine gesamte Garderobe auf dem Bett verteilt und bei der Gelegenheit ausgemistet habe, was seit Jahren ungetragen im Schrank hing. Und ich habe im Zuge meiner Aufräumaktion dies und jenes anprobiert. Na und? Ist das ein Verbrechen? Warum sollte ich im ältesten, scheußlichsten Fetzen im Restaurant aufkreuzen?

Ich drehte mich zu ihr um. Sie hatte die Unterlippe vorgeschoben und musterte mich kritisch. Ich trug das geblümte Kleid, das ich auch bei Usch angehabt hatte, und darüber eine kurze Twinsetjacke aus Viskose, denn der Abend war kühl und regnerisch. »Ich gehe aus, Lisa. Wenn du ausgehst, machst du dich auch ein bisschen zurecht. Das ist normal.«

Wieso stehe ich hier und rechtfertige mich vor meiner 13-jährigen Tochter? Ich hab wohl einen Knall.

»Aufgebrezelt hast du dich. Das ist ein Unterschied. Du hast sogar den Schmuck rausgekramt, den du von Tante Tilde geerbt hast! Das machst du so gut wie nie!«

Ich sitze auf der Anklagebank, eindeutig. Es ist ein Kapitalverbrechen, wenn ich etwas tue, das nicht die Regel ist. Jedenfalls im Gesetzbuch von Frau Staatsanwältin Lisa Horn.

Ich sprühte mir »Allure« in die Haare und auf die Handgelenke. Und schwieg.

»Und du hast ein neues Parfüm. Aber ich sag nichts mehr. Ich geh schon. Du brauchst gar nicht so genervt zu gucken.«

Sie stolzierte zur Tür hinaus. Es lag mir auf der Zunge, sie zurückzurufen. Aber um ehrlich zu sein: Ich *war* genervt. Sie ging mir heute Abend ganz schön auf den Wecker. Kurz entschlossen sprühte ich mir Parfüm in den Ausschnitt. Und in die Kniekehlen. Wenn Lisa das mitbekommen hätte, hätte sie mich zu fünf Jahren Knast ohne Bewährung verknackt.

Herr Wagner war auf die Minute pünktlich. Als ich ihm die Tür aufmachte, war ich froh, dass ich mein neues Kleid und die hochhackigen Pumps angezogen hatte. Er trug einen leichten mittelgrauen Anzug, makellos geschnitten, dazu ein schwarzes

Poloshirt aus Seide, und duftete nach einem herben Rasierwasser. Ein eleganter Mann, schoss es mir durch den Kopf, und ein gut aussehender dazu. Wieso fällt mir das eigentlich erst jetzt auf?

Er hatte einen Tisch im Schlosskeller reserviert. Eine Welle der Nostalgie überfiel mich, als wir die vertrauten Räumlichkeiten betraten, denn Thomas und ich hatten alle besonderen Anlässe hier gefeiert: Bei Lammkeule mit Kräuterkruste hatte er mich gefragt, ob ich ihn heiraten würde. Hier hatte nach der standesamtlichen Trauung unser Mittagessen mit den Trauzeugen stattgefunden. Geburtstage und Hochzeitstage hatten wir hier gefeiert; wir hatten fürstlich gespeist, als Thomas die Meisterprüfung bestanden hatte. Unser letzter Hochzeitstag kam mir in den Sinn. Es war ein schöner Abend mit Babs und Peter gewesen. Ich war glücklich gewesem, in der Gewissheit, dass unsere Ehe glücklich war, dass Thomas mich liebte und ich ihn.

Der Oberkellner begrüßte mich mit einem strahlenden Lächeln. »Guten Abend, Frau Horn! Schön, Sie zu sehen.«

Er führte uns zu einem Fenstertisch. Wir bestellten einen Pastis als Aperitif und vertieften uns in die Speisekarte. Wagner nahm sich Zeit. Genau wie ich. Und genau wie ich teilte er mit, was ihn beschäftigte: Sollte er eine Zucchinicremesuppe mit frischem Kerbel als Vorspeise nehmen? Oder lieber Graved Lachs? Oder hausgemachte Ravioli mit Ricotta-Basilikumfüllung? Und danach – Spargel? Mit Schinken oder Wiener Schnitzel oder Kalbssteak?

Oder lieber Lammkoteletts mit Ratatouille? Die Entscheidung fiel uns schwer, und wir genossen jede Minute unserer Unentschlossenheit. Hatte ich es nicht geahnt? Wir hatten miteinander schweigen können, wir konnten miteinander reden. Er aß genauso gern wie ich. Er konnte sogar kochen. »Nicht wirklich gut, nur so für den Hausgebrauch, aber es macht mir Spaß. Meine Spezialität ist Boeuf Bourgignon.«

Wir versuchten gerade, uns zwischen Spanferkel und Filetspitzen zu entscheiden, als Jan auftauchte. In Begleitung einer Frau, einer sehr gut aussehenden Frau. Sie war groß, hatte lange, dunkle Haare und trug ein cremefarbenes Leinenkostüm. Jan steckte in hellen Baumwollhosen und einem weißen Hemd. Darüber trug er eine rehfarbene Lederjacke, die ich nicht kannte. Jetzt hatte er mich gesehen. Er grüßte. Ich grüßte zurück. Mein Herz schlug bis zum Hals. Am liebsten wäre ich aufgestanden und gegangen. Dass er ausgerechnet heute Abend hier auftauchen musste! Noch dazu mit einer Frau. War sie seine neue Freundin? Eine Kollegin? Eine Bekannte? Ich atmete ein paar Mal tief ein und aus und trank einen Schluck Pastis. Was ging es mich an, dass Jan mit einer Frau im Schlosskeller saß? Nichts. Rein gar nichts. Und trotzdem. Ich hätte einiges darum gegeben, in einem Restaurant am anderen Ende der Stadt sitzen zu dürfen. Oder bei McDonald's. Oder auf dem Mond. Der Kellner führte Jan und seine Begleiterin an den Tisch uns gegenüber. Auch das noch.

Ich steckte die Nase wieder in die Speisekarte.

»Sie sind auf einmal so blass. Geht's Ihnen nicht gut?«

Wollte ich mir wirklich den Abend von der Tatsache verderben lassen, dass mein Exschwager im selben Restaurant saß wie ich? Mit einer Frau, die verdammt gut aussah und ihm verliebte Blicke zu warf? Die er erwiderte? O nein, dachte ich. Kommt nicht in Frage. Ich werde mich blendend unterhalten.

Ich lächelte. »Mir geht's gut. Ich hab bloß einen Wahnsinnshunger.«

Er lachte. »Sie Arme. Dann wollen wir mal ganz schnell bestellen.«

Wir orderten. Er Zucchinicremesuppe vornweg, ich eine Fischvariation. Als Hauptgang nahmen wir beide Spargel mit neuen Kartöffelchen und Schinken. Dazu tranken wir einen Weißwein.

Man frage mich nicht, was für einen. Ich erinnere mich nicht mehr. Jedenfalls schmeckte er gut, so viel ist mir in Erinnerung geblieben, denn ich trank eine Menge davon. Beim zweiten Glas waren wir nicht mehr Herr Wagner und Frau Horn, sondern Ralf und Judith. Per Sie waren wir nach wie vor. Vom Rest des Abends sind mir nicht mehr allzu viele Details im Gedächtnis geblieben. Nicht, dass ich mich sinnlos betrunken hätte oder nichts mitgekriegt hätte, weil ich auf Jan und seine Begleiterin schielte. Zum Schielen fehlte mir die Lust – und die Zeit. Ich versprühte Charme, plauderte, hörte Ralf zu, lachte. Er war locker, unterhaltsam, hatte einen trockenen Witz. Zwischendurch aß ich. Das Essen muss gut gewesen sein, weil das Essen im Schlosskeller immer gut ist. Mehr kann ich dazu nicht sagen. Ein Nebel hatte sich über diesen Abend gesenkt, aber das machte überhaupt nichts. Ich fühlte mich fantastisch hinter dieser Nebelwand.

Wir gingen lange nachdem Jan und seine Begleiterin gegangen waren. Sie hatten was miteinander, so viel war mir selbst vom Nicht-Hinsehen klar geworden. Ich hätte wetten können, dass sie es eilig hatten, den Abend an einem ungestörten Ort ausklingen zu lassen. Falls es mir das Herz gebrochen haben sollte, dass Jan mit einer anderen Frau zusammen ist und es kaum erwarten kann, mit ihr ins Bett zu gehen, habe ich jedenfalls davon nichts gemerkt.

»Es war ein sehr schöner Abend«, sagte ich zu Ralf. Wir standen vor meiner Haustür. Ein kühler Wind blies die Nebelschwaden in meinem Kopf davon; ich fror plötzlich. »Vielen Dank noch mal für die nette Einladung.«

»Seien Sie nicht so förmlich, Judith. Das passt nicht zu Ihnen.« Er beugte sich vor und küsste mich leicht auf die Lippen. »Das hab ich schon den ganzen Abend tun wollen.«

Der Kuss schmeckte nach mehr. Nicht nach wilden Nächten im Hotel, aber nach einer sanften Umarmung. Danach, seine Arme um mich zu spüren, den Kopf an seine Schulter zu legen.

Aber er war schon einen Schritt zurückgetreten. »Gute Nacht. Schlaf gut, Judith.«

Ach so. Er wollte weg von dem steifen »Sie«, deshalb das Küsschen.

Oma war noch auf. Sie saß im Wohnzimmer vor dem Fernseher. Als ich reinkam, stellte sie den Ton ab und sah mich erwartungsvoll an. »Und? War's schön? Wo wart ihr?«

»Im Schlosskeller. Ja, es war ein schöner Abend.«

»Habt ihr euch geküsst?«

»Oma! Du stellst vielleicht Fragen!«

»Habt ihr nun oder habt ihr nicht?«

Ich musste beschwipster sein, als ich mich fühlte, denn ich erzählte meiner Neugiernase von Großmutter tatsächlich, dass ich ein Küsschen mit Ralf getauscht hatte und wir uns jetzt duzten.

»So, so«, sagte Oma und gähnte. »Das ist ja wahnsinnig spannend. Deine Mutter hat übrigens angerufen. Ich hab gesagt, du bist mit einem Mann essen, und es kann sehr spät werden.« Sie konsultierte ihre Armbanduhr. »Es ist spät, aber nicht so spät, wie ich mir gewünscht hätte. Schade.«

»Oma!!!«

»Ja, Kind?«

»Ach, nichts.« Ich setzte mich auf die Sesselkante und zündete mir eine Zigarette an.

»Babs hat auch angerufen. Sie ruft morgen noch mal an.«

Mir sank das Herz. Noch jemand, der mich gnadenlos ausquetschen würde.

»Hast du ihr auch erzählt, wo ich bin?«

Oma sah mich erstaunt an. »Ja, sicher. Sie war

ganz aus dem Häuschen, dass du ein Rendezvous mit einem gut aussehenden Mann hast. Na ja, die Aufregung hätte sie sich sparen können. Es ist ja nichts passiert.«

Warum seufzt Oma jetzt schon wieder und schaut mich so mitleidig an?

12. Mai, früh am Morgen …

»Und – wie war's?«, fragte Lisa beim Frühstück.

»Nett. Wir waren im Schlosskeller.«

Sie erkundigte sich, was ich gegessen hatte, und widmete sich dann mit Genuss ihren Cornflakes. Ich goss mir die dritte Tasse Kaffee ein. Mein Kopf war schwer. Ich hätte gern ein Aspirin geschluckt, aber das hätte die Frage nach sich gezogen, ob ich einen Kater hatte. Nein, ich hatte keinen, war allerdings auch nicht in Topform, und dazu trug der Geruch nach brutzelnden Spiegeleiern mit Speck nicht unwesentlich bei. Sabina nahm die Pfanne vom Herd und fragte: »Und ihr seid ganz sicher, dass ihr nichts möchtet? Judith? Lisa?«

»Nein, danke«, sagten Lisa und ich wie aus einem Mund.

»Ihr verpasst was«, meinte Frederick. »Für mich bitte drei.«

Fasziniert sah ich zu, wie die beiden jungen Eltern in spe zulangten. Pro Kopf drei Eier mit Speck, Orangensaft, ungezählte Scheiben Toast. Vollkorntoast, wohlgemerkt; Weißmehlprodukte rührten sie nicht mehr an. Und einen Apfel und eine Banane pro Nase. Gesunde Ernährung war angesagt.

»Gleich platzt ihr«, sagte Lisa.

Danach sah Sabina nicht aus. Mehr als ein, zwei

Kilo hatte sie nicht zugelegt, obwohl sie futterte wie ein Scheunendrescher. Wie machte sie das nur?

Frederick strich sich über den Bauch, der mir gerundeter vorkam als sonst. »Vitamine sind wichtig, damit das Baby sich gut entwickelt.«

Lisa schnaubte. »Wer ist schwanger – du oder Sabina?«

Frederick grinste und griff nach der Flasche mit Orangensaft. »Es ist ein Gemeinschaftsprojekt.«

Sabina gab ihm einen Kuss.

Bücher über gesunde Ernährung, Schwangerschaft und Geburt stapeln sich im Haus. Sabina muss den Laden ihrer Mutter ausgeplündert haben, denn sie hat mir versichert, dass sie noch eine Kollektion hochinteressanter Lektüre – *Mein Baby und ich, Unser Kind im ersten Lebensjahr, Väter sind auch Menschen, Die Rolle der Großeltern beim frühkindlichen Bonding*, um nur einige Titel zu nennen – auf ihrem Nachttisch liegen hatte.

Als alle aus dem Haus waren, riss ich das Fenster auf, um den Geruch nach Eiern und Speck zu vertreiben, und schluckte ein Aspirin. Oma kam in die Küche, gefolgt von Klara. Die beiden hatten ihre Morgenrunde absolviert. »Wir sind einem Mann mit einem schwarzen Pudel begegnet«, verkündete Oma in einem Ton, als sei sie nicht sicher, dass die beiden das Recht hatten, ihren Weg zu kreuzen. »Der Köter hat Klaralein angeknurrt. Was sagt man dazu.«

Sie setzte sich und ließ missbilligend den Blick über den Tisch schweifen. Das Frühstücksgelage der werdenden Eltern hatte Spuren hinterlassen.

Mir hatte die Reaktionsschnelligkeit gefehlt, um die zwei zum Aufräumen zu verdonnern, ehe sie in die Schule entfliehen konnten. Ich schüttelte die Warmhaltekanne. Sie war leer. »Leider ist kein Kaffee mehr da, Oma. Ich koch uns schnell neuen.«

Ich hatte gerade den Kaffee aufgesetzt, als das Telefon klingelte. Wo … wo … oh, wie ich es hasse, diesem Teil nachzujagen. Ich rannte in den Flur. Natürlich lag es nicht auf der Feststation. Und nicht im Wohnzimmer. Ich rannte die Treppe rauf. Und richtig, einer Eingebung folgend, das Telefon lag auf Fredericks Bett. Und klingelte immer noch. Mama war dran. »Gott, Judith, endlich bist du aufgewacht. Weißt du, dass du verschlafen hast? Jetzt kommen die Kinder zu spät zur Schule, und es ist deine Schuld!«

»Sie sind in der Schule. Ich hab nicht verschlafen. Ich hab das verdammte Telefon gesucht.«

»Merkwürdig, dass du immer das Telefon suchst. Warum legst du es nicht an denselben Platz, wenn es nicht gerade aufgeladen wird? Es wundert mich übrigens, dass du nicht verschlafen hast. Du bist gestern ja sicher sehr spät ins Bett gegangen …?«

Mama ist manchmal so subtil, dass es einen glatt umhaut.

»Nein, bin ich nicht. Wieso fragst du?«

»Och, nur so. Hast du einen schönen Abend mit Herrn Wagner verbracht? Oma hat erzählt, dass du mit ihm ausgegangen bist.«

»Ja. Wir waren im Schlosskeller essen und haben uns sehr nett unterhalten.«

»Das ist fein. Es freut mich, dass du mal wieder aus deinen vier Wänden rausgekommen bist und ein paar nette Stunden mit einem attraktiven Mann verbracht hast.«

»Woher willst du wissen, ob er attraktiv ist?«

»Von Oma, Judithkind, von wem denn sonst. Übrigens – ich hab einen Kuchen gebacken. Du bist hiermit herzlich heute Nachmittag zum Kaffee eingeladen. Babs kommt auch.«

Am Nachmittag …

Babs war schon da, als ich bei Mama eintrudelte. »Sag kein Wort über meinen Bauch, Judith«, sagte sie zur Begrüßung. »Ich weiß, wie ich aussehe. Wie ein trächtiges Walross. Elf Kilo hab ich zugenommen – jetzt schon. Ich bin so fett, nie wieder werde ich in meine Klamotten passen. Ich kann alles in die Altkleidersammlung geben, und Peter wird sich in eine andere Frau verlieben, weil's ihm vor mir gruselt.«

Ich küsste sie auf die Wange. »So ein Quatsch. Du bist rank und schlank. Na ja, jedenfalls dafür, dass das Baby in zwei Monaten kommt.«

»Du lügst sehr schlecht. Du solltest an der VHS einen Kurs im Schwindeln belegen.«

»Ich sage nichts als die reine Wahrheit. Weißt du denn noch, wie ich aussah, als Fredde unterwegs war?«

Sie grinste. »Ja. Wie eine Dampfwalze. Du hattest

20 Kilo mehr drauf, ich erinnere mich gut. Ich hab gedacht, du trägst ein Elefantenbaby spazieren.«

»So hab ich mich auch gefühlt. Ich hab einen Freudentanz aufgeführt, als ich wieder in meine Kleider passte.«

»Es hat ja auch vier Monate gedauert, bis du wieder in Form warst. Als du endlich deine Lieblingshose wieder zugekriegt hast, hast du mich zur Feier des Tages zu einem Glühwein auf dem Weihnachtsmarkt eingeladen. Wenn du nicht gekräht hättest: ›Sport ist Mord!‹, als ich dir ein Fitnessprogramm ausgearbeitet hab, hättest du deine Kilos wesentlich schneller wieder weggehabt.«

»Das ist nicht wahr. Ich erinnere mich genau, dass ich schwimmen gegangen bin. Und joggen.«

Babs zog die Augenbrauen hoch. »Also, *ich* erinnere mich nicht. Und ich habe ein exzellentes Gedächtnis.«

»Hört auf zu streiten, Kinder«, schaltete sich Mama ein. »Esst lieber noch ein Stück Marmorkuchen.«

Der Kuchen war köstlich. Mama erzählte, dass sie auch einen für Bernhard gebacken hatte. Er sei per Post unterwegs nach Göttingen.

»Und, Judith, wie war dein Rendezvous mit deinem Vermieter? Küsst er gut?«, fragte Babs.

Ich verschluckte mich an meinem Kaffee. Mama klopfte mir auf den Rücken. Als ich wieder Luft bekam, sagte ich: »Du hast vielleicht Nerven. Woher soll ich wissen, wie er küsst?«

»Er hat dich nicht geküsst?«

»Nein.«

»Er hat es noch nicht mal versucht?«

»Nein. Wir waren *essen,* Herrgott noch mal. Im Schlosskeller.«

»Das eine schließt das andere ja nicht aus«, sagte Mama.

»In diesem Fall doch.«

Ha – von wegen, ich kann nicht schwindeln. Ich kann's doch, ganz ohne Lehrgang.

Spät am Abend …

Ich hatte es mir gerade mit einem Buch und einem Becher Kakao im Bett gemütlich gemacht, als das Telefon klingelte. Ein Griff genügte ausnahmsweise: Es lag auf dem Nachttisch.

»Er hat dich doch geküsst«, sagte Babs. »Ich hab's dir an der Nasenspitze angesehen. Du solltest erst gar nicht versuchen, mich hinters Licht zu führen.«

»Ich fass es nicht. Deswegen rufst du an?«

»Ja.«

Babs' Ehrlichkeit war entwaffnend.

»Also gut. Er hat mir ein freundschaftliches Abschiedsküsschen gegeben. Wir sind jetzt per du. Zufrieden?«

»Es ist ein Anfang.«

»Der Anfang von was, bitteschön?«

»Der Anfang von etwas Neuem. Du hast ein bisschen Spass verdient.«

»Ich denke immer noch an Jan«, platzte ich heraus.

»Tu's nicht«, sagte Babs. »Ich weiß, dass das leichter gesagt als getan ist. Aber es bringt dir nur Kummer. Was vorbei ist, ist vorbei. Denk lieber an deinen Vermieter. Ich hab mir immer schon gedacht, dass es was zu bedeuten haben muss, dass ein allein stehender Mann im passenden Alter neben dir wohnt. Es muss ein Wink des Schicksals sein, denn so viele laufen nicht frei herum.«

»Ach, Babs. Bei dir hört sich alles immer so einfach an.«

»Manchmal *ist* alles einfach. Wenn man es nicht unnötig mit Gefühlen belastet und dadurch kompliziert macht. Das ist leider deine Spezialität. Steh dir nicht selbst im Weg! So. Das war mein guter Rat für den Tag. Und jetzt geh ich schlafen, Baby muss ins Bett.«

Ich werde mir nicht im Weg stehen. Ich lasse alles auf mich zukommen. Ob ich mir das aufschreiben und über mein Bett hängen soll? Hm. Nicht nötig, das kann ich mir auch so merken. Augen zu und durch. Mal sehen, wohin mich das führt.

14. Mai

Etwas Schreckliches ist passiert.

Tante Minchen ist gestorben. Heute Morgen lag sie tot im Bett. Sie habe sehr friedlich ausgesehen, hatte die Pflegerin Mama am Telefon erzählt. Wir fuhren sofort nach Göttingen; Mama, Babs, Peter und ich. Bernhard Wächter erwartete uns im Foyer des Heims. Zusammen gingen wir in Tante Minchens Zimmer. Nur wenig Persönliches war von einem langen Leben geblieben: Fotoalben, Briefe und Postkarten, die Bilder an den Wänden, ihre Kleider, Topfpflanzen, ein Plüschhase und ein Teddy; ein paar Kleinigkeiten aus ihrer Wohnung.

Mama nahm eine Porzellandose von Rosenthal in die Hand und hob den Deckel hoch. Es waren noch Pralinen drin von unserem letzten Besuch. Ich betrachtete das große, silbergerahmte Foto auf dem Nachttisch. Es war an Thomas' und meiner Hochzeit aufgenommen worden und zeigte Papa und Tante Minchen, wie sie einen Tango aufs Parkett legten. Ich hätte viel darum gegeben, sie noch einmal so sehen zu dürfen: voller Leben, sprühend vor guter Laune. Babs war meinem Blick gefolgt.

»Es kommt mir vor, als wäre die Hochzeit erst gestern gewesen. Wie schnell die Jahre vergehen. Wie schnell ein Leben vergeht.«

»Ja«, sagte Herr Wächter. »Carpe diem – nutze den Tag.« Er hatte Tränen in den Augen. Ich wusste, dass er an seine tote Frau dachte.

Mamas Lippen bewegten sich in einem lautlosen »Amen«.

Wir packten Tante Minchens Sachen zusammen. Nur der Pflanzendschungel auf der Fensterbank erinnerte noch an die Frau, die jahrelang in diesem Zimmer gelebt hatte. Sollten der alte Herr oder die alte Dame, die hier jetzt einziehen würden, Freude daran haben.

Die Beerdigung wird genau so sein, wie Tante Minchen sie sich gewünscht hat. Ein paar Tage vor dem Schlaganfall, der sie pflegebedürftig machte, sodass sie ins Heim übersiedeln musste, hatte sie Mama angerufen. »Ich hab darüber nachgedacht, wie ich einmal unter die Erde kommen will, wenn der Herrgott mich ruft. Ich möchte einen Eichensarg, was Ordentliches. Schließlich muss ich lange drin liegen. Und weiße Lilien hätte ich gern – ein Meer von weißen Lilien. Auf dem Sarg und in der Kirche. Und ihr sollt nicht traurig sein – Geschniefe und Geheule ist mir ein Gräuel. Ich hatte ein gutes Leben. Daran sollt ihr denken. Auf dem Kirchhof möchte ich Roy Black hören – *Mamatschi, schenk mir ein Pferdchen* und *Ganz in Weiß.*«

Ganz in weiß war ihr Lieblingslied gewesen. Tante Minchen war nie verheiratet gewesen. Ihre große Liebe war bei Stalingrad gefallen, und sie hatte nie mehr einen anderen Mann angesehen.

21. Mai

Die Beerdigung fand drei Tage später statt. Ich stellte mir vor, dass sie, wo immer sie jetzt war, zusah und zufrieden war, dass alles so ablief, wie sie es sich gewünscht hatte. Bis auf eines: Wir mussten weinen. Aber Tante Minchen verstand bestimmt, dass uns der Abschied von ihr schwer fiel. Sie hatte immer alles verstanden. Wenn ich als Kind Kummer hatte, konnte ich oft besser mit ihr darüber sprechen als mit Mama. Der Pfarrer, der Tante Minchen gut gekannt hatte, fand die richtigen Worte: »Sie war ein Mensch mit einem liebevollen Herzen, der dem Leben immer die Sonnenseite abgewinnen konnte.«

Mama wirkt verändert seit Tante Minchens Tod. Sie ist mit ihren Gedanken Lichtjahre von uns und vom Alltag entfernt. »Neulich kam sie vorbei«, erzählte Babs, als ich auf einen Kaffee bei ihr reinschaute. »Sie war einkaufen gewesen und hatte mir ein paar Sachen mitgebracht. Eier, Milch, Kaffee. Sie hatte einen ganz merkwürdigen Ausdruck in den Augen, beinahe so, als hätte sie eine Begegnung der dritten Art gehabt. Die Eier und die Milch räumte sie in den Backofen, den Kaffee in den Kühlschrank. Als ich sie darauf aufmerksam machte, schaute sie mich verdattert an.«

Ich hatte auch etwas beizutragen. »Ich hab ihr erzählt, dass Lisa eine Fünf in Mathe geschrieben hat. Weißt du, was sie dazu gesagt hat?«

Babs schüttelte den Kopf.

»Ja, Klara ist wirklich ein lieber Hund. Von Klara war zwar auch die Rede gewesen – aber vor einer ganzen Weile. Sie hatte gar nicht mitgekriegt, dass ich das Thema gewechselt hatte. Ich hab sie gefragt, was los ist. Ob ich ihr irgendwie helfen kann.«

»Das hab ich sie auch gefragt. Sie meinte, es ginge ihr gut. Sie sei nur ein bisschen zerstreut, weil sie über etwas nachdenken müsse.«

»Genau das hat sie zu mir auch gesagt. Mehr war ihr nicht zu entlocken.«

Wir sahen uns an und zuckten die Schultern. Ein solches Verhalten war völlig untypisch für Mama. Sehr geheimnisvoll, das Ganze.

Ralf hatte am Tag vor Tante Minchens Beerdigung angerufen. Er verreise ein paar Tage – ob ich so lieb sei, die Post und die Zeitungen aus dem Briefkasten zu nehmen und bei mir zu deponieren?

»Gern«, sagte ich.

Wir telefonierten lange miteinander. Redeten über alles Mögliche, lachten. Es war, als würden wir uns schon ewig kennen.

Eben war er da, um die Post abzuholen. Er war unverschämt braun. »Ich war bei meinen Eltern in Norddeutschland. Für mich ist das Erholung pur. Meine Mutter kocht alle meine Lieblingsgerichte und verwöhnt mich nach Strich und Faden. Ich arbeite auf dem Hof, gehe reiten, mit den Hunden spazieren und abends trinke ich mit meinem Vater ein Glas Rotwein.« Er erzählte von den Pferden Castor und Pollux, von den drei Jack-Russell-Terriern, die trotz ihrer kurzen Beine beim Ausritt mit den Pferden Schritt halten konnten. Dann fragte er, ob ich Lust hätte, am Abend mit ihm in *Star Wars* zu gehen.

Aber klar hab ich Lust, mit Ralf ins Kino zu gehen.

Anschließend waren wir noch im Einhorn, einer Kneipe in der Altstadt. Am runden Stammtisch in der Ecke entdeckte ich Usch. Sie war mit ihrer Aerobicgruppe da. Als ich zur Toilette ging, kam sie mir nach. »Er sieht gut aus. Interessant. Uuuuuund? Wie weit seid ihr inzwischen?«

Ich zuckte die Schultern. »Ich lasse alles auf mich zukommen.«

Sie grinste. »Das ist die richtige Einstellung. Ich bin übrigens ganz sicher, dass er was von dir will.«

»Wieso?«

Sie verdrehte die Augen. »Also, manchmal bist du nicht von dieser Welt, Judith.«

Noch ehe ich fragen konnte, was sie denn damit sagen wollte, drückte sie mir ihren Lippenstift in die Hand. »Probier den mal, okay? Ich wette, die Farbe steht dir.«

Brav malte ich mir die Lippen mit dem Stift an. Sie hatte Recht. Das Himbeerrot sah gut aus.

»Hab ich's doch gewusst. Und was deinen, ähm,

Begleiter angeht … ich bin ganz sicher. Ich hab ja Augen im Kopf.«

Ich öffnete den Mund.

»Bitte frag nicht. Sag auch nichts. Sonst fange ich an zu schreien. Und dann holt die Wirtin die Polizei, und ich werde aus dem Lokal geschmissen. Und du bist schuld.«

Wir mussten beide lachen.

»Also gut. Ich schweige. Aber dass der Lippenstift mir gefällt, darf ich sagen, oder? Ich glaub, den werde ich mir auch zulegen.«

»Rouge fou d'amour nennt sich die Farbe«, sagte Usch.

Rouge fou d'amour … diese Silben rinnen mir wie Honig über die Lippen. Definitiv muss ich einen Lippenstift besitzen, der so heißt.

»Du gefällst mir«, sagte Ralf. »Ich möchte dich gern näher kennen lernen.«

Ich sagte ihm, dass ich ihn auch sympathisch fand, und dass ich ihn auch gern näher kennen lernen würde. Er lächelte. »Wenn man uns so reden hört … Wir sind beide ziemlich vorsichtig, was? Wir sind keine 20 mehr und bringen unsere Erfahrungen mit. Auch die schlechten.«

Ralf erzählte, dass er sehr lange gebraucht hatte, um zu verkraften, dass seine Lebensgefährtin ihn wegen eines anderen Mannes verlassen hatte. »Die Katastrophe kam aus heiterem Himmel. Ich hatte keine Ahnung, dass sie seit Monaten ein Verhältnis mit einem anderen Mann hatte. Als ich von einer

Geschäftsreise zurückkam, standen ihre gepackten Koffer im Flur.«

»Bei mir war's ähnlich.« Ich berichtete über Thomas und Marianne. »Ich bin jetzt drüber weg. Mein Exmann und ich haben mittlerweile sogar ein freundschaftliches Verhältnis zueinander. Aber damals hat es wehgetan. Sehr.« Von Jan und mir erzählte ich nichts.

Ralf beugte sich zu mir vor und küsste mich zart auf den Mund.

Vor der Haustür küssten wir uns wieder. Diesmal war es kein freundschaftliches Küsschen. Wenn er gefragt hätte, ob ich Lust gehabt hätte, mir seine Briefmarkensammlung anzuschauen ... ich hätte es wohl getan. Aber er fragte nicht. Er sagte mir gute Nacht und ging.

Über kurz oder lang wird passieren, was passieren muss, wir wissen es beide. Die gegenseitige Anziehung ist da, auch wenn uns nicht der Blitz aus heiterem Himmel getroffen hat. Es ist alles ganz anders als bei Usch und Axel. Aber wo steht geschrieben, dass es bei uns so laufen muss wie bei den beiden? Ralf und ich haben unser eigenes Tempo.

22. Mai, nachmittags …

Was für ein strahlender Tag! Blauer Himmel, kein Wölkchen zu sehen, die Sonne lacht vom Himmel. Nicht, dass ich bisher viel von diesem Traumwetter gehabt hätte. Seit fünf Uhr morgens stehe ich in der Küche – eine Bekannte von Mama feiert heute ihren 70. Geburtstag. Sie hat zum Kaffee eingeladen mit anschließendem Abendessen. Ich hab schon vor ein paar Tagen Schwarzwälder Kirschtorte gebacken, Frankfurter Kranz, Sachertorte und Käsekuchen. Dem Himmel sei Dank für den Tiefkühlschrank. Heute hab ich noch einen Erdbeerkuchen und einen gedeckten Apfelkuchen fabriziert. Zum Abendessen gibt's Tomatensuppe mit Garnelen, dann Zwiebelschmorfleisch mit Rotwein; dazu einen Raukesalat mit gehobeltem Parmesan und selbst gebackene Brötchenstangen. Zum Nachtisch Vanillecreme. »Die hab ich als Kind schon so gern gegessen«, sagte meine Kundin, als ich sie besuchte, um das Menü mit ihr zu besprechen.

Ihre beiden Töchter werden sich auf der Feier um alles kümmern. Ich muss die Früchte meiner Arbeit nur gleich bei Frau Schnetzelmann vorbeifahren, dann hab ich frei, hurra. Ich werde durch die Stadt bummeln und ein Eis essen gehen.

Im Eiscafé am Rathausplatz ergatterte ich den letzten freien Tisch draußen und bestellte einen Erdbeerbecher. Menschenmengen schoben sich über den Platz und durch die Fußgängerzone; ganz Grafenberg schien bei dem schönen Wetter unterwegs zu sein. Ich entdeckte Marianne, die zielstrebig auf ihren Laden zusteuerte. Wir winkten uns zu. Die Zeiten, als ich ihr Aids, Pest und Genickbruch gleichzeitig an den Hals gewünscht habe, sind vorbei. Sie lebt ihr Leben mit dem Mann, von dem ich bald geschieden sein werde; ich lebe meines. Unsere Kinder sind ein Paar, ein Baby ist unterwegs. Ich möchte nicht, dass unser Enkelkind damit aufwachsen muss, dass seine Großmütter miteinander verfeindet sind.

Es machte Spaß, hier zu sitzen und die vorbeiflanierenden Leute zu beobachten. Wie in jedem Sommer waren bei etlichen Männern in Muscle-Shirts verpackte Bierbäuche über Shorts angesagt, kombiniert mit Socken und Sandalen. Erstaunlich war auch, wie viele Frauen, die es besser wissen müssten, sich in bauchfreie Tops zu Mikrominiröcken gewagt hatten. Ein dunkelhaariger, schmächtiger Junge fiel mir auf. Er mochte 13 oder 14 sein, trug eine Baseballkappe und paffte eine Zigarette. Auf seiner Schulter hockte ein gelber Wellensittich. Der Vogel machte keine Anstalten wegzufliegen. Er trippelte ein paar Schrittchen, plusterte das Gefieder auf und schnäbelte zufrieden am Hemdkragen seines Besitzers.

Schon von weitem entdeckte ich Jan. Er überragte die meisten Passanten und sein kupfriger Haarschopf leuchtete in der Sonne. An seiner Seite ging die dunkelhaarige Frau, mit der er im Schlosskeller essen war. Er hatte einen Arm um ihre Schultern gelegt; sie hatte ihren Arm um seine Hüfte geschlungen. Ein hübsches Paar, o ja. Ich grüßte lächelnd zurück, als Jan im Vorbeigehen »Hallo, Judith«, sagte.

Die Dunkelhaarige stutzte, musterte mich, wandte dann gelangweilt den Blick ab. Vor dem Schaufenster des Modehauses Rodolfo's blieben die beiden stehen. Die Dunkle sagte etwas zu Jan, er schüttelte den Kopf. Sie zuckte die Schultern und rauschte in den Laden, offensichtlich enttäuscht, dass Jan sie nicht begleitete. Na ja. Dass er keinen Fuß in Modehäuser setzt, hätte ich ihr vorher sagen können.

Jan kam zu mir herübergeschlendert. »Darf ich mich einen Moment zu dir setzen?«

O Gott, klang das steif. Genauso steif wie mein: »Ja, sicher. Gern.«

Er bestellte einen Kaffee. Erklärte, dass Annette (aha, sie heißt Annette, ich bin allerdings nicht sicher, ob mich das wirklich interessiert) sich bestimmt länger in dem Laden aufhalten werde, sie gehe leidenschaftlich gern shoppen.

»Rodolfo's hat schöne Sachen«, steuerte ich bei und zündete mir eine Zigarette an, um meine Verlegenheit zu überspielen. Warum ich verlegen war? Keine Ahnung. Es gab absolut keinen Grund dazu.

Die Bedienung brachte Jans Kaffee. »Wie geht's

dir, Judith?«, erkundigte er sich, nachdem er einen Schluck getrunken hatte.

»Sehr gut. Dir auch, wie's scheint.«

Seine Augen huschten hinüber zu Rodolfo's. »Ja. Auch sehr gut.«

»Das war ja ein Zufall neulich im Schlosskeller«, sagte ich. »Dass wir ausgerechnet am selben Abend dort waren, meine ich.«

»Das stimmt. Ich freue mich übrigens für dich, dass du jemanden gefunden hast, an dem dir offensichtlich viel liegt.«

»Ja, Ralf und ich verstehen uns gut. Die Beziehung steht noch am Anfang, aber ich denke, wir werden sehr glücklich miteinander werden.«

Jan und ich haben für unsere geistreiche, tiefgründige Konversation einen Oscar verdient, daran kann es keinen Zweifel geben.

Er räusperte sich. »Bei Annette und mir ist es ähnlich.«

Wenn man von der Sonne spricht ... Annette kam mit einer Tüte bewaffnet aus dem Laden und sah sich suchend nach Jan um. Jan winkte. Annette kam zu uns herüber. Wenn Blicke töten könnten, wäre ich leblos vom Stuhl gesunken. Auch aus der Nähe betrachtet war sie eine Augenweide. Ihr Gesicht war ein perfektes Oval, sie war perfekt geschminkt und das weiße Leinenkleid passte perfekt zu einem Stadtbummel an einem sonnigen Tag im Mai.

Jan stellte mich als seine Schwägerin vor. Annette entspannte sich sichtlich, setzte ein Lächeln auf, das ihre perfekten Zähne zur Geltung brachte, und schüttelte mir die Hand. »Nett, Sie kennen zu lernen.« Ich murmelte, dass es mir ebenso ginge.

Jan stand auf. »Lass uns gehen. Ich hab heute Nachtdienst.«

Ich sah ihnen nach. Annette hatte sich bei Jan eingehängt. Auch von hinten waren sie ein schönes Paar.

27. Mai, mitten in der Nacht …

Ich liege in einem fremden Schlafzimmer. Mit einem fremden Mann. Na ja – so fremd ist er mir nicht mehr. Ich kenne seinen Körper, seinen Geruch, spüre noch seine Hände auf mir. Er schläft. Er habe Schmetterlinge im Bauch gehabt, als wir in der Vollmondnacht auf seiner Terrasse saßen, flüsterte er mir ins Ohr, nachdem wir uns geliebt hatten. Er ist leidenschaftlich. Zärtlich. Ich bin sehr glücklich und sehr müde. Ralf seufzt leise im Schlaf. Ich drehe mich auf die Seite und kuschle mich in die Bettdecke. Der Wecker auf dem Nachttisch zeigt zwei Uhr an. Um halb sechs wird er klingeln – dann gehe ich nach Hause. Niemand weiß, dass ich bei Ralf übernachte. Ich hatte ihn zu einem Glas Wein und Quiche Lorraine eingeladen. Wir saßen auf der Terrasse und sahen zu, wie die Sonne unterging und der Himmel sich langsam verdunkelte. Lisa hatte mit uns gegessen und war dann in ihr Zimmer verschwunden. Ich hatte ihr erklärt, dass Ralf und ich beschlossen hatten, uns näher kennen zu lernen. Sie sah mich mitleidig an. »Du drückst dich vielleicht komisch aus! Sag doch, was Sache ist. Es läuft also was zwischen euch – na, das war mir von Anfang an klar.«

»Dann hast du mehr gewusst als ich.«

»O Mama. Du bist ganz schön verklemmt.«

Ralf hat gesagt, dass er verrückt nach mir ist. Dass er am liebsten noch in jener Vollmondnacht mit mir ins Bett gegangen wäre. Dass er mich immerzu anschauen könnte. Aber er wollte es langsam angehen lassen. »Ich stürze mich nicht schnell in ein Abenteuer. Ich komme aus Niedersachsen – da sind die Menschen bodenständig.« Er strich mir das Haar aus der Stirn. Ich küsste seine Nasenspitze.

Ein bodenständiges Abenteuer ist genau das, was ich gesucht habe, das weiß ich jetzt. Etwas Neues, Aufregendes hat begonnen. Nicht nur Ralf hat Schmetterlinge im Bauch – auch bei mir flattert etwas. Und das ist ein wunderschönes Gefühl.

5.45 Uhr

Als ich nach Hause kam, lief ich Oma über den Weg. Sie kam aus ihrem Zimmer, frisch wie der junge Morgen, die Haare aufgesteckt, fix und fertig angezogen. Klara, die neuerdings bei ihr im Zimmer schlief, begrüßte mich stürmisch. »Guten Morgen, Oma. Du bist heute aber früh auf.«

»Du auch.« Sie musterte mich von oben bis unten und fing an zu lachen. »Ich geh dann mal Frühstück machen.«

Ich hege den Verdacht, dass Oma weiß, wo ich die Nacht verbracht habe. Merkwürdig. Verfügt sie neuerdings über hellseherische Fähigkeiten?

Ich ging nach oben. Es war noch genug Zeit, um zu duschen und mich umzuziehen, bevor ich Lisa wecken musste. Frederick war bei Sabina. Im Badezimmerspiegel sah ich, was Oma gesehen hatte, total verschmierte Wimperntusche, total verlaufenes Make-up und einen dicken Knutschfleck auf dem Hals. Und mein T-Shirt trug ich links. Und falsch herum. Das H & M-Etikett prangte vorn.

11 Uhr

Oma war bereits bei den Lohners, um einen Kartoffel-Blumenkohl-Auflauf zuzubereiten. Sie hatte eine Riesenschüssel voller Erdbeeren mitgenommen, denn wir erstickten geradezu in Erdbeeren. Kemal hatte angerufen. Auf der Plantage seines Cousins im Rheinland seien die Erdbeeren reif, er habe gerade eine Lieferung bekommen. Ob ich interessiert sei? Er könne mir einen guten Preis machen. Ich fuhr sofort zu Kemals Laden und kaufte ein paar Steigen, denn ich wollte Marmelade kochen. Seit neuestem biete ich meinen Kunden nebenbei ein kleines Spezialitätensortiment an: kandierte Früchte, hübsch verpackt; Marmeladen und Konfitüren; Sirup; Olivenöl und Essig mit Kräutern; Pralinen; in Olivenöl konservierte italienische Antipasti. Alles selbst gemacht, versteht sich. Das Nebengeschäft läuft gut.

Jetzt sitze ich also am Küchentisch und putze Erdbeeren und denke, dass Oma heute merkwürdig drauf ist.

»Bist du glücklich, Judith?«, hat sie mich gefragt, bevor sie ging.

Eine merkwürdige Frage, die noch dazu völlig überraschend kam.

»Warum fragst du mich das?«

»Weil ich es gern wissen würde. Die Frage ist ernst gemeint, Judith.«

»Ja, sicher bin ich glücklich. Ich habe meine Familie, einen Beruf, der mir Spaß macht, und es gibt noch so viel anderes in meinem Leben, das mich glücklich macht.«

Oma steckte eine Erdbeere in den Mund. »Das ist schön, Kind. Das freut mich.«

3. Juni, abends …

Mama hatte mittags angerufen, um die ganze Familie zu einem Gläschen Wein und ein paar Häppchen einzuladen – ganz spontan.

»Die ganze Familie? Oma, die Kinder, Babs und Peter?«

»Dich auch. Ich möchte alle meine Lieben um mich haben. Mir ist heute danach.«

Mama hörte sich fröhlich an. Und zum ersten Mal seit Tante Minchens Tod klang ihre Stimme präsent im Hier und Jetzt und nicht so, als weile sie mental auf einer Ebene, zu der außer ihr niemand Zutritt hat.

»Das ist eine schöne Idee, Mama. Wir kommen gerne. Soll ich eine Kleinigkeit mitbringen? Ich hab noch einen Mangoldkuchen im Tiefkühlschrank.«

»Das ist lieb von dir, Kind, danke. Also bis heute Abend, Bernhard und ich freuen uns sehr.«

Glück erfüllt beinahe greifbar das Wohnzimmer: Mama und Bernhard haben uns soeben erzählt, dass sie den Bund fürs Leben schließen wollen.

»Ich hätte nicht gedacht, dass ich nach dem Tod eures Vaters je noch einmal heiraten will«, sagte Mama. »Nach einem Partner habe ich mich schon gesehnt. Aber ein Trauschein hat mir nichts mehr bedeutet.«

Bernhard legte den Arm um ihre Taille. »Ich habe Margot schon vor Ewigkeiten einen Antrag gemacht. Was heißt, einen – ich habe sie mit Anträgen überschüttet. Sie ist die Frau meines Lebens.« Er lächelte sie zärtlich an.

Ach, ist das romantisch. Die beiden strahlen, leuchten von innen heraus. Ich möchte diesen Augenblick für immer festhalten.

»Tante Minchens Tod hat mir die Augen geöffnet«, fuhr Mama fort. »Das war es, was mich in letzter Zeit so beschäftigt hat. Das Leben ist zu kurz, um nein zu sagen, wenn man jemanden so liebt, wie ich Bernhard liebe. Wir gehören zusammen, bis dass der Tod uns scheidet, und die ganze Welt soll es wissen.«

Einen Augenblick war es so still im Raum, dass man eine Stecknadel hätte fallen hören können. Dann sagte Lisa: »Oh, Mann, Oma – ich find's megacool, dass du heiratest. Ich streue Blumen in der Kirche und trage deine Schleppe.«

Frederick grinste. »Oma Margot zieht bestimmt kein Kleid mit Schleppe an.«

»Nein, ich glaube nicht«, sagte Mama und zwinkerte Frederick zu.

»Wieso denn nicht? Das Kleid, das Mette Marit anhatte, war total super – sie sah aus wie ein Burgfräulein. So was würde dir auch stehen.«

»Schnickschnack«, sagte Oma. »Ein dunkelblaues Kostüm und eine weiße Bluse – damit ist jede Braut perfekt angezogen. Und man kann es noch zehn Jahre später zu jeder Gelegenheit tragen.« Sie umarmte Mama und schüttelte Bernhard die Hand. »Das ist ein guter Mann, den du dir da ausgesucht hast, Margot. Ich wünsche euch beiden alles Glück der Welt.«

Nachdem der Anfang gemacht war, brach ein Sturm von Glückwünschen und Umarmungen über Braut und Bräutigam herein. Babs fing an zu weinen. Peter zog ein Taschentuch aus der Hosentasche und reichte es ihr. Babs tupfte sich vorsichtig über die Augen, um ihre Wimperntusche nicht zu verschmieren, und lächelte unter Tränen. »Das sind die Hormone. Ich heule andauernd in letzter Zeit. Denkt euch nichts dabei.«

Ha, von wegen Hormone. Meine taffe Schwester ist vor lauter Rührung dahingeschmolzen wie Butter in der Sonne.

Nachdem wir auf das Wohl des Brautpaars angestoßen hatten, setzten wir uns zum Essen. Das große Ereignis, berichtete Mama, sollte am 28. Juni stattfinden.

»Ach Gott«, jammerte Babs. »Ich werde nicht durch die Standesamttür passen. Und ich weiß nicht, ob ich auf die Schnelle ein elegantes Zelt besorgen kann. Ich werde mich an eurem Ehrentag in ein Satinbettlaken in Übergröße hüllen müssen.«

»Ach was, Schatz. Du nähst dir einfach was. Du wirst umwerfend aussehen«, meinte Peter.

Babs zog eine Schnute. »Ich hab schon ewig nichts mehr genäht. Aber ich werd wohl müssen. Na ja, seit ich im Mutterschutz bin, hab ich ja Zeit.« Sie sah Mama hoffnungsvoll an. »Ihr würdet nicht in Erwägung ziehen, erst zu heiraten, wenn das Baby da ist?«

Mama legte ihre Hand auf Bernhards Hand und schüttelte lächelnd den Kopf. Ich verstand sie gut. Jetzt, da die Entscheidung getroffen war, zählte für sie jeder Tag. Sie konnte es nicht erwarten, endlich Bernhards Ring am Finger zu tragen.

Zu Lisas abgrundtiefer Enttäuschung wird es nur eine standesamtliche Trauung geben, keine kirchliche. »Aber warum denn nicht? Ich will Blumen streuen. Das gehört dazu, sonst ist es keine richtige Hochzeit.«

Bernhard erklärte, dass er schon vor Jahren aus der Kirche ausgetreten sei. »Aber du kannst gerne vor dem Standesamt Blumen streuen, Lisa. Das ist eine wunderschöne Idee.«

Gefeiert wird im Bankettsaal des Schlosskellers. Ich öffnete den Mund. Mama hob die Hand. »O nein, Judith. Du wirst bei unserer Hochzeit nicht schuften. Du wirst dich amüsieren. Keine Widerrede – das ist mein letztes Wort.«

Mama und Bernhard haben sogar eine Drei-Mann-Band engagiert. »Du wirst mit deinem Ralf das Tanzbein schwingen, Judith, und ich sitze da, dick wie ein Elefant, und muss zugucken. Das ist nicht gerecht.«

Worauf Oma bemerkte, es stünde nirgendwo geschrieben, dass Elefanten Mauerblümchen spielen müssten.

Babs schoss einen Blick ab, der wirkungslos an Oma abprallte.

4. Juni, morgens …

Ich hab schlecht geschlafen und wirres Zeug geträumt. Ein Elefant mit einer rosa Satinschleife auf dem Kopf wiegte sich zu Walzerklängen auf der Tanzfläche des festlich geschmückten Bankettsaals. Peter hielt das Tier am Rüssel fest und sagte immer wieder: »Wunderbar, Schatz, weiter so, du bewegst dich leicht wie eine Feder!« Ich – in einem tief ausgeschnittenen, roten Kleid, das ich nie besessen habe und wohl auch nie besitzen werde – lief wie ein aufgescheuchtes Huhn herum und suchte Ralf. Eben noch hatte er neben mir am Tisch gesessen und an seinem Rotwein genippt, im nächsten Augenblick hatte er sich mitsamt dem Glas, das er in der Hand hielt, in Luft aufgelöst. Ein Flimmern, ein gedämpftes »Plopp« – und weg war er.

»Ralf!«, rief ich. »Was machst du denn? Komm zurück!«

Niemand außer mir schien zu bemerken, dass Ralf verschwunden war. Schlimmer noch: Sie taten so, als sei er nie da gewesen.

»Mit wem redest du denn, Judith?«, fragte Sabina, die mir gegenübersaß.

»Mit Ralf natürlich. Er hat doch eben noch neben mir gesessen! Und jetzt ist er weg.«

»Niemand war hier«, sagte Sabina.

Frederick nickte. »Der Stuhl neben dir ist schon den ganzen Abend frei. Was ist bloß los mit dir, Mama?«

Lisa machte große Augen. »Sie hat bestimmt einen Alien gesehen. Wie in *Akte X*.«

Ja, waren denn alle außer mir komplett durchgedreht?

Im nächsten Moment irrte ich durch den Saal, als sei der Teufel hinter mir her. Irgendwo musste Ralf doch stecken! Mama, in einem cremefarbenen Brautkleid mit Schleppe und Orangenblütenkränzchen im Haar, rief mir zu: »Du ziehst ein Gesicht zum Fürchten, Kind. Deine negativen Schwingungen machen Babs zu schaffen. Sie ist nun mal hochsensibel.« Der Elefant auf der Tanzfläche trompetete zustimmend und warf mir einen unfreundlichen Blick zu. Ich setzte ein Lächeln auf und ging langsam weiter. Die Gäste – die meisten kannte ich merkwürdigerweise nicht – starrten mich an. In der Nähe der Tür entdeckte ich Oma. Sie saß allein an einem Tisch und löste ein Kreuzworträtsel. »Hast du Ralf gesehen?«, fragte ich. Sie musterte mich über den Rand ihrer Brille. »Nein. Ich kann dir auch nicht helfen. Das kommt davon, Judith. Du bist selbst schuld.«

Leider klingelte der Wecker, ehe ich sie fragen konnte, was, zum Kuckuck, sie damit meinte. Ich hätte das Ding an die Wand schmeißen können. Ich hätte alles an die Wand schmeißen können, einschließlich Klaras Büffelhautknochen, über den ich auf dem Weg ins Badezimmer stolperte. Dabei gab es überhaupt keinen Grund für schlechte Laune, denn Träume sind Schäume, wie jeder vernünftige Mensch weiß. Ich musste mit dem linken Fuß zuerst aufgestanden sein.

Wenn du erst mal gefrühstückt hast, geht's dir besser, sagte ich mir. Selten hatte ich mich so auf meinen Kaffee gefreut wie an diesem Morgen, nur um feststellen zu müssen, dass keiner im Haus war. Ich flitzte also mit Klara los zum Tante-Emma-Laden in der Ringstraße. Als ich zurückkam, klingelte das Telefon. Es dauerte eine Weile, bis ich es fand, denn es lag unter dem Sofa. An der Strippe war jemand, der sich mit Frau Ahrweiler vorstellte und mir einen guten Morgen wünschte. Es lag mir auf der Zunge, zu fragen, was an einem Morgen gut sein konnte, der so angefangen hatte – ich hatte immer noch keinen einzigen Schluck Kaffee intus, obwohl Oma inzwischen welchen gekocht hatte. Aber ich beherrschte mich. Die arme Frau – wer immer sie sein mochte, obwohl mir der Name vage bekannt vorkam – konnte ja nichts dafür, dass ich so mies drauf war. Und sie hatte, weiß Gott, Ausdauer bewiesen. Der Anruf musste wichtig sein.

»Ich würde gern ein Menü mit Ihnen besprechen«, sagte Frau Ahrweiler. »Es geht um eine Geburtstagsfeier. Diesen Freitag. Ich hoffe, Sie können es so kurzfristig einrichten, für mich zu kochen? Es war eine ganz spontane Idee … Ist es Ihnen recht, wenn ich jetzt gleich bei Ihnen vorbeikomme, damit wir alles besprechen können? Ich bin in Ihrer Nähe und muss erst um neun im Büro sein.«

Was für ein Wortschwall in aller Herrgottsfrühe. Es dauerte einen Moment, bis ich alles sortiert hatte. Dann schoss mir durch den Kopf: Jetzt gleich?! Schreck, lass nach. Aber Auftrag ist Auftrag, ich muss flexibel auf die Wünsche meiner Kunden eingehen.

»Ja, Freitag kann ich einrichten. Und Sie können gern gleich vorbeikommen, das passt mir gut.«

O, Gott, was hab ich da gesagt. Ich bin noch nicht mal geduscht.

Egal.

Ich renne nach oben. Raus aus den alten Jeans und dem T-Shirt, das schon bessere Tage gesehen hatte. Rein in das türkisfarbene Hemdblusenkleid. Ich hatte gerade noch Zeit, mich zu kämmen, mit »Allure« einzunebeln und ein bisschen Lippenstift aufzulegen, als es auch schon an der Tür klingelte.

Beinah hat mich der Schlag getroffen, und das auf nüchternen Magen. Bei Frau Ahrweiler handelt es sich um niemand anderen als um Jans Freundin Annette. Perfekt geschminkt, in einem schicken roten Leinenkostüm und hochhackigen, schwarzen Sandaletten.

»Oh – Sie sind das«, entfuhr es mir. Ich merkte, wie ich rot anlief vor lauter Entsetzen über mich selbst. Am liebsten wäre ich in den Boden versunken.

»Ja, ich bin das. Guten Morgen.« Sie lächelte mich strahlend an.

Ich führte meine Kundin ins Wohnzimmer und wünschte mir, dass ich Geschäftsräume hätte. Ich hab vor, etwas anzumieten, wenn ich erst etabliert bin. Dann kann ich eine chromblitzende, mit allen Raffinessen ausgestattete Küche vorweisen und ein ganz in Weiß und Hellgrau gehaltenes Büro, in dem ich meine Kunden empfange. Auf meinem Schreibtisch werden immer frische Blumen stehen. Wie wär's mit gelben Rosen? Die passen farblich dazu. Ich könnte sie zu meinem Markenzeichen erheben – Paloma Picasso hat ihren knallroten Lippenstift und ich meine Blumen. Jeder Kunde bekommt zum Abschied ein Röschen in die Hand gedrückt … das ist eine nette Geste. So was spricht sich herum. Schön wäre auch eine Assistentin oder ein Assistent, der Kaffee serviert. Es zeugt von Erfolg, wenn man in der Lage ist, ein zusätzliches Gehalt zu finanzieren.

»Eine Tasse Kaffee?«

»Wenn es Ihnen nicht zu viel Mühe macht …«

Ich versicherte ihr, dass es mir keineswegs zu viel Mühe machte.

Ich holte nicht nur den Kaffee, sondern auch mein Handwerkszeug: Block, Stift und die Mappe mit appetitlichen Fotos meiner besten Kreationen und den Vorschlägen für Menüs und Büfetts. Frau Ahrweiler überflog die Mappe mit gelangweiltem Blick und legte sie zur Seite.

»Sie sprachen am Telefon von einer Geburtstagsfeier … was schwebt Ihnen da in kulinarischer Hinsicht vor?«

»Ein raffiniertes, erotisches Menü für zwei Personen.«

Erotisch. Oh.

Jan hat am Freitag Geburtstag, fällt mir ein. Wieso hab ich nicht früher daran gedacht? Ich kenne ihn mein halbes Leben lang. Das Adjektiv »erotisch« liegt mir im Magen, aber ich bringe es fertig, mir nichts anmerken zu lassen. Ich lasse mir auch nicht anmerken, dass Frau Ahrweiler sicherlich nie zu meinen Lieblingskundinnen zählen wird. Ich gehe diesen Auftrag genauso professionell an wie alle anderen.

Amen.

»Möchten Sie das Menü ins Haus geliefert haben, oder ist es Ihnen lieber, wenn ich es in Ihrer Küche zubereite?«

Frau Ahrweiler wünschte, dass ich bei ihr zu Hause kochte. Sie erklärte mir auch, was sie unter einem erotischen Menü verstand. »Kein Knoblauch, keine Zwiebeln. Nichts, was den Magen belastet. Ich wünsche mir ein Essen, das die Sinne weckt. Überraschen Sie mich.« Sie lächelte. Ob sie den Schlafzimmerblick vor dem Spiegel geübt hatte?

Vielleicht sollte ich eine Ausgabe des *Kamasutra* als Tischdekoration empfehlen …

Einen Moment war ich versucht, den Auftrag abzulehnen. Aber es gab keinen einzigen vernünftigen Grund dafür, außer der Tatsache, dass mir Annette Ahrweiler von Sekunde zu Sekunde unsympathischer wurde.

Wir vereinbarten, dass ich verschiedene Menüvorschläge ausarbeiten und sie ihr heute noch an ihre geschäftliche E-Mail-Adresse senden würde. »Vier Gänge reichen völlig. Und denken Sie dran: leicht, leicht und noch mal leicht. Ich muss auf meine Linie achten. Jan liebt nun mal schlanke Frauen.«

Sie zog eine Visitenkarte aus ihrer Handtasche und reichte sie mir. Ich warf einen schnellen Blick drauf. Aha. Frau Ahrweiler ist Steuerberaterin. Sie warf einen Blick auf ihre Armbanduhr. »Ich muss los. Ich habe gleich um neun einen wichtigen Termin.« Ich brachte sie zur Tür. Dann rannte ich in die Küche und stürzte zum Fenster. Madame Ahrweiler stieg soeben anmutig in ein schwarzes Mercedes Cabrio.

»Das war Jans Freundin«, sagte ich zu Oma, die am Küchentisch saß und ein Honigbrot aß. »Ich soll am Freitag ein Menü für zwei Personen für sie kochen.«

Oma leckte das Messer ab. »Am Freitag hat Jan Geburtstag.«

»Richtig.«

Oma gab einen Laut von sich, der ein Seufzen hätte sein können. Oder auch nicht. Vielleicht kratzte der Honig in ihrer Kehle. Ich setzte mich zu ihr und schenkte mir Kaffee ein, essen wollte ich nichts, der Appetit war mir vergangen. Ein ganz und gar idiotischer Gedanke schlug Purzelbäume in meinem Kopf: Wenn Jan so glücklich war mit der perfekten, erfolgreichen Annette und ihrer perfekten Figur – was hatte er dann je an mir gefunden? Alles, aber auch wirklich alles zwischen uns musste ein furchtbarer Irrtum für ihn gewesen sein.

23 Uhr

Ich bin völlig fertig, total runter mit den Nerven, und meine Augen brennen, weil ich so lange vor dem Computer gesessen hab. Und Kochbücher hab ich gewälzt bis zum Abwinken. Wenn ich behaupte, 50 erotische Menüs im Lauf des Tages und Abends an Madame Ahrweiler gemailt zu haben, dann ist das nicht gelogen. Vor fünf Minuten endlich rief sie an und gab ihren Segen zu:

Grüner Spargel
mit Kirschtomaten, Olivenpaste und
gehobeltem Parmesan

Hühnerbouillon
mit Spargelspitzen, Zitronengras und
Riesengarnelen

Seezungenfilets
mit Spargelspitzen und frischen jungen
Erbsen

Millefeuille von frischen Himbeeren

Frau Ahrweiler hat definitiv eine Vorliebe für Spargel. Ihr Sinn für Erotik ist so subtil wie ein Holzhammer, aber das soll nicht meine Sorge sein.

Ich weiß nicht, ob ich mich freuen soll, dass endlich ein Menü Gnade vor ihren Augen gefunden hat. Wenn sie schon so, ähm – nennen wir es mal anspruchsvoll ist, wenn es um die Auswahl geht, wie wird es erst sein, wenn ich in ihrer Küche stehe? Wird sie mir die ganze Zeit im Nacken sitzen? Halt, nicht zu viel Pfeffer, und haben Sie die Himbeeren auch ordentlich gewaschen und das Zitronengras klein genug geschnitten? Ich höre schon ihre Stimme. Ich sollte den Auftrag ablehnen. Irgendeine blöde Ausrede erfinden. Krank werden, vielleicht ... im Moment grassiert eine Sommergrippe in Grafenberg. Aber mein Stolz lässt das nicht zu. Ich werde doch wohl in der Lage sein, eine zick... ähm – anspruchsvolle Kundin zufrieden zu stellen. Besonders, wenn es sich dabei um die Freundin meines Exschwagers in spe handelt.

7. Juni, später Nachmittag …

Am Morgen hatte ich Jan angerufen, um ihm zu gratulieren. Er schien sich zu freuen, dass ich an ihn gedacht hatte; seine Stimme klang herzlich, als er sich für die Glückwünsche bedankte. Er war allerdings ziemlich in Eile, ein Zahnarzttermin stand an.

»Du Armer. Ausgerechnet an deinem Geburtstag.«

»Ach, es ist nichts Schlimmes. Hoffe ich jedenfalls.«

Frau Ahrweiler und ich haben in den letzten Tagen häufig miteinander kommuniziert, per Mail und per Telefon und persönlich, als sie vorbeikam, um ihre Anzahlung zu leisten. Wenigstens die finanzielle Seite ging glatt über die Bühne. Ich werde jetzt gleich mitsamt meinen Einkäufen zu ihrer Wohnung fahren. Um sieben Uhr soll ich verschwunden sein – der Gast wird um halb acht erwartet. Die Seezungenfilets mit frischen jungen Erbsen soll ich auf zwei Tellern anrichten, Frau Ahrweiler wird sie dann in der Mikrowelle aufwärmen. Ebenso wird sie mit der Hühnerbouillon mit Riesengarnelen verfahren. Der grüne Spargel und das Millefeuille von Himbeeren werden ja kalt serviert …

Frau Ahrweiler residierte im besten Viertel von Grafenberg, ein Privileg, das sie mit dem Dollar-

Hugo und seinem gelben Rolls-Royce teilte. Der Dollar-Hugo und sein rollender Kramladen haben sich übrigens aufs Altenteil zurückgezogen. Das *Grafenberger Echo* brachte kürzlich einen Artikel über den Pensionär. Mit Foto. Hugo – klein und rundlich, mit Glatze und Rauschebart – grinste schlitzohrig in die Kamera. Oma vermisst ihn schmerzlich. »Hör zu, Judith. Da steht: Hugo Wetzel, von den Grafenberger Bürgern liebevoll Dollar-Hugo genannt, hat das Bild unserer Stadt über 40 Jahre lang entscheidend mit geprägt. In jedem Viertel war er mit seinem Wagen unterwegs, alle kannten und mochten ihn und kauften gerne bei ihm ein. Nicht nur aufgrund des breit gefächerten, überaus preiswerten Warenangebots: Für jeden – vom Säugling bis zur Greisin – hielt er ein freundliches Wort und ein kleines Geschenk bereit …« Oma legte die Zeitung beiseite. »Er hat ein Haus auf Lanzarote. Da wird er auf seine alten Tage den Winter verbringen. Ach, ich wünschte, er hätte gewartet mit der Pensionierung, bis ich unter der Erde bin. Die paar Jährchen hätte er noch durchhalten können, er ist doch erst 61. Ich brauche neue Schürzen. Preiswerter als beim Hugo gibt's die nirgendwo. Und er hat mir immer einen Kuli geschenkt. Weil ich doch so gerne Kreuzworträtsel löse.«

Was immer man bei Hugo zu einem Spottpreis erstanden hatte, hielt nicht lange. Aber niemandem wäre es je in den Sinn gekommen, sich zu beschweren. Es störte Oma noch nicht mal, dass die Kulis nach dreimaligem Gebrauch den Geist aufgaben.

Das lag an den Preisen und vor allem an Hugos Charme, mit dem er die Affen von den Bäumen hätte locken können, wäre er im Dschungel mit seinem Wagen vorgefahren. »Einem geschenkten Gaul schaut man nicht ins Maul. Kauf ich mir eben neue Minen und fertig«, pflegte sie zu sagen.

Ich fuhr an Hugos Jugendstilvilla vorbei, die in einem weitläufigen Garten mit alten Bäumen stand. Das gelbe Luxusgefährt parkte auf einem kiesbestreuten Rondell vor dem Haus. Zwei Straßen weiter befand sich der moderne Bau, in dem Frau Ahrweiler in der Penthouse-Wohnung mit Dachgarten residierte. Eine sehr schöne Wohnung: groß und hell und luftig; geschmackvoll und teuer möbliert. Die perfekte Wohnung für die perfekte Frau, dachte ich, als sie mich durch den offenen Wohnraum (dunkelblaue Ledergarnitur, Glastische, ultramoderne Lampen, kombiniert mit einem antiken Kirschholzschrank und einem Sekretär und Perserteppichen auf Schiffsparkett) in die Küche führte. Meine Kundin trug einen Bikini (der ihre perfekte Figur unverschämt gut zur Geltung brachte), was mich hoffen ließ, dass sie sich bald wieder zum Sonnenbaden auf den Dachgarten verkrümeln und mich in Ruhe arbeiten lassen würde.

»Sie kommen ohne mich klar, oder?«, fragte sie zu meiner Erleichterung sofort.

»Aber sicher. Ich bin es gewöhnt, mich in fremden Küchen zurechtzufinden.« Diese Küche war hervorragend ausgestattet. Was mir von vornherein klar gewesen war – ich hätte meine linke kleine Zehe darauf verwettet. Für Annette Ahrweiler kam nur das Beste in Frage. Sie zog ohne ein weiteres Wort davon. Ich machte mich an die Arbeit. Wie immer, wenn ich koche, erfüllte mich ein tiefer Friede.

Zwei Stunden später …

Alles war fertig. Ich war zufrieden. Die Millefeuille von Himbeeren – eine Komposition aus knusprigen, dünnen Teigtalern, die mit Himbeersahne und Früchten dazwischen in drei Lagen aufeinander geschichtet werden – war mir besonders gut gelungen. Ich hatte zwei gemacht, und sie sahen zum Anbeißen aus. Frau Ahrweiler musste sie vor dem Servieren nur noch mit Himbeersoße, ganzen Himbeeren und Puderzucker garnieren. Auf der Suche nach meiner Auftraggeberin wanderte ich hinaus auf den Dachgarten. Von Frau Ahrweiler keine Spur. Dafür stach mir ein für zwei Personen festlich gedeckter Tisch ins Auge. Und ein Blumenmeer: Überall standen Terrakottakübel mit Geranien, Lobelien, Petunien und Heliotrop. Zwei Palmen bewegten raschelnd die Wedel, als ein leichter Wind durch sie strich. Ich entdeckte Orangen und Zitronenbäumchen und mit lila Blüten überschäumte Bougainvilleen; Oleander und Hibiskus. Ich stellte mich an die Brüstung. Man sah über die halbe Stadt. Friedlich lag sie in der Abendsonne, eingebettet in sanft geschwungene, bewaldete Hügel.

»Ein schöner Blick, nicht wahr?«

Frau Ahrweiler war neben mir auf getaucht. Sie trug ein ärmelloses, kurzes Etuikleid aus blassblauer Seide und hatte die Haare locker aufgesteckt. An ihren Ohren blitzten goldene Kreolen, und sie duftete nach Chanel Nr.5.

»Ja, ganz wunderbar. Das Menü ist fertig. Wenn Sie mit mir in die Küche kommen möchten, um sich alles anzuschauen …?«

Sie rührte sich nicht vom Fleck. »Wissen Sie, dass Jan es sehr bereut, sich je mit Ihnen eingelassen zu haben? Im Bett, meine ich. Er sagte, es sei der größte Fehler seines Lebens gewesen.«

Im ersten Moment dachte ich, ich hätte mich verhört. Ich starrte sie mit offenem Mund an.

»Das hört sich jetzt sehr … wie soll ich sagen … unverblümt an. Aber ich finde, Sie sollten wissen, was Ihr Exlover über Sie erzählt. Ich würde es auch wissen wollen.«

Eine Faust presste mein Herz zusammen. Ich bekam kaum noch Luft. Es war ein entsetzliches Gefühl.

»Jan hat mit Ihnen über unsere Beziehung gesprochen?«

Sie sah mich mitleidig an. »Ja, oft. Es hat ihn gequält, dass er nicht schon nach der ersten Nacht Schluss gemacht hat. Er wusste sofort, dass es nichts werden konnte.«

»Wwwwoher hat er dddas gewwwusst? Wwwas hat er über mich gesagt?«

O Gott, wie peinlich. Ich stotterte wie eine Fünfjährige, die in die Hose gemacht hat. Reiß dich am Riemen, ermahnte ich mich. Wenn du zu Hause bist, darfst du heulen und stottern, so viel du willst. Hier nicht. Ich atmete tief ein und aus. Der eiserne Griff um mein Herz lockerte sich etwas.

»Wollen Sie die zensierte oder die unzensierte Version?«

Ich sah ihr in die Augen. »Die Wahrheit.«

»Also gut. Er hat gesagt: Es passte einfach nicht zwischen uns. Sie ist eine kleinkarierte Hausfrau mit Übergewicht.«

Die Tränen schossen mir in die Augen. Ich drehte mich auf dem Absatz um und stürzte davon.

Ich war schon beinahe zur Haustür hinaus, als mir einfiel, dass ich ohne meine Handtasche, in der sich die Schlüssel befanden, nicht weit kommen würde. Ich lief zurück in die Küche und schnappte mir meine beiden Einkaufskörbe und die Tasche. Frau Ahrweiler war mir nicht nachgegangen. Selbst in dem Zustand, in dem ich mich befand, war ich dafür dankbar. Sie sollte mich nicht so sehen: heulend, am ganzen Körper zitternd.

Ich lief aus der Wohnung. Die Tür donnerte hinter mir ins Schloss. Der Lift befand sich genau gegenüber. Aber was, wenn ich jemandem begegnete? Niemand sollte mich so sehen. Ich folgte dem Schild, das ins Treppenhaus führte, und rannte die Stufen hinunter. Im Nachhinein ist es ein Wunder, dass ich mir nicht sämtliche Knochen gebrochen habe, denn die Sicht ist durch einen Tränenschleier doch sehr eingeschränkt. Als ich zur Haustür hinausrannte, prallte ich gegen etwas Weiches. Das heißt, so weich war es nicht, es handelte sich um einen menschlichen Körper, aber einen muskulösen, denn es war ein männlicher Körper, und er gehörte dem Mann, dem ich in diesem Augenblick am wenigsten begegnen wollte …

Zwei Arme hielten mich fest, sonst wäre ich gefallen. »Judith!!! Was machst du denn hier? Und was, um Gottes willen, ist passiert? Du weinst ja!«

Einen Herzschlag lang starrten wir uns in die Augen. Mir schoss die Zeile eines Songs von Joan Baez durch den Kopf: *your eyes were bluer than robins' eggs …*

Er hatte mir das Herz gebrochen und fragte, was passiert war?

Weg. Bloß weg hier …

Ich riss mich los. »Nichts ist passierst. Ich hab's eilig.«

»Du lügst das Blaue vom Himmel herunter.«

»Nein! Lass mich in Ruhe! Ich hab einen wichtigen Termin, das ist alles.«

Ich lief zu meinem Auto. Es stand etwa 20 Meter entfernt, auf der anderen Straßenseite. Ich sah den roten Passat erst, als er kurz vor mir mit quietschenden Reifen zum Stehen kam. Der Fahrer brüllte Unfreundliches aus dem offenen Fenster. »Entschuldigung!«, schrie ich zurück und floh.

Es ist nur der Tatsache zuzuschreiben, dass mein Schutzengel in Topform war, daß ich heil nach Hause kam.

20 Uhr

Das Haus war verlassen, wofür ich unendlich dankbar war. Lisa war übers Wochenende mit Thomas zum Zelten nach Holland gefahren. Frederick war bei Sabina. Oma war mit Klara auf ein Bier und ein Schnäpschen bei den Lohners. Sie hatte mir einen Zettel auf den Couchtisch gelegt. *Du kannst gern vorbeikommen, die Lohners würden sich freuen,* hatte sie noch geschrieben. Das werde ich ganz bestimmt nicht tun. Ich werde mich ins Bett legen und heulen. Nein, das werde ich auch nicht tun, ich habe keine Tränen mehr. Ich werde mich in den Garten setzen und mich betrinken. Ralf kann mich dabei nicht erwischen, er ist geschäftlich in London. Nein, unmöglich. Ich kann jetzt nicht allein sein, sonst drehe ich durch. Ich brauche jemanden, mit dem ich reden kann. Ich setzte mich wieder ins Auto und fuhr zu Usch.

Wolfgang machte mir die Tür auf. Er sah mir ins Gesicht, umarmte mich und sagte: »Usch sitzt auf der Terrasse, geh nur durch. Ich verzieh mich vor den Fernseher.«

»Ich will dich, um Gottes willen, nicht von deiner eigenen Terrasse vertreiben ...«

»Quatsch!«, meinte er liebenswürdig. »Jetzt geh schon.«

Ich ging.

»Und du hast ihr das wirklich geglaubt? Judith, Judith.« Usch schüttelte den Kopf.

»Sicher. Warum sollte sie mir so etwas erzählen, wenn es nicht stimmt?«

Usch trank einen Schluck Rotwein. »Du bist manchmal so naiv – kaum zu fassen, wirklich. Sie wollte dir wehtun, weil sie vor Eifersucht kocht, du Schaf.«

»Das ist doch Unsinn. Zwischen Jan und mir ist es aus. Wir haben noch nicht mal mehr freundschaftlichen Kontakt, was ich schade finde. Wir konnten früher so gut miteinander reden, aber seit der Trennung ... Na ja, vielleicht wird das irgendwann wieder. Wie dem auch sei: Sie hat keinen Grund, eifersüchtig zu sein. Und überhaupt – wenn Jan nicht mit ihr über unsere Beziehung gesprochen hat, woher weiß sie dann, dass etwas zwischen uns war?«

Sie zuckte die Schultern. »Es kann ja sein, dass er ihr erzählt hat, dass ihr zusammen wart. Aber ich bin hundertprozentig sicher, dass er absolut nichts anderes über dich gesagt hat. Herrgott, Judith, du kennst den Mann dein halbes Leben lang. Du kannst ihm so etwas nicht zutrauen!«

»Ich hätte es ihm auch nicht zugetraut. Nie. Aber ...«

»Aber, aber ... Da du *aber* nun mal stur wie ein Maulesel bist: Warum redest du nicht mit ihm darüber? Das würde ich tun, wenn so eine dahergelaufene Schlampe mir solche Unverschämtheiten an den Kopf geschmissen hätte. Er sollte wissen, zu was seine Tussi imstande ist. Ruf ihn morgen an.«

»Und was, wenn er doch … Nein. Ich kann einfach nicht. Es tut zu weh.«

Um zehn fuhr ich nach Hause. Ich war zum Umfallen müde. Usch hatte auf mich eingeredet wie auf ein krankes Pferd. Sie hatte Recht: Madame Ahrweilers Auftritt stank zum Himmel. Jeder Ton hatte falsch geklungen. Wenn ich mich nicht so aufgeregt hätte, hätte ich es merken müssen. Jan war nicht der Typ, der so reden würde. Und trotzdem, trotzdem blieb ein Stachel, weil die Ahrweiler an meine eigenen Ängste und Unsicherheiten gerührt hatte, das war mir dank Usch mittlerweile klar. Meine Augen brannten, und ich fror, obwohl der Abend warm war. Ich wollte nicht mehr denken, wollte den Schmerz nicht mehr fühlen. Während ich zum Haus ging, wünschte ich mir, dass Ralf da wäre. In seinen Armen hätte ich alles vergessen können. Ich hörte eine Autotür zuklappen. Dann eine Stimme: »Judith!«

Mein Herz machte einen Satz. Jan.

»Ich warte seit Stunden hier im Auto auf dich. Ich muss mit dir reden. Es dauert nicht lange.«

»Worum geht's?«

»Ich möchte, dass du weißt, dass kein Wort von dem, was Annette zu dir gesagt hat, wahr ist. Ich habe ihr gegenüber nie auch nur ein Wort über unsere Beziehung verloren.«

»Woher weißt du, was sie gesagt hat?«

Er fuhr sich mit der Hand durchs Haar. »Ich hatte einen sehr hässlichen Auftritt mit ihr, nachdem du weggelaufen bist. Es war ihr Pech, dass ich eine halbe Stunde früher als verabredet gekommen bin, ich hatte sieben Uhr im Kopf – nicht halb acht. Ich hab mir gedacht, dass irgendwas zwischen euch gelaufen ist, und sie zur Rede gestellt. Sie hat mir alles gestanden – wohl in der Hoffnung, dass ich Verständnis für ihre krankhafte Eifersucht haben würde.«

Ich bin erleichtert. Wärme steigt in mir auf. Doch eines muss ich noch wissen: »Wenn du nie mit ihr über uns gesprochen hast – woher wusste sie dann …«

»Meine Mutter hat ihr's erzählt. Die beiden kommen sehr gut miteinander aus.«

Oh. Aha. Jetzt ist mir alles klar. Lilo hat ihre Version der Beziehung zwischen ihren Söhnen und mir zum Besten gegeben. Ein gefundenes Fressen für die Ahrweiler. Was ich nach wie vor nicht verstehe, ist, wieso die perfekte Annette ausgerechnet auf *mich* eifersüchtig ist. Eifersüchtig genug, um so einen Anschlag zu planen und durchzuführen. Ich werde es wohl nie erfahren. »Danke, dass du vorbeigekommen bist und mir das gesagt hast. Gute Nacht.«

»Judith …«

Ich drehte mich zu ihm um. »Ja?«

»Ich … ach, nichts. Gute Nacht. Schlaf gut.«

»Du auch.«

Meine Hand zitterte, als ich den Schlüssel ins Haustürschloss steckte. Drinnen klingelte das Telefon.

Ralf war dran. Wie warm und zärtlich seine Stimme klang. »Da bist du ja, mein Schätzchen. Ich freu mich, deine Stimme zu hören. Ich vermisse dich.«

»Ich vermisse dich auch.« Und wie. Ich wünschte mir, dass er jetzt bei mir wäre und mich fest in die Arme nähme.

»Ich besuche morgen noch einen Freund in Kensington. Am Abend bin ich zurück. Sehen wir uns?«

Ja, wir sehen uns. Er kommt vorbei. Ich werde etwas Gutes kochen. Wir werden auf der Terrasse sitzen – der Wetterfrosch verheißt Sonne pur für die nächsten Tage –, zusammen essen und Wein trinken und lachen. Wir werden den Abend zärtlich beschließen, und ich werde in seinen Armen einschlafen. Ja, das Leben ist schön.

8. Juni

Ich kochte provenzalisch: Es gab einen Blattsalat mit gebackenem Ziegenkäse, Boeuf en daube – provenzalisches Schmorfleisch – und zum Nachtisch eine Tarte aux Pommes. Das Raffinierte an dem Kuchen ist, dass er direkt nach dem Backen mit Lavendelhonig bestrichen wird – ein Gedicht. In der Küche duftete es köstlich.

»Du bist herzlich zum Essen eingeladen«, sagte ich zu Oma, die am Tisch saß und die Zeitung las.

»Iss du mal schön allein mit deinem jungen Mann. Turtelt und freut euch des Lebens.«

Ich musste lachen. »Oma!«

»Ob du's glaubst oder nicht: Ich hab Verständnis für so was.« Sie zwinkerte mir zu. »Ich mache mich dann mal unsichtbar.«

»Das brauchst du wirklich nicht!«

Sie zog die Augenbrauen hoch. »Wenn das dein Ernst ist, Judith, bist du nicht mit dem richtigen Mann zusammen.«

Sie sammelte ihre Zeitung ein und verzog sich. Ich sah ihr mit offenem Mund hinterher.

Ich hatte auf der Terrasse gedeckt. Das neue Tischtuch mit dem blau-gelben provenzalischen Blumenmuster machte sich gut zu dem blauen Glas. In einem Anfall von Verschwendungssucht hatte ich kleine blaue Windlichter aus Glas erstanden, die allerdings bei weitem nicht so teuer gewesen waren wie die hochhackigen blauen Sandaletten, die ich auch gleich einweihte. Sie machten sich hervorragend zu dem neuen Jeansrock und der neuen weißen Bluse. Ich war am Morgen kurz in die Stadt gehuscht, um ein paar Zutaten zu besorgen, und war anschließend durch meine Lieblingsläden gefegt. (Unter dem Rock und der Bluse befanden sich übrigens ein neuer BH und ein Spitzenhöschen von La Perla). Der Ausflug hatte mich finanziell etwas zurückgeworfen, um es vorsichtig zu formulieren, aber es hatte sich gelohnt. Ich wollte hübsch sein für Ralf. Die atemberaubende Madame Ahrweiler hatte gelogen, dass sich die Balken bogen, aber trotzdem hing mir der Spruch mit der biederen Hausfrau noch in den Ohren.

Ralf brachte Blumen mit und eisgekühlten Champagner. Ein wunderbarer Auftakt zu einem wunderbaren Abend, dachte ich, während ich uns einen Kir Royal mixte.

Wir aßen, tranken und lachten. Ralf erzählte von London. Er hat so ein liebes Gesicht, wenn er entspannt ist und aus sich herausgeht. Wie hatte ich jemals denken können, dass er ein … na ja, ziemlich grimmiger Miesepeter ist?

Plötzlich brach er mitten im Satz ab und legte seine Hand auf meine. »Ich hab dich so vermisst. Ich bin bis über beide Ohren in dich verliebt. Es ist mir wirklich ernst mit uns beiden. Ich kann mir mein Leben ohne dich gar nicht mehr vorstellen.«

Die Antwort, die ich geben wollte – automatisch –, war: Ich hab mich auch in dich verliebt. Dann sah ich seine Augen, und sämtliche Alarmglocken klingelten. Es war ihm ernst. Und plötzlich sah ich meiner eigenen Wahrheit ins Gesicht: Ich war ein bisschen verschossen in Ralf. Ich ging gern mit ihm ins Bett. Ich war gern mit ihm zusammen, redete und lachte gern mit ihm. Tiefer gingen meine Gefühle nicht. Die Wahrheit, die Ralf von mir hören wollte, hatte ich nicht zu bieten. Und seine Gefühle gingen zu tief, als dass ich ihn hätte anlügen können.

Er musste auch in meinen Augen gelesen haben, denn er sagte: »Sei ehrlich, Judith. Sag mir, was du für mich empfindest. Und lüg mich bitte nicht an. Das könnte ich nicht ertragen.«

Die Wahrheit war, dass ich ihm nichts zurückgeben konnte. Jedenfalls nicht das, wonach er sich sehnte. Ich musste die Beziehung beenden. Sonst würde ich ihn verletzen, und das wollte ich nicht.

Was ich ihm sagen musste, traf ihn. Aber es überraschte ihn nicht. »Irgendwie hab ich gespürt, dass du nicht mit dem Herzen dabei bist. Aber ich wollte es nicht wahr haben.«

Er sah traurig aus. Am liebsten hätte ich ihn in die Arme genommen und getröstet, wie ich meine Kinder getröstet hatte, als sie klein waren und Kummer hatten. Aber mein Mitleid wollte er nicht. Ich hätte ihm auch gern gesagt, dass ich mir seine Freundschaft wünschte, aber ich traute mich nicht. Es kam mir in diesem Moment taktlos vor.

Er trank einen Schluck Wein. Wir schwiegen, aber das Schweigen war nicht peinlich. Ich dachte an die Vollmondnacht auf seiner Terrasse, als er sich in mich verliebt hatte. Und ich dachte an Usch und ihre heiße Affäre ohne unbequeme Gefühle …

»Judith?«

»Ja?«

»Es wäre schön, wenn wir wenigstens Freunde sein könnten.«

Wie lieb er war. Ich berührte ganz kurz seine Hand. »Deine Freundschaft bedeutet mir sehr viel. Ich hab mich nicht getraut, zu fragen, ob das möglich ist.«

Er lächelte. »Du bist ein Schaf.«

Bald darauf verabschiedete sich Ralf. Ich brachte ihn zur Tür. »Es tut mir Leid«, platzte ich heraus.

»Es braucht dir nicht Leid zu tun. Gefühle sind, wie sie sind – das muss man akzeptieren. Ich weiß es zu schätzen, dass du ehrlich warst. Eines würde ich noch gern wissen. Gibt es einen anderen Mann?«

Ich senkte den Kopf. »Ja. Aber er will nichts von mir wissen.«

»Schön blöd von ihm«, sagte er und war zur Tür hinaus.

Ich klopfte bei Oma an. Sie saß vor dem Fernseher und schaute sich eine Quizsendung an. »Stell dir vor, Judith, dieser Trottel weiß nicht, wie die Hauptstadt von Australien heißt.«

Ich setzte mich aufs Sofa. »Ich hab eben mit Ralf Schluss gemacht. Er meint es sehr ernst mit mir. Ich, hm, kann seine Gefühle nicht in demselben Umfang erwidern. Es wäre unfair, ihm was vorzumachen.«

Oma stellte den Ton ab. »Mein Gott, Judith. Du redest so geschwollen daher, das tut ja richtig weh. Ich find's schade, dass es mit dem jungen Mann nicht geklappt hat. Aber wundern tut's mich nicht.«

»Wie meinst du das?«

Sie schnappte sich die Fernsteuerung und stellte den Ton wieder an.

»Denk mal nach, Schätzchen«, sagte sie freundlich.

Manchmal könnte ich meine Großmutter, die ich sehr liebe, erwürgen.

10. Juni, 23 Uhr

Ich bin total erledigt. Meine brennenden Füße, inklusive der beiden Blasen, die ich mir heute gelaufen habe, stecken in einer Schüssel mit kaltem Wasser. Ich hab Kopfweh, weil es heute affenheiß und schwül war – Schwimmbadwetter. Aber ich war nicht im Schwimmbad, sondern den ganzen Tag mit Mama in der Stadt unterwegs. Wir hatten uns mit Babs im Marktcafé zum Frühstück getroffen. Nachdem meine Schwester Spiegeleier, Müsli mit Milch und Erdbeeren, ein Schinken-, ein Käse- und ein Marmeladebrötchen verspeist hatte, faltete sie die Hände über ihrem gigantischen Bauch und sagte: »Warum habt ihr zugelassen, dass ich so viel gegessen hab? Jetzt hab ich Sodbrennen.«

»Das gibt sich wieder, Schätzchen«, meinte Mama. »Gehen wir zuerst zu Madeleine oder zu Kohlhaas, um nach einem Kleid zu schauen?«

»Zuallererst fahren wir zur Druckerei«, sagte Babs. »Wegen der Einladungskarten. Dann haben wir's hinter uns.«

Wir fuhren zur Druckerei ins Industrieviertel. Nach einer Stunde, in der Mama zwischen zehn verschiedenen Karten und 20 Textentwürfen hin und her schwankte, verabschiedete sich Babs. Sie sah ziemlich mitgenommen aus. »Ich hab immer noch Sodbrennen. Mir ist heiß. Ich fahre jetzt heim und nehme doppelt kohlensaueres Natron. Dann dusche ich kalt. Dann leg ich mich aufs Sofa und mache ein Nickerchen.«

»Tu das, Kind«, sagte Mama. »Ruh dich aus.«

Die freundliche ältere Dame, die Mama beriet, lächelte. »Alles Gute für Sie und Ihr Baby.«

Babs bedankte sich, küsste Mama und mich auf die Wange und watschelte zur Tür hinaus.

Es war beinah Mittag, als Mama sich für die schlichten Büttenkarten entschied, die ihr von Anfang an am besten gefallen hatten.

Wir fuhren zurück in die Stadt, tranken im Eiscafé eine Cola und wanderten dann die Fußgängerzone entlang Richtung Madeleine, einer Boutique, die ausschließlich festliche Mode führt. Mama probierte sämtliche Kleider und Kostüme in Größe 38 an, die zum Anlass passten. Ich saß derweil auf einem Stuhl, nippte ab und zu an einem Mineralwasser, das uns netterweise angeboten worden war, und sah zu.

»Was meinst du, Judith? Wie seh ich aus?«, fragte Mama jedes Mal, wenn sie aus der Kabine kam. Die Verkäuferin und ich waren einhellig der Meinung, dass Mama schön und festlich aussah, egal, welches Outfit sie gerade anprobierte.

»Ich kann mich nicht entscheiden«, seufzte Mama schließlich. Sie ließ sich einen Hosenanzug, drei Kostüme und zwei Kleider zurücklegen. Wir gingen zu Kohlhaas. Dort fand allerdings nur ein Kostüm Gnade vor Mamas Augen.

Wir waren in allen Geschäften, die Grafenberg zu bieten hat.

»Was soll ich bloß machen, Judith«, jammerte Mama, als wir uns wieder Richtung Madeleine schleppten, »ich möchte an unserem Hochzeitstag schön sein für Bernhard. Ich hab das Gefühl, irgendwo wartet das perfekte Kleid auf mich. Aber wo? Bei Madeleine? Bei Kohlhaas? Das Zeug in den anderen Läden kann man vergessen. Wenn ich an den fliederfarbenen Polyesterfetzen denke, den sie mir bei Karstadt aufschwatzen wollten, krieg ich einen Schreikrampf ... Oder der rosa Rüschenlappen bei Rodolfo's. Eher würde ich einen Kartoffelsack anziehen, der würde bedeutend billiger kommen. Ob wir morgen mal nach Göttingen fahren? Da gibt's mehr Geschäfte und mehr Auswahl.«

»Das können wir gern machen. Aber ich persönlich wüsste, welches Outfit ich nähme.«

»Und welches?«

»Das taubenblaue Kostüm bei Kohlhaas gefällt mir sehr. Das ist ein Traum an dir.«

»Ich weiß nicht ... meinst du wirklich?«

»Probier's doch noch mal an.«

Wir pilgerten zurück zu Kohlhaas. Ja, Mama gefiel sich in dem taubenblauen Seidenkostüm. Aber ... war der Rock nicht eine Spur zu kurz? Die Jacke einen Hauch zu eng? Die Farbe einen Tick zu graustichig? Sah sie nicht zu farblos darin aus? Als Mama in der Umkleidekabine war, sagte die Verkäuferin zu mir: »Wie wunderschön und romantisch, dass Ihre Mutter so verliebt ist. Die Ehe wird bestimmt sehr glücklich. Ich bin ganz gerührt.«

Sie ist nicht die Einzige, der es so geht. Mama strahlt so, dass ihr die Verkäuferinnen in allen Läden zu Füßen liegen.

Kurz vor sechs, nachdem wir die dritte Probierrunde quer durch Grafenberg absolviert hatten, machte Mama einen leicht erschöpften Eindruck. Ob ich sehr genervt wäre, wollte sie wissen. Ich versicherte ihr, dass ich überhaupt nicht genervt war. Ich wäre bis nach Paris oder Mailand mit ihr gefahren, wenn ein Original von Dior oder Armani, an Ort und Stelle erstanden, sie glücklich gemacht hätte.

»Dior und Armani sind viel zu teuer, Kind. Ich muss nachdenken«, sagte Mama. »Komm, wir setzen uns auf die Bank beim Marktbrunnen und rauchen eine Zigarette.«

Wir setzten uns also hin und rauchten. Die Sonne knallte immer noch vom Himmel. Das Außenthermometer der Sparkasse zeigte 30 Grad an.

»Du musst dich doch nicht heute entscheiden. Lass dir Zeit. Wenn du magst, fahren wir morgen nach Göttingen und schauen uns dort um.«

Mama drückte ihre Zigarette aus. Sie wirkte plötzlich sehr entschlossen. »Nein, Kind. Meine Intuition sagt mir: Jetzt oder nie.«

Wenn Mamas Intuition ins Spiel kommt, gibt es kein Halten mehr.

»In Ordnung. Wohin?«

Sie kramte eine Münze aus dem Geldbeutel und warf sie in die Luft. Sie landete mit der Zahl nach oben auf dem Kopfsteinpflaster

»Auf zu Madeleine.« Sie klang sehr zufrieden.

Mama marschierte in den Laden und sagte: »Ich nehme das cremefarbene Seidenkleid mit dem Jäckchen. Und den dazu passenden Strohhut mit der Rose.«

Die Verkäuferin zögerte. »Sind Sie ganz sicher? Das Kleid ist wunderschön an Ihnen ... aber wollen Sie sich nicht bis morgen Zeit lassen? Das ist kein Problem. Ein Hochzeitskleid ist schließlich etwas Besonderes.«

Mama strahlte sie an. »Sehr nett von Ihnen, aber nicht nötig. Wenn ich mich erst mal entschieden habe, kann mich nichts mehr aufhalten.«

Wir fuhren zu Babs, um ihr das Kleid vorzuführen. Peter machte uns die Tür auf. Er hatte eine Schürze mit dem Aufdruck *hier kocht der Chef* umgebunden. »Das ist aber schön, dass ihr vorbeischaut! Ihr kommt genau richtig. In zehn Minuten gibt's Abendessen. Ihr seid herzlich eingeladen, es ist genug da.«

Hmm, Pizza. Genau das, worauf ich jetzt Lust habe. Es duftet so gut, dass mir das Wasser im Mund zusammenläuft. Peters Pizza ist die beste, was daran liegt, dass er seine Energien nicht streut: Wenn er sich in die Küche stellt, was alle Jubeljahre vorkommt, macht er Pizza; gleich zwei oder drei Bleche. Was übrig bleibt, wird eingefroren. Die Zubereitung hat er während des Studiums perfektioniert. Entweder Pizza oder Mensa, das war seine Devise gewesen.

Babs thronte auf dem Sofa und hatte die Beine hochgelegt. Ein Buch – *Lügen, die von Herzen kommen* von Kerstin Gier – lag auf dem Couchtisch, in Gesellschaft einer Tüte Gummibärchen, einer Pralinenschachtel, einer Schale mit Obst, eines Krugs mit Orangensaft, einer Flasche Mineralwasser, eines Glases und diverser Zeitschriften. Babs hatte sich einen gemütlichen Tag gemacht und sah aus wie's blühende Leben. Unter ihrem orangefarbenen Kaftan wölbte sich ihr Bauch wie der Mount Everest.

Mama packte ihr Kleid aus und hielt es hoch. »Gefällt's dir?«

»Wow. Toll. Schlicht und elegant. Ziehst du's mal an, Mama?«

Mama verschwand im Schlafzimmer, um sich umzuziehen.

»Wunderschön siehst du aus. Der Hut ist das Tüpfelchen auf dem i«, sagte Babs, als die Braut in ihrer ganzen Pracht zurückkam.

Mama strahlte und sah auf ihre Füße, die in schwarzen Pumps steckten. »Na ja, die passenden Schuhe fehlen noch. Und eine Handtasche.«

»Du bist ein Traum. Bernhard fällt glatt um, wenn er dich sieht.«

Mama wurde rot. »Aber bitte erst nachdem er ›ja‹ gesagt hat.«

Peters Pizza – mit Tomaten, Schafskäse, Blattspinat, Kapern und Peperoniwurst belegt – schmeckte vorzüglich. Mama, Peter und ich tranken ein Glas Chianti Classico dazu. Babs hielt sich an Mineralwasser. »Ich hab ein supertolles Schnittmuster für ein festliches Umstandskleid gefunden«, erzählte sie über dem zweiten Stück Pizza. »Türkisfarbene Seide wär optimal dafür. Morgen ziehe ich los. Hoffentlich finde ich einen schönen Stoff.«

»Bernhard braucht einen neuen schwarzen Anzug«, sagte Mama. »Er hat ein bisschen zugelegt.«

»Du hast auch ganz schön zugelegt, Schatz«, meinte Babs mit einem anzüglichen Blick auf die Leibesmitte ihres Gatten.

»Ach was, das sind höchstens zwei Kilo. Bis zum 28. hab ich die locker wieder wegtrainiert.«

»Wirklich?«

Peter befühlte seinen Bauch. »Na ja … vielleicht sind's doch ein paar Kilo mehr … hm. Ich besorg mir einen neuen Anzug … lieber das, als die nächsten Wochen nur von Wasser und Brot zu leben. Das halte ich nicht aus.« Er lud sich ein drittes Stück Pizza auf den Teller.

Babs gab ihm einen Kuss. »Am besten tust du dich mit Bernhard zusammen. Zu zweit macht Einkaufen viel mehr Spaß«, lockte sie, wohl wissend, dass Peter ungern shoppen ging.

Peters Gesicht hellte sich auf. »Das ist eine gute Idee. Wenn wir den Stress hinter uns haben, gehen wir einen trinken.«

»Ich freu mich, deinen Ralf kennen zu lernen«, sagte Mama und lächelte mich an.

»Ich auch«, sagte Babs. »Ich sehe dich in den Armen eines umwerfend gut aussehenden Mannes über die Tanzfläche schweben und bin neidisch …«

Sie bemerkte Peters Blick und fügte hinzu: »Auf das Schweben. Einen umwerfend gut aussehenden Mann hab ich selbst.«

»Das will ich auch gemeint haben, Schätzchen«, brummelte mein Schwager.

Die Stunde der Wahrheit war gekommen. Ich berichtete, dass ich mich von Ralf getrennt hatte.

Babs zog die Augenbrauen hoch. »Ja, aber warum denn?! Ihr habt euch doch so gut verstanden …«

»Wir verstehen uns immer noch gut – wir sind Freunde geblieben. Ich hab die Beziehung beendet, weil er sehr viel mehr für mich empfindet als ich für ihn. Er wollte, dass ich ehrlich zu ihm bin.«

»Schade«, meinte Babs. »Hätten sich deine Gefühle für ihn denn nicht noch entwickeln können?«

»Nein. Ganz sicher nicht.«

Wenn Babs jetzt sagt, ich hätte einfach die Affäre genießen sollen, ohne mir unnötig Gedanken zu machen, erwürge ich sie.

Aber Babs sagte nichts. Mama sagte auch nichts.

Peter räusperte sich. »Möchte jemand Nachtisch? Ich hab Walnusseis gekauft.«

Walnusseis ist eine wunderbare Idee.

Morgen fahre ich mit Babs in die Stadt. Sie wird sich Stoff besorgen; ich werde mich nach einem

Kleid für die Hochzeit umschauen. Lisa braucht auch etwas Hübsches zum Anziehen. Sie will mit Thomas bummeln gehen, sie genießt diese Ausflüge mit ihrem Vater sehr. Frederick hat versprochen, sich schwarze Jeans und ein weißes Hemd zu besorgen. Und schwarze Schuhe. »Ich seh ja nicht ein, warum ich nicht normal angezogen hingehen kann«, maulte er, als ich ihm erklärte, dass T-Shirt und Basketballschuhe sowie breite Hosen, deren Hintern fast in den Kniekehlen hingen, total angesagt sein mochten – aber nicht für die Hochzeit seiner Großmutter. »Oma Margot ist eine andere Generation.«

Fredde verdrehte die Augen. »In einen Anzug kriegst du mich nicht!«

Sabina grinste und legte den Arm um ihn. »Keine Panik. Davon war doch nicht die Rede. Schwarze Levi's – weißes Fliegerhemd. Du wirst cool aussehen.«

»Okay«, sagte mein Sohn plötzlich fügsam wie ein Lämmchen. Er zog noch nicht mal eine Schnute.

Ich hätte Sabina küssen können.

Babs und ich wollen auch besprechen, was wir Mama und Bernhard zur Hochzeit schenken. Es soll etwas ganz Besonderes sein … wir wissen nur noch nicht, was.

11. Juni

Oma und ich frühstückten zusammen. Es war kurz nach neun. Der Wetterfrosch im Radio verkündete gerade, dass für heute wieder über 30 Grad erwartet wurden, als Oma sagte: »Kauf dir ein Kleid mit einem tiefen Ausschnitt. Du hast einen schönen Busen und ein hübsches Dekolleté. Zeig, was du hast.«

Ich verschluckte mich an meinem Toast und musste husten. Ein solcher Spruch von meiner Großmutter, die Sommer wie Winter hochgeschlossene Hemdblusenkleider in gedeckten Farben und Gesundheitsschuhe trägt! Ich hatte nicht geahnt, dass sie die Existenz meines Busens überhaupt wahrgenommen hatte, geschweige denn, dass sie sich Gedanken über dessen optische Vorzüge gemacht hatte.

»Beruhige dich wieder, Judith. Es ist mein voller Ernst.«

Sie sah so entschlossen aus, dass ich lachen musste. »Mal sehen, was sich machen lässt«, versprach ich. »Die älteren Herren in Mamas Bekanntenkreis werden begeistert sein, wenn ich mit einem Ausschnitt bis zum Bauchnabel aufkreuze.«

»Das ist die richtige Einstellung. Braves Mädchen«, meinte Oma und zwinkerte mir zu. Sie selbst denkt gar nicht daran, sich ein neues Kleid zu kaufen, das hatten wir bereits besprochen. »Wozu? Das wäre rausgeschmissenes Geld. Nach einer alten Frau guckt sowieso niemand. Das Grünseidene, das ich mir für Babs' Hochzeit hab nähen lassen, ist noch wie neu«, hatte sie verkündet. »Das ist Qualität. Nicht so eine schlampige Verarbeitung wie in den Läden.«

Sie wird allerdings in ein neues Paar Schuhe investieren. »Pumps, Judith, mit Fußbett.«

»Was hast du heute vor, Oma?«

»Erst kochen. Für die Lohners gibt's heute Mittag Kartoffelsalat und Schnitzel Wiener Art. Und einen Erdbeerkuchen will ich backen. Kemal und Fatima kommen zum Kaffee. Kismet kümmert sich so lange um den Laden.«

»Oh, schön!«

»Hol mir doch mal eben meine Handtasche, Judith. Sie liegt auf dem Schränkchen im Flur.«

Ich gehorchte. Oma zog drei Hunderter aus ihrem Portemonnaie. »So. Kauf dir was Schickes, hörst du? Auch Schuhe dazu. Und Schminke. Was ihr jungen Dinger eben so braucht, um euch aufzuputzen. Und wenn du jetzt sagst, aber Oma, das ist doch nicht nötig, oder sonst einen Unsinn in der Art, zieh ich in das nächstbeste Altenheim, das ein Zimmer frei hat, und rede nie wieder ein Wort mit dir. Haben wir uns verstanden?«

»Ähm, ja, Oma, vielen Dank. Das darf ich aber sagen, oder?«

»Ja, das darfst du.«

Es klingelte. Oma warf einen Blick auf ihre Armbanduhr. »Das wird Babs sein. Wie immer pünktlich auf die Minute. Ab mit dir.«

Ich gab ihr einen Kuss auf die Wange. Sie küsste mich zurück. »Ich heb dir ein Stück Erdbeerkuchen auf. Und, Judith ... ich finde, unter ein neues Kleid gehört auch neue Unterwäsche ...«

Es klingelte wieder. Mehrmals hintereinander. O Mann, meine Schwester ist die Ungeduld in Person. Ich stürzte zur Haustür und dachte: *Unterwäsche.* Noch vor ein paar Minuten hatte ich geglaubt, dass Oma unter Unterwäsche weiße Makoschlüpfer in Pagenform und Panzer-BH und Stützstrumpfhosen verstand. Jetzt war ich mir nicht mehr so sicher. Ihr Lächeln hatte vermuten lassen, dass sie von der Existenz hauchzarter Seidenslips und Spitzen-BH zumindest schon gehört hatte, vielleicht hatte sie sogar einen Blick in das Schaufenster vom »Wäschestübchen« – Grafenbergs erster Adresse für sündteure Dessous – riskiert.

Babs und ihr Bauch klemmten hinter dem Steuer des BMW wie, na ja, ein Wal in einer Sardinenbüchse ist übertrieben ... aber der Anblick war überwältigend. Ich berichtete ihr, was Oma mir aufgetragen hatte. »Du sollst dir ein Kleid mit tiefem Ausschnitt kaufen? Wie kommt sie denn auf so was?«

»Frag mich was Leichteres. Sie hat mir noch hinterhergerufen, dass sie mich steinigt, wenn ich mit einem biederen Lappen ankomme.«

Babs zuckte die Schultern. »Verstehe. Das heißt, ich versteh es nicht, aber aus irgendeinem geheimnisvollen Grund möchte Oma Einfluss auf deine Garderobe nehmen. Na denn … tu ihr den Gefallen. Hauptsache, dein Busen fällt nicht raus aus dem Teil. Mama würde die Krise kriegen. Und ein paar ältere Herren einen Herzinfarkt.«

»Dazu fällt mir ein, dass alles relativ ist – auch ein Ausschnitt. Alles, was nicht zugeknöpft ist bis zum Kinn, ist für Oma wahrscheinlich tief dekolletiert.«

Babs warf mir einen Seitenblick zu. »Darauf würde ich nicht setzen, nach dem, was du mir gerade erzählt hast. In Oma steckt eine Femme fatale, wir haben's nur nicht gemerkt. Jetzt hat sie sich geoutet.«

Wir kicherten die ganze Fahrt bis zum Parkhaus von Karstadt vor uns hin.

Babs fand türkisfarbene Shantung-Seide bei Karstadt in der Stoffabteilung. Die Entscheidung fiel in fünf Minuten. Wir verstauten die Tüte im Auto und machten uns dann auf den Weg zu Madeleine. Die Verkäuferin begrüßte mich wie eine lang vermisste Freundin und erkundigte sich besorgt, ob Mama ihre Entscheidung auch nicht bereute. »Sie kann das Kleid gern umtauschen. Das ist gar kein Problem!«

Ich erklärte, dass Mama sehr glücklich war mit ihrem Outfit. Und dass ich ein dem festlichen Anlass angemessenes Kleid suchte. Es dürfe gern was Raffiniertes sein …

Aus dem Augenwinkel sah ich, dass Babs sich

grinsend auf dem Stuhl niederließ, auf dem ich gestern gesessen hatte.

Die Verkäuferin musterte mich von oben bis unten, lächelte und sagte: »Ich glaube, ich hab genau das Richtige für Sie ...«

Das Kleid, das sie mir brachte, war kirschrot. Es lag eng an – aber nicht zu eng. Der Ausschnitt überließ nichts der Fantasie. Ich erkannte mich kaum wieder im Spiegel.

»Wow«, sagte meine Schwester. »Noch ein bisschen tiefer dekolletiert, und man lässt dich auf dem Standesamt verhaften.«

»Meinst du wirklich?« Ich zupfte an mir herum, aber nur pro forma. Dieses Kleid musste es sein – kein anderes kam in Frage. Mir fiel ein, dass ich in dem seltsamen Traum, als Babs in Elefantengestalt auf der Tanzfläche herumstampfte, ein ähnliches Kleid getragen hatte.

»Sie sehen umwerfend aus«, sagte die Verkäuferin. »Wie wär's mit einer Spitzenstola dazu? Für's Standesamt. Wir haben eine in Hot Pink da, die würde sich fantastisch zu dem Kirschton machen.«

Ich erstand das Kleid. Und die Spitzenstola. Im »Wäschestübchen« einen Seidenslip, hauchzarte Strumpfhosen, einen BH. Die Preise waren Schwindel erregend.

»Wenn du im Kaufrausch bist, dann aber richtig«, meinte Babs, als wir zum feinsten Schuhgeschäft Grafenbergs wanderten. »Das hätte ich dir nie zugetraut. Ich muss sagen: Ich bin beeindruckt.«

Italienische Riemchensandaletten in Silber mit

hohem Absatz und das dazu passende Täschchen rissen einen Abgrund in meinen Geldbeutel. Omas großzügige Zuwendung hatte ich längst verbraten.

Nach einem Streifzug durch die Parfümerieabteilung bei Karstadt (Make-up, Lidschatten, Nagellack, Lippenstift, Parfüm und noch ein paar absolut notwendige Kleinigkeiten) lud Babs mich zum Essen ein. »Es muss gefeiert werden, dass du so zugeschlagen hast. Ich werde eine Weißweinschorle auf dein Wohl trinken. Das ist übrigens das erste Mal, dass ich Alkohol zu mir nehme, seit ich schwanger bin.«

»Ich muss komplett durchgeknallt sein«, jammerte ich, als wir beim Italiener saßen und die Speisekarte studierten. »Ich muss verrückt sein, dass ich so viel Geld ausgegeben hab. Wenigstens bei den Kosmetika hätte ich sparen können. Billigzeug aus der Drogerie hätte es auch getan.«

»Ach was. Wenn schon, denn schon. Ich besuch dich im Schuldturm, keine Bange«, sagte Babs grinsend.

Ich bestellte mir einen italienischen Salat. Babs ging in die Vollen: Antipasti vom Büfett und Saltimbocca à la romana und zum Nachtisch Zabaione.

»Was schenken wir Mama und Bernhard?«, wollte ich wissen. Der Kellner hatte gerade die Antipasti gebracht. Ich klaute ein Stückchen Melone mit Parmaschinken von Babs' Teller. Sie seufzte. »Greif nur zu, Judith. Was mein ist, ist auch dein. Lass es dir schmecken.«

Das ließ ich mir nicht zweimal sagen. Die in Olivenöl und Knoblauch gebratenen Riesengarnelen waren köstlich, desgleichen die marinierten Steinpilze. Babs trank einen Schluck von ihrer Weißweinschorle.

»Ich hab mir gedacht, wir tun uns mit Oma zusammen und schenken ihnen ein Wochenende in Paris. Oder Rom. Oder Venedig. Das ist doch viel schöner als irgendein Schnickschnack für die Wohnung.«

Eine Reise ist eine wunderbare Idee! Vor meinem geistigen Auge sehe ich die beiden in Venedig. In einer Gondel. Sie lauschen andächtig, denn der Gondoliere singt ihnen gerade *O Sole Mio* vor. Das sind Momente im Leben, die man nie vergisst. Ich erinnere mich noch sehr gut daran, wie es gewesen war, als Thomas neben mir in der Gondel saß. Wir hielten Händchen. Ich war so glücklich, ich hätte die ganze Welt umarmen können.

Als wir nach dem Essen aus dem klimatisierten Restaurant auf die Straße traten, traf uns die Hitze wie ein Schlag. Babs schlug vor, noch auf einen Sprung in den Eissalon zu gehen.

Wir schlichen durch die sengende Sonne. »Meine Füße tun weh«, jammerte Babs. »Ich bestelle mir einen Eimer mit Eiswasser. Meinst du, die Leute schauen komisch, wenn ich ein Fußbad nehme?«

»Ach wo. Sie werden dich beneiden und genau das Gleiche tun. Du startest einen neuen Sommertrend in Grafenberg.«

Schon von weitem sah ich Jan und Thomas. Sie

saßen an einem Tisch vor dem Eissalon. Thomas winkte und grinste uns fröhlich entgegen.

»Er braucht gar nicht zu winken. Und das Grinsen kann er sich auch sparen. Ich bin nach wie vor nicht gut auf ihn zu sprechen«, zischte Babs mir zu.

»Sei friedlich. Ich trage ihm nichts nach. Also gibt's keinen Grund für dich, auf ihn sauer zu sein.«

Babs sagte nichts dazu, aber sie schüttelte Thomas zur Begrüßung die Hand und lächelte ihn an. Es war allerdings nicht das strahlende Lächeln, das früher für ihren Schwager reserviert gewesen war, und ein Küsschen kam auch nicht in Frage.

Jan bekam kaum die Zähne auseinander. Jedenfalls bei mir. Ein Hallo war alles, was er über die Lippen brachte. Er freute sich aber, Babs zu sehen. Er küsste sie auf die Wange und erkundigte sich, wie es ihr und dem Baby ginge.

»Uns geht's hervorragend«, sagte Babs. Sie sah an sich herunter. »Aber ich bin den dicken Bauch leid. Manchmal wünsch ich mir, ich wär eine Katze. Die haben eine Tragzeit von etwas über zwei Monaten.«

Thomas lud uns zu einem Eiskaffee ein. Ich wollte schon zusagen, als ich Jans Gesicht sah. Er sah alles andere als begeistert aus.

»Lieb von dir«, sagte ich schnell, ehe Babs auch nur ein Wort herausbekam. »Aber ich muss leider nach Hause. Ich hab gleich einen geschäftlichen Termin. Eine Mittsommerparty.«

Was gelogen war. Das wussten allerdings nur Babs und ich. Und Babs würde nichts verraten, auch wenn sie jetzt innerlich den Kopf schüttelte.

»Schade«, sagte Thomas.

Jans »schade« kam wie ein Echo hinterher. Natürlich fand er es nicht schade. Er war heilfroh, dass er nicht mit mir an einem Tisch sitzen und Konversation machen musste.

Wir verabschiedeten uns und gingen weiter.

»Wieso hast du dir dieses Lügenmärchen aus den Rippen geschnitten?«, fragte Babs, als wir außer Hörweite waren. »Hoffentlich hast du einen guten Grund vorzuweisen. Du hast mich um einen kostenlosen Eiskaffee gebracht!«

»Hast du nicht gesehen, wie sauer Jan aus der Wäsche geguckt hat, als Thomas uns eingeladen hat? Ich wette, er dankt in diesem Moment seinem Schöpfer, dass ich einen wichtigen Termin habe.«

»So ein Quatsch. Wie kommst du denn darauf?«

»Ich habe Augen im Kopf.«

Babs blieb stehen. »Ich auch. Er hat *nicht* sauer geguckt. Ich glaub sogar, dass er enttäuscht war, weil wir so Hals über Kopf davongestürmt sind. Du leidest unter Verfolgungswahn, Schwester.«

»Wenn du meinst ...«

Babs hatte ja keine Ahnung. Was ich gesehen hatte, hatte ich gesehen. Aber es hatte keinen Sinn, mit ihr herumzustreiten. Babs kann unglaublich stur sein. In dieser Beziehung kommt sie nach Oma.

Babs schüttelte den Kopf. »Das meine ich allerdings. Weißt du, Judith, du kannst wirklich unglaublich stur sein. Was du im Kopf hast, hast du im Kopf, auch wenn es nicht den Tatsachen entspricht. In dieser Beziehung bist du wie Oma.«

Das ist so absurd, dass eine Antwort unter meiner Würde ist. Außerdem weiß ich, dass Babs auf eine Retourkutsche lauert, damit sie mir noch eins überbraten kann. Aber den Gefallen tu ich ihr nicht: Ich sage *nichts*.

Babs sagte auch nichts mehr. Wir gingen weiter. Und plötzlich fiel es mir wie Schuppen von den Augen, warum Jan heilfroh ist, dass ich meiner Wege gezogen bin. Er ist mit Madame Ahrweiler im Eiscafé verabredet. Er will sie Thomas vorstellen. Es ist ihm ernst mit ihr, daran hat auch die Nummer, die sie bei mir abgezogen hat, nichts geändert. Sie wird Thomas gefallen. Es ist nun mal so, dass Männer besser sehen als denken können, und die Ahrweiler hat in optischer Hinsicht eine Menge zu bieten. Wenn die Mittagspause vorbei ist, wird Thomas zurück in den Schreibwarenladen gehen. Er muss arbeiten, er kann nicht den ganzen Nachmittag schwänzen, auch wenn er seine Schwägerin in spe noch so reizend und charmant findet. Schwägerin in spe? Ja. Ich bin davon überzeugt, dass es Jan diesmal so erwischt hat, dass er heiraten wird. Die beiden Turteltäubchen werden einen leidenschaftlichen Kuss tauschen, und dann gehen sie zum Juwelier, um die Trauringe auszusuchen. Ich sehe den Ring vor mir, der die Braut bezaubern wird. Er ist mir beim Bummeln aufgefallen. Also, er ist aus Platin und so breit, dass er fast bis zum Fingerknöchel reicht. Und er ist rundum mit Brillantsplittern besetzt. Böse Zungen könnten das Teil als protzig bezeichnen. Ich persönlich finde, dass es haargenau zu Madame passt. Immerhin ist der Herrenring schlicht – kein Glitzern. Jan wird sehr tief in die Tasche greifen müssen, aber das wird ihm egal sein, wenn seine Annette nur glücklich ist …

Oh, hoppla. Jetzt hätte ich beinah einen älteren Herrn umgerannt, der die Fußgängerzone entlangbummelte. Er nahm es, Gott sei Dank, gelassen. »Langsam, junge Frau«, meinte er freundlich.

»Entschuldigen Sie bitte«, stotterte ich. »Ich hab Sie gar nicht gesehen.«

»Ja, ja, so ist das, wenn man mit offenen Augen vor sich hinträumt«, meinte er schmunzelnd und ging weiter.

Babs sah mich kopfschüttelnd an. »Was ist bloß los mit dir heut, Judith? Ich fange an, mir Sorgen um dich zu machen!«

»Ich hab nicht aufgepasst. So was kann schon mal passieren.«

»Du hast an Jan gedacht, stimmt's?«

»Hm. Aber nicht so, wie du vielleicht denkst.«

»So, so«, meinte Babs. »Wie gut, dass du nicht *so* an ihn gedacht hast. Wer weiß, was du dann angerichtet hättest … vielleicht wärst du schnurstracks in ein Schaufenster reinmarschiert, und ich hätte deine Schnittverletzungen verarzten dürfen.«

19 Uhr

Oma und ich haben einen gemütlichen Nachmittag mit Kemal und Fatima verbracht. Kemal berichtete voller Begeisterung, dass seine Nichte Kismet wieder ein Baby erwartete. »Sie wünscht sich diesmal ein Mädchen, Judi.«

Fatima sagte: »Wenn ein Mädchen – soll heißen Derya.«

»Ein schöner Name!«, sagte ich.

Fatima lächelte und nickte.

Als die beiden gegangen waren, fragte Oma: »Und? Hast du ein Kleid gefunden?«

»Ja. Und ich bin sehr gespannt, was du dazu sagst.«

Oma lächelte, als ich ihr meine neue Pracht vorführte. Es war ein sehr zufriedenes Lächeln.

»Gefällt's dir?«, wollte ich wissen.

»Ja«, sagte Oma. »Es gefällt mir wirklich sehr gut.«

Ich gab ihr einen Kuss. »Das ist das schönste Kleid, das ich jemals besessen habe. Vielen Dank noch mal, Oma.«

Omas Lächeln vertiefte sich. »Es ist vor allen Dingen ein sexy Kleid, Judith.«

Ich weiß zwar nicht, warum Oma es für nötig hält, dass ich auf der Hochzeit meiner Mutter sexy aussehe … aber egal.

Die Küchentür ging auf, und meine Tochter spazierte herein. Sie musterte mich stumm von oben bis unten. »Ist das für Omas Hochzeit?«

»Ja. Wie findest du's?«

Sie umkreiste mich. Musterte mich mit Röntgenaugen von oben bis unten.

»Das ist ein megageiles Teil. Aber dir ist klar, dass du vornherum beinah rausfällst?«

Ich drapierte mir stumm die Stola um die Schultern. »Besser?«

Lisa grinste. »Fürs Standesamt auf alle Fälle.«

27. Juni, 5 Uhr morgens …

Ich wachte aus einem bizarren Traum auf. Bernhard war in einem blau-weiß-gestreiften Schlafanzug auf dem Standesamt erschienen. Die Ringe hatte er nicht dabei: »Der Anzug hat doch keine Taschen! Wo hätte ich die unterbringen sollen?«

Mama, in einer Kittelschürze und mit Lockenwicklern auf dem Kopf (noch nie im Leben hab ich meine Mutter so herumlaufen sehen!), fauchte: »Ohne Ringe kannst du die Sache vergessen, mein Lieber!«

Bernhard ließ den Kopf hängen. Er sah aus, als würde er jeden Moment in Tränen ausbrechen. Mama verschränkte die Arme vor der Brust und funkelte ihn an.

»Ihr Lieben, daran soll's nun wirklich nicht scheitern«, meldete sich Babs zu Wort und streifte ihren Ehering ab. Peter tat es ihr nach. »Wir leihen euch unsere. Kein Problem.«

»O nein«, sagte Mama. »Das kommt überhaupt nicht in Frage. Er hat die Ringe nicht dabei. Das beweist doch, dass er mich nicht liebt. Unter diesen Umständen kommt eine Eheschließung für mich nicht in Frage.«

»Aber Margot …« stotterte Bernhard. »Das ist doch nicht wahr. Natürlich liebe ich dich!«

»Aber, Margot … du kannst doch nicht im letzten Moment …«, sagte Peter entsetzt.

»Und ob ich das kann!«

Es war an der Zeit, vermittelnd einzugreifen. Ich öffnete den Mund, aber kein Laut löste sich aus meiner Kehle. Ich war stumm! Panik erfasste mich. Ich gestikulierte verzweifelt herum, um zu zeigen, dass ich die Sprache verloren hatte. Niemand beachtete mich. Alle starrten Babs an. Entsetzen malte sich auf ihren Gesichtern, denn sie presste eine Hand auf ihren gigantischen Bauch und stöhnte laut auf. »Aaaahoooooh, tut das weh!«

Peter stürzte zu ihr. »O mein Gott, das Baby kommt! Ruft einen Krankenwagen!«

Gott sei Dank wachte ich in genau diesem Moment auf. Nicht auszudenken, wenn ich bei einer Sturzgeburt im Rathausflur hätte zusehen müssen, und sei es auch nur im Traum.

An Schlaf war danach nicht mehr zu denken. Im Nachthemd tappte ich hinunter in die Küche und kochte Kaffee. Mit dem Becher in der Hand ging ich hinaus auf die Terrasse. Was für ein herrlicher Morgen! Frisch und kühl, mit dem Versprechen von Wärme und strahlendem Sonnenschein. Mama und Bernhard hatten sich perfektes Wetter ausgesucht: Es sollte das ganze Wochenende schön bleiben.

Ich bin fast so aufgeregt, als ob ich selbst vor den Traualtar treten würde. Nicht nur mir geht es so: Die ganze Familie fiebert dem großen Tag entgegen.

Wenn ich von der ganzen Familie spreche, muss ich allerdings Frederick und Oma ausklammern. Mein Sohn interessierte sich weder für Blumendekorationen und Menüpläne noch für die Frage, ob die Braut lieber rosa Moosröschen mit Schleierkraut oder Orchideen oder Rittersporn für ihren Brautstrauß wählen soll. Bei Oma war die Sache ähnlich. »Weißt du, Judith«, sagte sie zu mir, »ich freu mich wirklich von Herzen, dass Margot ihr Glück gefunden hat. Aber ich muss nicht die ganze Zeit über Hochzeitsvorbereitungen reden. Das überlasse ich euch. Was ich organisieren wollte, hab ich organisiert. Jetzt bin ich ganz entspannt und lasse alles auf mich zukommen.«

»Was hast du denn organisiert, Oma?«, erkundigte ich mich.

»Na ja, ich hab mir neue Schuhe gekauft und eine neue Handtasche. Und für den 27. hab ich einen Termin beim Friseur ausgemacht. Und ich stelle ein Fotoalbum zusammen für Margot. Aber, pssst, du darfst nichts verraten. Es soll eine Überraschung sein.«

Ich setzte mich auf die Terrassenstufen. Der Kaffee war heiß und stark und weckte die Lebensgeister. Heute hatte ich viel vor: Den Vormittag würde ich in der Küche verbringen, denn Dr. Wolf Bender, seines Zeichens Bernhards Cousin, gab am Abend eine kleine Party für das Brautpaar. Ich war für das Büfett zuständig. »Nichts Kompliziertes, nichts Aufwändiges. Ich bin ein Mann mit einem schlichten

Geschmack. Außerdem möchte ich nicht, dass Sie drei Tage in der Küche stehen und schuften«, hatte er gesagt.

»Das ist mein Job. Und ich liebe meinen Job!«

»Ihr Job endet, sobald das Büfett aufgebaut ist. Danach sind Sie mein Gast. Ich möchte, dass Sie das Fest genießen und nicht todmüde in der Ecke hocken.«

Sein Ton duldete keinen Widerspruch. Dr. Bender ist ein sehr attraktiver Mann und charmant dazu. Mama war mal ziemlich verschossen in ihn. Bis sie herausfand, dass er verheiratet ist. Das ernüchterte sie, auch wenn seine Frau weit weg in Berlin lebt. Außerdem fand sie, dass er *zu* charmant ist. »Das tut nicht gut, Judith. Vom Charmeur zum Windhund ist es nur ein winziger Schritt.« Ihre beste Freundin hatte mit Dr. Bender geflirtet, und er hatte sich nicht gewehrt. In Mamas Augen war das ein Kapitalverbrechen gewesen. Daran änderte auch die Tatsache nichts, dass Bender gar nicht wusste, dass Mama zarte Gefühle für ihn hegte.

Dr. Bender entschied sich für:

Geräucherte Forellenfilets mit Sahnemeerettich
Diverse Blattsalate
Gemüse mit Quark-Nuss-Dip
Putenbrust mit Möhren-Oliven-Püree
Roastbeef mit Remouladensoße

Sherry-Flan
Apfelgelee mit Marzipansoße

Käseplatte
Baguette

Oma ist auch zur Party eingeladen, aber sie geht nicht hin. »Ich schau mir lieber was Nettes im Fernsehen an und spar mir meine Kräfte für die Hochzeit auf«, meinte sie. »Schließlich bin ich nicht mehr die Jüngste.«

Ich holte mir noch Kaffee. Essen mochte ich nichts, es war noch zu früh. Ich musste an Ralf denken, der sicher noch selig und süß schlief. Gestern waren wir zusammen ein Glas Wein trinken. Er war entspannt, ich war es auch. Wir tranken unseren Beaujolais, unterhielten uns nett, fuhren dann nach Hause und verabschiedeten uns vor meiner Haustür mit einem Küsschen auf die Wange. Es kommt mir vor, als wäre nie mehr zwischen uns gewesen als Freundschaft. Es ist, als hätten die Nächte, die wir miteinander verbracht haben, nie stattgefunden.

15 Uhr

Eben hab ich einen Riesenschrecken bekommen. Lisa und ich saßen im Wohnzimmer, als eine wildfremde Frau zur Tür hereinkam. Und Klara – anstatt anzuschlagen, wie sich das für einen anständigen Wachhund gehört – sprang freudig an ihr hoch.

»O Mann – das ist ja Oma!«, rief Lisa.

Meine Tochter hatte schneller geschaltet als ich, wobei ich zu meiner Entschuldigung sagen muss, dass ich gerade meine Brille putzte und somit nicht über den klaren Durchblick verfügte. Erst beim zweiten Hinschauen erkannte ich, dass es sich bei der alten Dame mit der schicken Kurzhaarfrisur um meine Großmutter handelte.

»Du hast dir ja die Haare abschneiden lassen!«, stammelte ich.

Oma grinste übers ganze Gesicht. »In der Tat, Judith. Das hast du ganz richtig erkannt, auch wenn es ein bisschen gedauert hast. Öfter mal was Neues. Ich bin fast 60 Jahre lang mit einem Dutt herumgelaufen.«

»Megacool«, sagte Lisa. »Du siehst super aus, Oma.«

»Vielen Dank für die Blumen. Ich werde der Braut die Schau stehlen«, sagte Oma und zwinkerte uns zu.

Kurz vor Mitternacht …

Die Party war noch in vollem Schwung, als Mama, Bernhard, Babs, Peter und ich uns verabschiedeten. Der Gastgeber zeigte volles Verständnis für unseren frühen Aufbruch. »Das wird ein wunderschöner Tag morgen, aber auch ein anstrengender. Ich erinnere mich noch gut daran, wie es bei uns war.« Seine

Frau, die eigens für die Hochzeit aus Berlin angereist war, nickte. Sie war klein und zierlich und blond, genau wie Mama. Lächelnd erzählte sie, dass auf ihrer Hochzeit bis um fünf in der Früh getanzt wurde. Anschließend seien Wolf und sie in die Provence gefahren, in die Flitterwochen. »Wir waren hellwach, obwohl wir die Nacht durchgefeiert hatten. Mit 25 hat man noch Kondition.« Der letzte Satz hatte wehmütig geklungen.

Mama übernachtet heute bei Babs, denn es soll Unglück bringen, wenn Braut und Bräutigam die Nacht vor der Hochzeit unter einem Dach verbringen. Ich wette, sie macht vor lauter Aufregung kein Auge zu.

28. Juni, Abends …

Es ist vollbracht. Mama und Bernhard haben sich das Jawort gegeben. Mein Albtraum hat sich nicht bewahrheitet. Der Bräutigam erschien nicht im Schlafanzug auf dem Standesamt, und die Ringe hatte er auch dabei. Mama war in ihrem cremefarbenen Ensemble Lichtjahre entfernt von Kittelschürze und Lockenwicklern. Der Brautstrauß war aus Kornblumen, rosa Moosröschen und Schleierkraut gebunden. »Die Blumen sind so schön!«, sagte Lisa. »Oma Margot hat versprochen, ihn heute Abend in meine Richtung zu werfen. Ich werd ihn trocknen und in meinen blauen Tonkrug stellen, als Andenken.«

Die Familie hatte sich vor dem Eingang zum Rathaus auf dem Marktplatz versammelt. Ich schaute auf die Uhr, zum ungefähr hundertsten Mal innerhalb der letzten Viertelstunde. Ob Mama und Bernhard genau in diesem Moment »ja« sagten? Als Trauzeugen fungierten Mamas beste Freundin Helga und Bernhards Sohn Michael, der aus den USA angereist war. Wir hatten ihn gestern auf der Party kennen gelernt. »Der sieht aber gut aus!«, sagte Babs zu mir.

»Ja ja, nicht übel.«

»Nicht übel?! Meine Güte, Judith, putz dir die

Brille. Er sieht aus wie Val Kilmer – kein bisschen wie sein Papa.«

Ich schaute genauer hin. Ja, eine gewisse Ähnlichkeit war vorhanden. »Jetzt, wo du's sagst, fällt's mir auch auf.«

Babs berichtete, was Mama ihr erzählt hatte: Michael war frisch geschieden und zurzeit nicht in festen Händen.

»Das ist ja hochinteressant«, sagte ich und gähnte. Ich war hundemüde. Es war ein langer Tag gewesen. Meine Aufnahmefähigkeit für die optischen Reize des anderen Geschlechts war definitiv herabgesetzt.

So weit zu Val Kilmer dem Zweiten.

»Da kommt Papa!«, rief Lisa und winkte. Thomas schlenderte herbei und strahlte in die Runde. In der Hand hielt er einen riesigen Blumenstrauß.

Die Rathaustür wurde geöffnet, und heraus trat das Brautpaar, gefolgt von den Trauzeugen.

Peter hob seine Kamera ans Auge und knipste drauflos.

Ich werde nie vergessen, wie glücklich Mama und Bernhard aussahen. Auch nicht, wie klar das Licht der Spätnachmittagssonne war, und wie Lisa Blumen und Reis streute. »Alles, alles Gute!«, rief sie immer wieder. »Glück und Segen auf all euren Wegen!«

Ich höre noch die Glückwünsche, rieche Mamas Parfüm, als ich sie umarmte. Thomas überreichte den Blumenstrauß, gratulierte und verabschiedete sich. Mama hatte ihn eingeladen, allerdings allein, ohne Marianne. Thomas hatte angerufen und abgesagt. Er freue sich sehr über die Einladung, habe an diesem Abend jedoch schon etwas vor. Er und Marianne seien zu einem 50. Geburtstag eingeladen.

Wir fuhren zum Schlosskeller. Die Gäste erwarteten uns im grünen Salon zum Sektempfang. Ich entdeckte sofort eine wohlbekannte Gestalt und zupfte panisch an Babs' Kleid. »Was macht Jan hier?«

Sie seufzte. »Ich nehme an, dass er zum Feiern gekommen ist. Genau wie wir alle.«

»Ja, aber … Mama hat mir gar nicht erzählt, dass sie ihn eingeladen hat! Und du auch nicht! Niemand hat mir was gesagt. Das finde ich nicht fair!«

»Hm. Ja. Stimmt. Mama hätte dir die Gästeliste zum Absegnen vorlegen müssen. An deiner Stelle würde ich mich bei ihr beschweren. Schriftlich.«

»Du machst dich über mich lustig!«

»Aber Judith, wie kommst du nur darauf? Wenn du mich jetzt entschuldigen würdest …«

Sie ging davon.

Mama und Bernhard waren vollauf beschäftigt. Sie standen neben einem Tisch, auf dem sich die Geschenke türmten, und nahmen die Glückwünsche ihrer Gäste entgegen. Das Familienpräsent – eine einwöchige Reise nach Venedig mit allem Drum und Dran – würden wir morgen überreichen: Babs hatte zu einem späten Frühstück eingeladen, das auf die Flitterwoche einstimmen sollte. Der Asti spumante sollte in Strömen fließen, begleitet von italienischen Liebesliedern. Um das Ambiente perfekt zu machen, würde Babs Tomaten mit Mozzarella und Basilikum sowie Melone mit Parmaschinken kredenzen.

Ein Kellner bot mir ein Glas Sekt von einem Tablett an. Ich trank es auf einen Zug leer und nahm gleich ein zweites. Der Kellner zuckte nicht mit der Wimper. Ich gesellte mich zu den Gratulanten und ging von Grüppchen zu Grüppchen; schüttelte Hände, verteilte Küsschen.

»Du bist aber groß geworden, Kind!«, sagte Helgas Mutter zu mir. Ihr Blick war dabei zu meinem freizügigen Dekolleté gewandert, das niemanden besonders zu beeindrucken schien.

Oma, die schon am Marktplatz geklagt hatte, dass ihr die Füße in den neuen Schuhen wehtaten, thronte auf der einzigen Sitzgelegenheit im Raum: einem Biedermeiersofa. Neben ihr saß Jan und zog ein Gesicht wie eine Gewitterwolke. Er stand auf, um mir die Hand zu geben. Wir wechselten ein paar belanglose Worte, dann ging ich weiter. Plötzlich hatte ich weiche Knie. Und mir war ein bisschen schwindlig. Das musste daran liegen, dass es im Raum so warm war. Vielleicht auch am Sekt – ich war mittlerweile beim dritten Glas angelangt, und das auf nüchternen Magen.

Ein paar Schritte weiter wurde ich von Val Kilmer dem Zweiten in Beschlag genommen. Er sah geradezu unverschämt gut aus in seinem anthrazitgrauen Anzug. Ich musste gestern Abend wirklich im Koma gewesen sein, dass mir das nicht aufgefallen war. Seine Augen glitten über mich. Ihm gefiel, was er sah, das war nicht zu verkennen. »Ich freue mich schon darauf, mit Ihnen zu tanzen, Lady in Red«, sagte er. »Ich mag das Lied – Sie auch?«

Ich lächelte ihn über den Rand meines Sektglases an. »Ja. Das ist einer meiner Lieblingssongs.«

Er lächelte zurück. Einer seiner Schneidezähne stand ein bisschen schief, was ihm etwas Jungenhaftes gab.

Hm. Er ist wirklich attraktiv. Ich hoffe sehr, dass wir im Bankettsaal nebeneinander sitzen werden.

Später …

Die Hochzeitstafel war U-förmig. 30 festlich gekleidete Menschen hatten daran Platz genommen. Links von mir saß Peter. Rechts von mir Jan. Es führte kein Weg daran vorbei, auf den Platzkärtchen standen unsere Namen – schwarz auf weiß in Mamas ordentlicher Schrift. Und dabei gab es keinen einzigen Grund, uns nebeneinander zu platzieren! Ich reckte den Hals. Val Kilmer der Zweite hatte neben Mamas Freundin Helga Platz genommen. Sie strahlte ihn an. Ich hätte einiges darum gegeben, mit ihr den Platz tauschen zu können.

Jan hatte mir den Stuhl zurechtgerückt. Jetzt saßen wir schweigend da und studierten die Menükarte. Pfifferlingrahmsüppchen sollte es geben; ein sommerliches Salatarrangement mit Crevetten, Schweinemedallions in Portweinjus mit jungen Gemüsen der Saison und Kartoffelgratin und zum Dessert hausgemachtes Vanilleeis mit Erdbeeren.

»Das liest sich köstlich!«, bemerkte Peter. Die Vorfreude lachte ihm aus den Augen.

Ich sah, dass Mama aufstand und hinausging. Ich entschuldigte mich bei meinen Tischherrn und folgte ihr.

»Na, Judithkind ... unterhaltet ihr euch nett, Jan und du?«, fragte sie allen Ernstes, als ich sie eingeholt hatte.

»Warum hast du mir nicht erzählt, dass du ihn eingeladen hast? Und warum, um alles in der Welt, muss ich neben ihm sitzen? Wir wissen überhaupt nicht, was wir miteinander reden sollen«, platzte ich heraus.

Sie riss die Augen auf. »Du hast doch gewusst, dass er kommt! Und du hast Oma doch gebeten, mir Bescheid zu sagen, dass du unbedingt neben ihm sitzen möchtest!«

Das schlug dem Fass den Boden aus.

»Wie bitte?! Ich hab Oma nichts dergleichen gesagt. Ich hatte keine Ahnung!«

»Hm. Merkwürdig.«

Mama weicht meinem Blick aus. In mir keimt der Verdacht, dass an der ganzen Sache etwas oberfaul ist. »Du hast Jan doch nicht etwa wegen mir eingeladen? Weil du glaubst, ich sehne mich nach ihm? Es ist dir doch nicht etwa durch den Kopf gegangen, dass so ein Fest eine gute Gelegenheit wäre, uns wieder zusammenzubringen?«

»Natürlich nicht! Ich hab Jan eingeladen, weil ich

ihn gern habe. Bitte erinnere dich daran, Judith, dass ich mich nie in die Herzensangelegenheiten anderer Menschen einmische. Ich weiß nicht, was heute Abend mit dir los ist. Du redest kompletten Unsinn. Wie viel Sekt hast du getrunken?«

»Ich bin völlig nüchtern!«

»So hörst du dich nicht an. Tu mir einen Gefallen: Trink einen Kaffee zum Essen, damit du wieder klar im Kopf wirst. Unterhalte dich mit Jan übers Wetter, oder sitz von mir aus stumm wie ein Fisch da. Es ist mir einerlei. Heute ist mein Hochzeitstag, und ich bin fest entschlossen, ihn zu genießen.«

Sie klang ziemlich ärgerlich.

Ich hatte auf einmal ein schlechtes Gewissen. Ich benahm mich wie eine Fünfjährige. Jan war da, er saß neben mir. Das war eine Tatsache, mit der ich mich abfinden musste. Wir würden Konversation machen – fertig. Irgendwann würde sich die Tischordnung sowieso auflösen. Ich würde mit Michael Wächter tanzen und mich wunderbar amüsieren.

»Es tut mir Leid«, sagte ich. »Ich hab wirklich ziemlichen Unsinn zusammengeredet. Es ist ja auch nicht so, dass ich etwas gegen Jan hätte. Wir gehen nur ... na ja ... etwas verkrampft miteinander um. Die Wahrheit ist: Wir haben uns nichts mehr zu sagen.«

»Schon gut«, meinte Mama. »Ich geh mich jetzt ein bisschen frisch machen.«

Ich ging mit. Wusch mir die Hände, puderte mir die Nase, kämmte mich. Ich hätte nicht so viel Sekt trinken sollen, dachte ich schuldbewusst. Dann hätte ich nie im Leben diesen lächerlichen Sturm im Wasserglas angezettelt.

Wie kann es sein, dass man neben jemandem sitzt, neben dem man gar nicht sitzen will, und sich dieser Person mit jeder Faser seines Körpers bewusst ist? Jan und ich mochten uns nichts mehr zu sagen haben, aber wir redeten. Über das Essen (ganz hervorragend, wie immer im Schlosskeller), den Bankettsaal (ein schöner Raum, perfekt für diesen Anlass, und die Tafel wurde mit viel Liebe hergerichtet; bezaubernd, die Blumengestecke zu den schweren silbernen Kerzenständern), die Band, die leise im Hintergrund spielte, das Wetter (wann hatte es in diesen Breiten je ein so schönes Frühjahr und so einen warmen Sommer gegeben?). Wenn wir nicht an dieser faszinierenden Konversation herumdrechselten, wechselte ich ein paar Worte mit Peter. Jan unterhielt sich mit Lisa. Diese Unterhaltung ging ihm flüssiger von der Zunge, daran konnte es keinen Zweifel geben.

Niemand hielt eine Rede. Darauf hatte Mama bestanden. Sie wollte ein gutes Essen, ein gemütliches Beisammensein, Musik und Tanz. Nicht mehr und nicht weniger.

Ich trank nur Mineralwasser zum Essen. Trotzdem wurde mein Kopf nicht klarer. Mir war sehr warm. Einmal, als ich nach meinem Glas griff und Jan nach dem Brotkörbchen, berührten sich unsere Hände. Ich bekam Gänsehaut, spürte, wie die feinen Härchen in meinem Nacken sich aufrichteten.

»Oh, Entschuldigung«, murmelte Jan.

»Macht doch nichts.«

Auch wenn wir uns nichts zu sagen haben: Ich möchte diese Hand, die meine versehentlich berührt hat, auf meiner nackten Haut spüren. Jetzt, sofort. O Gott, wie idiotisch. Warum kann ich diese Affäre nicht einfach abhaken? Endgültig? Dann könnten wir vielleicht wieder Freunde sein, so wie früher. Es lag ganz bestimmt an mir, dass Jan und ich so verkrampft miteinander umgingen, weil ich mich an Gefühle klammerte, die er nicht erwidern konnte. Er hatte vollkommen Recht: Es war ein schwerer Fehler gewesen, überhaupt etwas miteinander anzufangen.

Ich muss etwas unternehmen. Ich muss alles im richtigen Licht sehen. Was ich brauche, ist eine eiskalte Dusche.

Wie von selbst fand ich auf einmal die richtigen Worte.

»Wie geht es deiner Freundin?«

Er sah mich erstaunt an. »Meiner Freundin?«

»Ich meine Frau Ahrweiler.«

»Annette und ich sind nicht mehr zusammen«, sagte er knapp.

»Das tut mir Leid«, murmelte ich.

»Himmelherrgott, Judith. Es braucht dir verdammt noch mal nicht Leid zu tun. Und das weißt du auch ganz genau.«

Er war wütend. Zu Recht. Die kalte Dusche war

auf mich herabgeregnet, allerdings völlig anders als erwartet.

Stumm löffelten wir unser hausgemachtes Vanilleeis mit frischen Erdbeeren.

Allerdings war mir immer noch warm, zu warm. Ich schwitzte in meinem dünnen Kleid. So weit zu der Wirkung einer eiskalten Dusche, auch wenn es sich nur um eine imaginäre gehandelt hatte.

Als der Espresso serviert wurde, dachte ich: Wenn ich nicht bald mit Val Kilmer tanzen kann, drehe ich durch. Ich brauche Bewegung, Ablenkung. Ich muss raus aus diesem Magnetfeld auf meiner rechten Seite. Jans Haare kringeln sich im Nacken ... nicht auszudenken, was passieren würde, wenn ich seinen Nacken berühren würde ...

Ich entschuldigte mich und ging zur Toilette. Während ich kaltes Wasser über meine Handgelenke laufen ließ, warf ich einen Blick in den Spiegel. Meine Augen glänzten, die Wangen waren gerötet. Ich sah aus, als ob ich Fieber hätte. Ich fühlte meinen Puls. Er ging schnell, und Herzklopfen hatte ich auch. Ob ich nach Hause fahren und mich hinlegen sollte? Nur ein Stündchen? Bis dahin würde sich die Tischordnung gelockert haben, und meine Körpertemperatur hätte sich um ein paar Grad gesenkt. Ich würde hinüber zu Michael Wächter gehen und ihn zum Tanzen auffordern.

UNSINN!

Ich reiße mich jetzt am Riemen, jawohl. Ich werde diesen Abend souverän hinter mich bringen.

Augen zu und durch.

Ich rauchte im Garten des Schlosskellers eine Zigarette. Es ist ein sehr hübscher Garten, üppig mit rosa und weißen Rosen bepflanzt, und es gibt eine weiße, schmiedeeiserne Bank. Thomas und ich hatten nach einem guten Essen oft dort gesessen und vor dem Nachhausegehen noch eine Zigarette geraucht. Und jedes Mal, wenn wir dort saßen, sang in dem alten Fliederbusch vor der Mauer eine Amsel.

Augen zu und durch …

Als ich zurück in den Saal kam, spielte die Band gerade den *Donauwalzer*. Mama und Bernhard tanzten ganz allein, ineinander versunken. Ich glitt auf meinen Stuhl.

»Du warst aber lange weg«, meinte Peter.

»Ich war ein bisschen frische Luft schnappen.«

Mein Herzschlag hatte sich beruhigt. Mir war warm, aber nicht wärmer, als es der Temperatur im Saal angemessen war. Na also, es geht doch, dachte ich. Es ist alles eine Sache der richtigen Einstellung. Willenskraft ist gefragt. Wenn man sich zusammenreißen *will*, dann geht das auch.

Mama forderte jetzt Dr. Bender zum Tanzen auf; Bernhard verbeugte sich vor Helga.

Peter bearbeitete Babs. »Das ist ein langsamer Walzer. Unser Lieblingstanz, Schatz.«

Aber Babs war störrisch wie ein Maulesel. »Nein. Ich mag nicht. Ich weigere mich, herumzustampfen wie ein trächtiges Walross. Das macht keinen Spass. Tanz mit Judith.«

»Das mach ich danach. Aber erst mit dir, mein Engel. Du wirst nicht stampfen, so ein Unsinn. Du bist ein bisschen schwanger, aber das heißt doch nicht, dass du das Tanzen verlernt hast!«

»Ein bisschen schwanger?! Also, Herr Dr. Herbst, ich glaube, ich löse die Praxisgemeinschaft mit Ihnen auf. Ein bisschen schwanger ist genauso hirnrissig wie ein bisschen tot!«

Die Diskussion ging hin und her. Bei Gott, meine Schwester hat einen Dickkopf, Peter aber auch.

Immer mehr Paare drehten sich auf der Tanzfläche. Val Kilmer schwang das Tanzbein mit seiner Tischdame zur linken, einer Schulfreundin von Mama.

Babs stand auf. »Na gut. Damit die liebe Seele Ruhe hat.«

Peter strahlte sie an. Hand in Hand gingen sie zur Tanzfläche. Babs mochte sich fühlen wie ein trächtiges Walross, aber sie sah einfach wunderbar aus in ihrem selbst geschneiderten, türkisfarbenen Kleid.

»Judith? Wollen wir tanzen?«

Oh.

Es dauert einen Moment, bis Jans Frage bis in meine Gehirnwindungen vorgedrungen ist und ich ein schlichtes »Ja« herausbringe.

Wir hatten kaum die Tanzfläche betreten, als die Band *Love me tender* anstimmte. *Love me tender, love me true … all my dreams fulfill … for my darling I love you and I always will …*

Plötzlich war alles ganz einfach. Wir tanzten, und es gab nichts mehr auf der Welt außer uns und die Musik. Ich war wie in Trance, wusste nicht mehr, wo sein Körper anfing und meiner aufhörte ... da war ein Rauschen in meinen Ohren, die Luft im Raum schien sich elektrisch aufzuladen. Als ich die Augen schloss, tanzten Funken hinter meinen Lidern. Mir wurde schwindlig. Ich stolperte und wäre gefallen, wenn Jan mich nicht gehalten hätte. Wir blieben stehen. Ich spürte seinen warmen Atem im Ohr. »Mach die Augen auf«, sagte er. Seine Stimme klang heiser.

Ich gehorchte. Sein Gesicht war ganz nah. Wir sahen uns in die Augen. Was ich in seinen Augen las? Es waren drei Worte, die in diesem Augenblick die Welt für mich bedeuteten. Dann spürte ich seine Lippen auf meinem Mund, und die Welt um mich herum versank.

Anhaltendes Klatschen riss uns aus unserer Versenkung. Niemand tanzte mehr. Die Paare, die sich mit uns auf der Tanzfläche gedreht hatten, standen im Halbkreis um uns herum und klatschten zum Takt der Musik. Die Band spielte nicht mehr *Love me tender*, sondern *Love me do* von den Beatles.

»Da capo!«, rief Michael Wächter.

Die Situation hätte peinlich sein können, aber das war sie nicht. Auf geheimnisvolle Art war alles genau so, wie es sein sollte. Ein Zauber war im Spiel, ich spürte es genau. Ich hätte Jan weiter küssen mögen, vor aller Augen, bis die Sonne aufging.

Jan grinste ins Publikum, nahm meine Hand und sagte: »Wir würden ja wirklich gerne weiterhin zur

Unterhaltung beitragen, aber Judith und ich haben etwas Wichtiges miteinander zu besprechen. Unter vier Augen.«

»Bravo!« schrie Peter quer durch den Saal. »Das wurde auch Zeit.«

Die Band spielte einen Tusch, als Jan und ich Richtung Tür liefen.

Hand in Hand gingen wir hinaus in den Garten. Es war beinahe dunkel; Glühwürmchen tanzten um die Laterne neben der Bank. Ein leichter Wind kühlte mein erhitztes Gesicht. Eng umschlungen standen wir da, und ich dachte: In seinen Armen bin ich zu Hause. Ich bin heimgekommen. Alles ist gut.

29. Juni, 6 Uhr morgens

Ich müsste müde sein, aber ich bin es nicht. Ich bin viel zu glücklich. Jan liegt neben mir im Bett und atmet tief und regelmäßig. Es ist sein Bett, und wir landeten unmittelbar nach unserem Ausflug in den Garten des Schlosskellers darin.

Und das kam so:

Wir standen unter der Laterne und küssten uns, und dann flüsterte Jan in mein Haar, dass er mich liebt, dass er mich immer geliebt hat, seit jenem Faschingsball, als er 19 war und ich 20. Ich war schon mit Thomas zusammen gewesen, aber Jan hatte mich geküsst … oh, wie ich mich an diesen Kuss erinnerte.

Und auch daran, dass ich sehr beschwipst gewesen war und den Sekt, den ich getrunken hatte, auf dem Heimweg hinter einem Busch von mir gegeben hatte.

»Ich wollte nie eine feste Beziehung. Ich bin immer davongelaufen. Jetzt weiß ich, dass ich vor dir davongelaufen bin. Weißt du, dass ich fast verrückt geworden bin vor Eifersucht, als ich dich mit Thomas auf dem Sofa gesehen hab? Ich hätte dich erwürgen können, und ihn gleich dazu.«

»Ach …«

So viel gab es plötzlich zu sagen. Es war, als sei

ein Damm gebrochen. Ich war so dumm gewesen, so voller falschem Stolz. Ich hätte ihm sagen müssen, was ich für ihn empfinde.

Er legte einen Finger auf meine Lippen. »Scht. Das ist vorbei. Wir fangen ganz einfach neu an. Und diesmal richtig.«

Schritte knirschten auf dem Kies. Jemand hustete. Sehr laut. Wir drehten uns um.

»Oma!«, sagte ich.

Oma erklärte, dass sie uns leider kurz stören müsse. »Es ist nämlich so, dass Margot und Bernhard euch heute Abend nicht mehr sehen wollen. Ich habe die ehrenvolle Aufgabe übernommen, euch hiermit offiziell nach Hause zu schicken.«

Jan starrte Oma genauso fassungslos an wie ich. Dann fing er an zu lachen. Ich lachte mit, ich konnte nicht anders.

Selbstverständlich sind Jan und ich dem Befehl von oben gefolgt. Was blieb uns anderes übrig? Wobei es sich bei der höchsten Instanz nicht um Mama und Bernhard handelte, aber das erfuhr ich erst später, eine ganze Weile später, als der erste Sturm vorüber war und wir eng aneinander geschmiegt in Jans Bett lagen.

»Weißt du, dass deine Oma mir gehörig den Kopf gewaschen hat?«

»Oma? Dir?«

Er nickte. »Heute Abend beim Empfang. Als wir auf dem Sofa saßen. Sie sagte: »Junge, du bist der größte Trottel, der mir je untergekommen ist. Meine Enkelin Judith ausgenommen, sie kann dir das

Wasser reichen, bei Gott. Ihr beide habt euch verdient.«

Als Jan vorsichtig nachfragte, wie Oma denn zu dieser Einschätzung unseres Intelligenzquotienten gelangt sei, wetterte sie (allerdings im Flüsterton, damit niemand sonst etwas mit bekam): »Sie ist verrückt nach dir. Du bist verrückt nach ihr. Jeder in der Familie weiß das, bloß ihr beiden nicht. Es ist ein echtes Kreuz mit euch.«

Woraufhin sie aufstand und davonmarschierte.

Ich hätte meine Großmutter umarmen mögen, auf der Stelle. Aber das musste warten.

Ich kuschle mich an Jan. Ich möchte eine Million rote Rosen auf ihn herabregnen lassen, jetzt sofort. Ach was, rote Rosen, das ist abgeschmackt. Dicke, fette, rote Luftballons in Herzform müssen es sein!

Dagmar Hansen

Rette mich wer kann

Judiths Glück scheint perfekt. Sie hat all das, wovon Millionen Frauen träumen: ein gemütliches Zuhause, Thomas, ihren liebevollen Ehemann, zwei Kinder und ein Blumenmeer im Garten. Gut, ein paar überflüssige Pfunde auf den Hüften hat sie auch, aber dafür boomt ihr Partyservice. Das Leben könnte also bestens sein, wäre da nicht die neurotische Uroma, eine ausgeflippte 17-Jährige und Thomas, der sich in Judiths beste Freundin verliebt …

»Witzig und intelligent – ein echter Lesespaß
für Kopf und Herz«
Freundin

Knaur

»Prickelnder und inspirierender Lesespaß – ein Muss für moderne Frauen.«

Sheila O'Flanagan

Die Träumerin

Roman

Jane O'Sullivan hat viele Träume: Sie träumt von weißen Stränden, von Sonne und blauem Himmel, von der großen Liebe und dem Mann, der alle ihre Wünsche wahr werden lässt. Doch als sie diesen vermeintlichen Traummann heiratet, muss sie bald erkennen, dass ihr Eheleben nicht der Himmel auf Erden ist …

Wirbel um Alix

Roman

… und plötzlich ist nichts mehr wie es war: Alix' Welt gerät aus den Fugen, als Paul sie verlässt. Ein Intrigant will ihren Job, ein Klient ihre Liebe und ein verloren geglaubter Vater seine Tochter! Ob Alix dieses Gefühlschaos wieder in den Griff bekommt?